Der Gesang der Haut

*Pour Fatima ce
livre à fleur de
peau

avec mon amitié
le 13.04.2013
Sylvie Schenk*

À Jean et Renée Gonsolin, mes parents
À Guy et Simone Gonsolin, mon oncle et ma tante

Ich danke meinen Freunden Ingrid Müller und Markus Orths
sowie meinem Mann Hans Joachim Schenk für ihre Korrekturen,
ihre wertvollen Kritiken und Ermutigungen.

Ich danke dem Dermatologen Dr. Lutz Rathschlag für ein langes
Gespräch und für die fachkritische Durchsicht des Manuskripts.

Copyright © 2011 Picus Verlag Ges.m.b.H., Wien
Alle Rechte vorbehalten
Grafische Gestaltung: Dorothea Löcker, Wien
Umschlagabbildung: © Getty Images/Andre Thijssen
Druck und Verarbeitung:
Druckerei Theiss GmbH, St. Stefan im Lavanttal
ISBN 978-3-85452-674-2

Informationen über das aktuelle Programm
des Picus Verlags und Veranstaltungen unter
www.picus.at

Sylvie Schenk

Der Gesang der Haut

Roman

Picus Verlag Wien

Seit ich ihn gesehen,
Glaub ich blind zu sein;
Wo ich hin nur blicke,
Seh ich ihn allein;
Wie im wachen Traume
Schwebt sein Bild mir vor,
Taucht aus tiefstem Dunkel
Heller nur empor.
(...)
Nimm, bevor die Müde
Deckt das Leichentuch,
Nimm ins frische Leben
Meinen Segensspruch:
Muß das Herz dir brechen,
Bleibe fest dein Mut,
Sei der Schmerz der Liebe
Dann dein höchstes Gut.

ADELBERT VON CHAMISSO
Frauen-Liebe und -Leben

Comme jaloux je souffre quatre fois:
d'être exclu, d'être fou et d'être com-
mun. ROLAND BARTHES

(Moira)

Ich denke an Klara, an die Gerlachs und vor allem an dich: Ihr wart ein vierblättriger Klee, der kein Glück brachte. Die Sängerin, das absonderliche Paar und du, mein kleiner Hautfreund, aus diesem Wirrsal gerettet. Ich webe unsere kurze Geschichte, indem ich im Garten meiner Exschwiegermutter auf einem Liegestuhl ruhe und mir das rechte Bein enthaare, das linke liegt in Gips. Der Mensch besitzt grob geschätzt fünf Millionen Haare (du weißt es besser als ich), wir schwarzen Frauen weniger, was die Sprüche der Primaten entkräftet, die uns in die Nähe der Affen rücken. Mein Minipelz genügt aber, um mich ein Schicksal lang zu beschäftigen: Heimtückisch arbeiten die Haarzellen weiter, bald wehen sie mir wieder zu, die Härchen, wie ein Kornfeld der Todessichel. Das Radio bringt ein Lied von Schumann, das Klara bei Gerlachs Fete sang. Verdammt schön und traurig. Ich halte mit der Pinzette an. Fass bitte meine Jagd auf Haare nicht als Zeitvertreib auf (die Zeit kann man nicht wie ein Volk vertreiben) und nicht nur als Opfergabe an Venus, sie wirkt als Meditation und Seelenberuhigung. Ich zerre und zupfe, wenn ich zerrissen bin, reiße ab, wenn Leben flöten geht, rupfe aus, wenn irdische Liebe mir die Seele stiehlt. Und diese Beschäftigung fördert das Zerpflücken der bösen Gedanken. Tabula rasa.

Der Wind geht auf, es ist kalt geworden, ich kriege eine Gänsehaut. Die Totenglocke wird geläutet. Gerlachs werden zu Grabe getragen, hinter den Särgen Nora, ihr Mann und ihr Kind und ein endloser Trauerzug aus Ärzten und Patienten. Und ich steige in mich, in meinen Text, wie in diese altmodischen Fahrstühle, die man Paternoster getauft hat. Auf und ab, auf und ab. Ich brauche keine Bolex, gar keine Kamera, nicht mal einen Stift. Wir lachen, boxen und küssen, ruhen und gestikulieren, unser Sein ein Gedicht, unsere Körper Leben pur. Kein Netz der Sprache, keine schwarze Kammer wäre fähig, dies festzuhalten: die Intensität deines Streichelns. Unsere Hände tasteten Urerinnerungen: Lippen begegnen dem Wasser eines Brunnens, die Zunge leckt Schnee ab, die Gischt des Meeres bettet Füße um, ein Sommerwind schenkt uns Frische, die großen Hände eines Vaters, einer Mutter um ein Baby, ach, schließlich haben wir nur uns, um dieses Grundwasser zu schöpfen.

Diese Worte, Viktor, sind nur Graffiti in Platons Höhle, aber solange es sie gibt, besteht eben unsere kleine Welt und ich lasse es mir nicht nehmen, unsere Vergangenheit auf meine Art zu besiegeln.

Also lasse ich meine Härchen ins Nichts fallen, genetische Kommas, die meine Glieder beschrifteten, ich puste sie weg, sie schweben davon und – wer weiß? – der Wind, der sie fortbringt, wird sie vielleicht über den Ozean weit weg vor deine Füße fallen lassen. Ich bin so weit.

1

Viktor schlug die Kommentare seiner Freundin und seiner Familie in den Wind. Ich möchte lieber in Frankfurt bleiben, klagte Klara, überleg es dir lieber gründlich, drohten die Eltern, die finanzielle Belastung solltest du nicht unterschätzen, du wirst ganz schön einsam sein ohne uns, prophezeite seine Schwester Sophie. Glaubst du?, erwiderte Viktor und lächelte. Trotz seiner Aufregung und der schneidenden Kälte lief er mit langsamen Schritten und atmete tief ein. Die Luft war schön, die Nacht war schön, hier allein in Köln zu sein war schön. Er musste bis zur Verabredung bei Doktor Gert Gerlach noch eine halbe Stunde totschlagen. Die Praxis befand sich am Rand der Stadt. Keine günstige Lage, meinte sein Vater. Viktor hatte beschlossen, sich die Beine zu vertreten, und zu Fuß die nächste Gasse genommen, Richtung Wald. Als er die Nase zum Straßenschild hob, beschlug seine Brille. Er las im Nebel »Schwanenweg«, nachdem er die Gläser mit dem Ärmel geputzt hatte, häutete sich dieser zum Schlangenweg. Wer will schon am Schlangenweg wohnen?, fragte er sich. Die weihnachtliche Beleuchtung der Häuser und Gärten sprang ihm ins Auge, jedes Haus schien mit seinem Schmuck die anderen übertrumpfen zu wollen. Strahlten links zwei Rentiere aus Leuchtröhren, glänzten rechts dickbäuchige Weihnachtsmänner auf dem Schlitten, prüfte bei Nummer sechzehn ein kitschiger Nikolaus seine Auftragsbücher, war Nummer neunundzwanzig vollständig umkränzt von Lichterketten. In Viktors Brust schnurrten Behaglichkeitsgefühle, er ließ sich gern von Menschen anrühren, die ihre weihnachtliche Besinnung so naiv zur Schau stellten, sie konnten nur gute Menschen sein, und seine zukünftigen Patienten. In düsteren Zeiten überschlägt sich die Lust an Licht, diagnostizierte sein Vater mit tiefer Stimme.

Und Sophie, die als Verfechterin der Sparlampen die von Weihnachtsfans vergeudete Energie bekämpfte, lachte hell.

Noch trug Viktor seine Familie im Kopf.

Der Schlangenweg war eine Sackgasse, die nach dreihundert Metern in einen Waldweg überging. Kies knirschte unter Viktors Sohlen, er freute sich darauf, bald in seinen Mittagspausen hierher joggen und spazieren gehen zu können, falls er mit Doktor Gerlach einig werden sollte. So würde er weniger den Taunus vermissen, wo er so viele Sonntagswanderungen gemacht hatte. Das nahe Grün war kein Argument für den Kauf einer Praxis, jedoch winkten die Fichten, Ahorne und Kiefernzweige Viktors Wandererherz zu. Weit oben erahnte er die schwarzen Kronen der Bäume, hörte ein Flüstern, ein Seufzen schlafender Riesen. Hoffentlich klappte es mit der Übernahme der Praxis. Er wunderte sich, woher er sein Selbstbewusstsein nahm, diese neue Tapferkeit, ja, ich bin tapfer, jubelte er, ich bin bereit, ein neues Leben anzufangen, meine Eltern hinter mir zu lassen, meine Jugendjahre, die Stadt, in der ich studiert habe, die Exkommilitonen, die Kollegen der Klinik, ich bin ein zweiunddreißigjähriger Doktor der Dermatologie und werde meine Zukunft aufbauen, ohne Hilfe meines Vaters. Mein eigener Wille. Ja aber, murmelte auf einmal die gesamte Sippe plus Klara. Er schüttelte sich und gab Fersengeld. Es war Zeit. Er lief zurück, fühlte sich wieder begrüßt von den beleuchteten Bambis und Lichttannen und fand sich Punkt neunzehn Uhr wie verabredet vor der Praxis von Doktor Gerlach ein.

Breit und grau war die Frau, die ihm die Tür öffnete und sich als Frau Gerlach vorstellte. Sie überragte Viktor um einige Zentimeter. Er senkte schnell den Blick, als ihm bewusst wurde, dass er ihr Gesicht zu aufdringlich erforschte, den fahlen Teint, das Lächeln, das eine Kerbe in ihre Haut ritzte. Aus dem ergrauten Haar tanzten ein paar Strähnen aus der Reihe, sie flatterten an den Wangen wie ehemalige Schmachtlocken, von denen bloß noch matte Erinnerungen übrig waren. Die grüngrauen Augen unter den Lidern zeichneten zwei Halbmonde. Sie brachten kein Gefühl zum Ausdruck, und doch bewirkte der Blick Sonderbares: Er färbte auf sein Gegenüber ab. Viktor spürte, wie er ihn erreichte und durchdrang und wie sich etwas in ihm sumpfgrün niederlegte. Die Frau war weder hässlich noch schön, sie erinnerte ihn vage an eine Schauspielerin, Charlotte Rampling, die er mit Klara in dem Film »Unter dem Sand« von Ozon gesehen hatte. Frau Gerlach aber war nicht so schlank, ihre schweren Hüften umhüllte ein pelziger Rock, eine altmodische Seidenbluse mit Schleifen warf glänzende Wellen auf den Brustkorb.

Kommen Sie herein, Herr Doktor Weber, mein Mann wird gleich da sein. Er kümmert sich eben um die letzte Patientin des Tages. Haben Sie leicht hierher gefunden? Sie schien nicht daran interessiert zu sein, eine Antwort auf ihre Frage zu erhalten.

Diese Frau werde ich nur dieses eine Mal sehen, dachte er, höchstens noch beim Notar, wenn wir das Geschäft abschließen. Hier am Empfang, sagte sie, ist leider alles ein bisschen eng. Hinter der Theke sitzen sonst zwei Damen. Frau Silvia Ritzefeld habe ich vor einer halben Stunde nach Hause geschickt. Sie ist seit Jahren eine große Stütze für meinen Mann. Fräulein Marion Haas hat heute Schule. Sie ist im letzten Jahr ihrer Ausbildung und macht Ende Februar die Prüfung. Auch sie eine vielversprechende Hilfe. Die beiden werden jetzt Urlaub machen, hier aufräumen, mal sehen, bis Sie übernehmen, falls Sie übernehmen. Wir bezahlen weiterhin ihr Gehalt, bis Sie die Praxis wieder eröffnen, falls Sie eröffnen. Frau Gerlachs zarte Stimme wirkte wunderlich angesichts ihrer massiven Erscheinung. Man hörte ein Tremolo mitschwingen, als rührten bei jeder Vibration die Stimmbänder in traurigen Gefühlen. Hier ist die Garderobe. Wenn Sie Ihren Mantel ablegen wollen. Viktor trug keinen Mantel. Er hängte seine Jacke selbst an den Kleiderhaken. Ja, die Diele sei ein bisschen eng, aber das kenne man von vielen Praxen, sagte er. Links, fuhr Frau Gerlach fort, kommen Sie ins Wartezimmer. Patienten, die ein Rezept abholen, warten hier: Sie zeigte auf ein paar Stühle neben der Garderobe. Alles ein bisschen mickrig hier, flüsterte Klaras Stimme. Und Viktors Mutter: Mein Gott, was haben diese Leute für einen Geschmack?

Viktor sah sich das Wartezimmer an, in dem acht bis zehn Stühle standen, deren grüner Plastikbelag müde schimmerte. Die sind nie alle besetzt, meinte Frau Gerlach, unsere Patienten kommen selten ohne Anmeldung. An der Wand erinnerte eine bekannte Abbildung der menschlichen Haut an eine japanische Zeichnung. Die Dermis wellte sich wie verschneite Gipfelspitzen im punktierten Himmel der pastellblauen Epidermis. Die Subkutis lag als weißes Geröll am Fuß des Berges. Haarfollikel bohrten sich ihren Weg in den Talgdrüsen und stellten den Laien vor das Rätsel ihrer spitzen Pflanzung. Schweißdrüsen glänzten metallisch in einer Ecke des Bildes, unappetitlich wie ein Haufen Blindschleichen. Viktor durchzuckte der Gedanke an seinen Freund Leo, mit dem er in Japan auf den Fujiyama gestiegen war. Die beiden hatten jetzt vor, auch den Kilimandscharo gemeinsam zu erobern. Aber wenn er die Praxis kaufte, musste er erst einmal sparen und arbeiten.

Es gab auch einen Blumenkalender aus der Apotheke. Ein kleiner Rahmen aus rotem Plastik umrahmte den 30. November. Daneben zwei Plakate über Hautkrankheiten, Psoriasis-Schuppenflechte, Hautkrebs in verschiedenen Stadien. Er würde das Ganze zum Papiercontainer bringen, falls die Gerlachs dies nicht selbst abräumten. Zwei Tischchen mit Zeitschriften in ihren grauen Schutzhüllen. Die letzte Leserin hatte ihr Horoskop konsultiert. Viktor war versucht, einen Blick auf sein Zeichen zu werfen, Fisch, erste Dekade, hörte das spöttische Lachen seines Vaters und nahm sogar das Augenzwinkern von Klara wahr: Schau, unser beider Horoskop, Viktor. Er hob die Augen zur Decke, sah zwei Risse, die sich in die weiße Farbe eingraviert hatten. Einen frischen Anstrich, sagte Frau Gerlach, viel mehr braucht man hier nicht zu machen. Das Gebäude ist vor fünf Jahren saniert worden, die Heizung ist so gut wie neu.

Neben dem Fenster fiel ihm eine weitere Nahaufnahme menschlicher Haut auf: Eine gelbrosa Sahara-Wüste glänzte rahmenlos, pikiert von trockenen Gräsern. Alle Poren bildeten die Zentren von Sternen, alle Sterne zusammen ein glänzendes Universum, das ihn seit seiner Studienzeit faszinierte.

Es roch nach Schweiß, nach schwerem Atem. Frau Gerlach streckte die Hand zum Fenstergriff und hielt inne, als fragte sie sich, ob es sich lohne, noch zu lüften. Sie entschied sich, das Fenster zu kippen. In Anoraks eingehüllte Mädchen spielten Fangen auf dem Bürgersteig. Sie sangen einen Abzählreim: Und bleibt mein Finger stehen, muss du gehen.

Darf ich Ihnen einen Kaffee anbieten? Ein Wasser vielleicht? In der Diele stand ein Wasserspender mit Plastikbechern. Gern, ein Wasser.

Viktor hielt einen gerillten Plastikbecher und hörte Frau Gerlach, die ihn über seine Fahrt hierher befragte. Die Worte verschwammen im Motorlärm eines Mopeds, das vorbeidonnerte, ohne dass die Frau die Stimme hob. Der Small Talk langweilte sie sichtbar. Er trank schnell aus und wusste nicht, wohin mit dem Becher, setzte ihn schließlich auf die Empfangstheke.

Man hörte Schritte und sich nähernde Stimmen. Als Viktor sich umdrehte, erblickte er einen kräftigen Mann in weißem Kittel, der ihm den Rücken zudrehte und seinen Arm heftig auf- und abbewegte. Erst als Doktor Gerlach den Kopf nach links neigte und seine ganze Silhouette ein bisschen nach rechts rückte, sah Viktor, dass der Mann einer Frau zum Abschied die Hand schüttelte. Dann hörte er ihre Stimme, die dem Arzt alles, wirklich alles Gute für seinen neuen Lebensabschnitt wünschte. Wir werden Sie vermissen, Doktor Gerlach, sagte die Frau noch, die anscheinend Schwierigkeiten hatte, ihre Hand zu befreien, und mit einem ausländischen Akzent sprach. Wir machen zu meiner Pensionierung ein großes Fest, Sie sind eingeladen!, antwortete der Arzt. Viktor sah Schweißperlen auf der kahlen Stelle seines Kopfes. Der weiße Kittel spannte sich um die Schultern. Über alles Weitere sprechen wir privat, ich habe bald viel Zeit für Sie. Ein alter Mann, der noch begeisterungsfähig ist, dachte Viktor. Die Frau, von der man nur die Stimme gehört hatte, glitt an den Umrissen des Arztes vorbei, schien sich von ihm zu lösen. Sie drehte sich in der geöffneten Eingangstür noch einmal um und machte ein Zeichen mit der Hand. Sie war klein und schwarz.

Das war's für heute, sagte Gerlach, geschafft! Er fuhr sich mit der Zunge über die Lippen. Ein kalter Luftzug zog ihre Blicke zur Tür. Schnee wirbelte auf den Asphalt, dicke weiße Flocken hatten begonnen, die Straße zuzudecken.

Es schneit, sagte Frau Gerlach zu ihrem Mann und schien entzückt zu sein, schau, Gert, wie schön es schneit.

Gerlach wandte sich Viktor zu: Doktor Weber? Schön, dass Sie da sind! Er schritt so resolut auf ihn zu, dass Viktor vor der massiven Gestalt einen halben Schritt zurückwich. Aber Doktor Gerlach blieb unvermittelt stehen und sagte zu seiner Frau: Stell dir vor, Henrietta, diese Frau Sangria will mit mir über den Beruf des Dermatologen sprechen, sie will mit mir einen Film drehen oder etwas der Art. Im Mittelpunkt steht ein Hautarzt, ich, wir. Willkommen an Bord, Herr Kollege, ich sehe, meine Frau hat Sie schon ein bisschen herumgeführt?

Sanderia, nicht Sangria, sagte Frau Gerlach und schien wieder zum Leben zu erwachen, die Dame schreibt nur Drehbücher ohne Abnehmer. Ich habe schon von ihr gehört. In der Gegend fällt sie auf.

Kommen Sie, junger Mann, sagte Gerlach, gehen wir vorerst ins Sprechzimmer.

Er legte jetzt seinen schweren Arm auf Viktors Rücken. Der junge Arzt spürte das Gewicht dieser Umarmung und versuchte, den Rücken dagegenzustrecken.

(Moira)

Blickst du schon auf die Shira? Hast du das Camp mühelos erreicht? Deinen Schlafsack ausgerollt? Hast du dicke Socken an den Füßen? Ich sehe es, du schläfst bald, eingepackt wie ein Seidenwurm, bevor du die zweite oder dritte Etappe angehst. Leo ist bei dir. Ich auch.

Denkst du an mich? An Klara, an Frau Gerlach, die dich so beklommen machte? Auf den ersten Blick eine normale Frau, eine muffige Spur Gleichgültigkeit, eine Art Lasur, die ihre Bewegungen verlangsamte, eine zweideutige Person, eine vieldeutige, das hast du gespürt, nein, kein »weicher Kern in rauer Schale«, lass dich von fix und fertigen Phrasen nicht verführen, Viktor (hier spricht deine Klara!), es geht um anderes: Kennst du die mongolische Tintenzeichnung eines von einem Teufel geführten Elefanten aus dem Album Shir Djang? In der Gestalt dieses Dickhäuters hat ein mongolischer Künstler im 17. Jahrhundert ein Gewimmel an Tieren aller Art eingezeichnet, sogar ein Mensch steckt darin. Auch Henrietta ist ein Zoogehäuse, auch in ihr steckt ein Affe – nicht humorlos – oder ein Schmetterling – manchmal ist sie durch den Wind –, also gut, die Entität Henrietta Gerlach enthält zig Wesen, und da wird einem schon mulmig, ohne dass man recht versteht warum, das Wimmelnde in der erstarrten Figur macht Angst. Ein Monster also? Aber nein. Sie blättert ständig in ihrem Lebensbuch, so schnell, weißt du, dass die vielen Bilder ihrer selbst ein multiples Ganzes ergeben. Hinter dem Goldschnitt versucht sie, sich zusammenzuhalten. Ihre gerade Haltung, eine Leimhaftung: Gerts Gegenwart. Ach, Viktor, außer Dermatologen wissen nur Künstler und Psychiater, wie viele Tiere unter der menschlichen Haut krabbeln. Henrietta Gerlach ist nur ein Mensch und die Haut des Menschen das Kompassgehäuse für viele Richtungen. Sie hat Angst, sie weiß noch nicht, was ihr alles passieren wird, der Verkauf der Praxis ist aber schon eine Zäsur, wie in Celans Gedicht: Das Fremde/ hat uns im Netz,/ die Vergänglichkeit greift/ ratlos durch uns hindurch.

2

Henrietta hatte die Heizung abgestellt und fröstelte. Tausendfüßler klopften an ihren Schläfen den epischen Rhythmus dieses Satzes: Das ist der letzte Tag. Alle Möbel würden an ihrem Platz bleiben und die Plakate und der Kalender – 22. Dezember – und sogar die Pflanzen, eine uralte Bundnessel, bei Blumenhändlern kaum noch zu finden, und mehrere Exemplare einer Grünlilie, die sich in den Jahren eisern vermehrt hatte, alles alt gewordene Ableger derselben Urpflanze, dennoch spürte man eine Art Versteppung der Räume, die das Leben verlassen hatte. Im Kronleuchter flackerte eine Birne, die man vielleicht noch wechseln sollte. Henrietta schaute seufzend zur hohen Decke und fummelte mit der Hand um den Hals, als müsse sie einen Strick lockern. Sie wunderte sich, dass ihr Mann nach dreißig Jahren zwischen diesen Wänden so leichtfertig mit dem Schlussstrich umging, ja, sogar erleichtert wirkte. Wie leutselig, wie unkompliziert er sich heute von seinen letzten Patienten verabschiedet hatte. Nostalgie war auch nie ihre Schwäche gewesen, heute aber schauderte es ihr vor dem, was ihnen bevorstand. Und sie staunte, dass die Vergangenheit so schnell zusammenschrumpfen konnte. Ein Akkordeon, dachte sie, ein Akkordeon, ein bisschen üben, ein bisschen spielen, drei Zuhörer klatschen, einer lächelt ironisch, ein letztes Miauen des Instruments, und das war's. Sie hatte in ihrer Jugend Bandoneon gespielt. Ihr bescheidenes Auflehnen gegen die unkultivierte Lebensweise ihrer Eltern.

Sie sortierte die Zeitschriften, eine abendliche Routine, warf die alten und abgewetzten weg, legte neue dazu, dachte, wenn der Nachfolger Herr Weber einzieht, dann sind sie sowieso alle veraltet. Wieso habe ich vergessen, sie abzubestellen? Sie warf einen Blick in eine neue Elle, Frauenporträts, sublime Gesichter, hochstilisierte Kleider, nackte Rücken, deren makellose Haut von silbernen Trägern wie ein Geschenk geschnürt wurde, irreale Frauen, die beim Durchblättern zu einer einheitlichen Fassade, einer einzigen Figur verschmolzen wie die Geliebten ihres Mannes; ein gemeinsames, nach dem klassischen Schönheitskanon modelliertes Gesicht boten sie an, mit zwei normierten Wangen zum Ohrfeigen, ideale Ohren zum Ziehen, ein langer Hals zum Würgen, falls Henrietta eine eifersüchtige Harpyie gewesen wäre. Gelackte Puppen, mit denen ein Mann sich brüsten kann, gekaufte Engel mit glatten Schenkeln, deren eingeölte Scheiden offen standen, damit alte Jungen ihre Gier nach Spiel und Selbstbestätigung befriedigen konnten. Hitzewallungen. Sie ging ans Fenster, atmete die abendliche Luft tief ein und zauberte für sich eine andere Henrietta hervor, ein neues Bild ihrer geheimen Sammlung, die Sammlung des Nichterlebten, bunt gewebte Lebensstücke der Sehnsucht, die plötzlich erblühten wie diese Überraschungsblumen, die man in Bastelheften für Kinder finden kann; man taucht so ein trockenes Ding ins Wasser und – sieh mal da – es entsteht eine Tropenblume, deren Blätter sich langsam öffnen, ganz zerknittert noch, nehmen sie Farbe und Form an. Jetzt lächelte gerade eine Henrietta ohne bitteren Zug um die Lippen, eine schicke Arztfrau, die die beste Gesellschaft der Stadt zur Pensionierungsfeier ihres Mannes einlädt und jeden Satz rhythmisch mit dem Klappern ihrer Stöckelschuhe begleitet. Ja, wir haben viele Pläne, Reisen selbstverständlich, ich träume seit Langem von Peru und seinen Schätzen. Mein Bandoneon will ich aus der Verbannung holen. Wir lassen das Haus renovieren, frische Tapeten, neue Küche. Die Sachen sind älter als unsere Tochter. Den Swimmingpool haben wir verrotten lassen, der wird jetzt saniert. Einen Gärtner müssen wir bestellen, er wird mit uns zusammen die Anlage pflegen, alte Bäume fällen, neue Büsche pflanzen, ach, ich weiß ja gar nicht, womit wir anfangen sollen, sagt sie mit einem entzückten Lächeln und stellt sich den Rhododendron vor, der im Frühjahr, sehr bald, seine lila Blüten sprießen lassen wird, und wir wollen zur Pensionierung eine schöne Gartenparty geben. Ich will wieder ein paar Stücke auf dem Bandoneon üben. Sie hört das melodische Lachen einer Freundin, aber Liebste, ich wusste ja gar nicht, dass Sie – wie heißt das noch? – Bandoneon spielen. Ist es so was wie ein Akkordeon? Handharmonika könnte man es auch nennen, ja, sagt Henrietta und lacht ein launisches Lachen, Sie können auch Schifferklavier dazu sagen. Mein Mann? Ach, der hat keine Langweile. Er wird öfter Golf spielen, sein Lieblingssport, er denkt auch daran, drei Monate im Jahr in Afrika bei Ärzte ohne Grenzen zu helfen, ja das hat er sich schon immer versprochen, wenn ich Rentner werde, tue ich etwas Gutes, und dort werden pensionierte rüstige Ärzte gebraucht, aber nein, ich habe keine Angst, wovor denn, ich werde auf jeden Fall mitfahren. Wir haben Pläne, große Pläne, große Pläne. Ich beneide Sie, sagt die Freundin, es hört sich alles wunderbar an.

Alles muss neu erfunden werden, rief sie und rieb sich am Ellbogen. Wir müssen kämpfen. Ich bin kein Improvisationstalent, sagte sie und kratzte sich am Hals. Ich bin eine Frau der Alltagsroutine, keine Erfinderin. Die Zukunft muss ich in den Griff bekommen. Was für ein Ausdruck, in den Griff bekommen, ich muss mein ganzes Leben umstülpen. Nachdenken, Entscheidungen für die Zukunft treffen, ja. Gibt es eine Zukunft, die nicht aussieht wie eine immer schlechtere Fortsetzung der Gegenwart? Ich bekomme Kopfweh, wenn ich daran denke. Wenn man nicht von Kronos gefressen werden will, muss man ein Leben lang weiße Steinchen hinter sich streuen, Steinchen als Markierungen des täglich gesetzten Zeichens. Punkt, Punkt, Punkt. Und weiter so. Regelmäßigkeit hält die Zeit und mich mit bunten Gummis zusammen. Solange ich nachts die Decke bis zum Kinn meines schlafenden Mannes hochziehe, bevor ich mich am äußersten Rand des Bettes umdrehe, solange ich dieselbe Morgengymnastik mache, täglich den Briefträger grüße, ändere ich mich nicht, und dein lächerliches Schubsen, Kronos, wird mich nicht stolpern lassen.

Die Kälte biss in ihr fahles Gesicht. Sie schloss das Fenster.

Im Herzen zwickte doch eine Gewissheit, die ihren Mut unterminierte: Mein Leben verdunstet, es bleibt ein Schnapsglas voll zurück. Mich jucken beide Waden, ob Gert schon alle Ärztemuster gegen diese Kratzeritis aus dem Medikamentenschrank weggeräumt hat? Der Vertreter von Roche war doch letzte Woche da. Und die Kopfschmerztabletten? Meine Traumreisen flattern in mich hinein und sterben wie die Fliegen. Die Gegenwart hüllt mich ein, schwarz wie eine Burka, meine Sicht zur Zukunft eingeengt.

Sie hörte ihren Mann gar nicht mehr, obwohl alle Türen offen standen, und ging ins Sprechzimmer. Ihr Gert stand leicht gebückt und mit vorgestreckten Händen vor dem großen Wandschrank, als wollte er einen Kopfsprung hinein machen, schaute mit zusammengekniffenen Adleraugen und sagte: Ich weiß nicht mehr, was ich da suchte.

Freut mich, dass auch du ein bisschen durcheinander bist. Übrigens, eine Birne im Kronleuchter des Wartezimmers muss gewechselt werden.

Silvia und Marion kommen nächste Woche und helfen.

Sie lehnte sich an seinen Rücken und umarmte ihn fest. Dabei klammerte sich ihre rechte Hand an ihre linke, er reagierte nicht, ein Block. Sie dachte: Ich sollte ihn in diesen Schrank stoßen, zumachen, den Schlüssel mitnehmen, es würde nichts mehr geschehen, ich würde verreisen, Südamerika vielleicht.

Gert, sagte sie, freust du dich, dass alles so gut und so schnell geklappt hat? Der junge Mann macht einen hervorragenden Eindruck, nicht wahr?

Hoffentlich ist er auch ein hervorragender Arzt.

Das wird sich zeigen.

Er drehte ihr leicht den Kopf zu: Ich werde ihm zur Seite stehen, falls Probleme auftauchen. Ich kann ihn auch vertreten, wenn er Urlaub macht.

Wenn du einmal raus bist, solltest du nicht zurückkommen. Ich werde dich nicht fragen.

Ach, Gert!

Er ahmte sie mit schwacher Stimme nach: Ach, Gert! Und bestimmter: Meine liebe Henrietta, das Motto »loslassen« solltest auch du verinnerlichen. Sie lockerte ihre Umklammerung. Er kicherte ein einsames Kichern und zeigte dabei sein noch intaktes Gebiss.

Dann lass uns jetzt nach Hause gehen, flüsterte sie.

3

Kurz vor Weihnachten kam Viktor aus Königstein wieder, wo er mit Klara und nicht weit von seinen Eltern wohnte. Er hatte seine letzten Wochen in der Dermatologie in Stuttgart absolviert, seine letzte Operation betraf einen Patienten mit Acne inversa. Er konnte Haut und Unterhautfettgewebe operativ entfernen und die gesunde Haut erfolgreich zusammennähen. Der Chefarzt, die Assistenten und später der Patient gratulierten. Als er ging, bekam er Blumen und Küsse von den Krankenschwestern und Kolleginnen. Er bereute schon, dass er in seiner neuen Praxis nur harmlose Eingriffe vornehmen würde. Aber Herr seiner Zeit zu sein, keinen Professor hofieren zu müssen, um weiter nach oben zu gelangen, das war ein befreiendes Gefühl. Viktor war im Grunde ein Einzelgänger, er schätzte die Kollegen, aber Teamarbeit lag ihm weniger. Schon als Kind hatte er besser atmen können, wenn er allein für sich spielen oder lernen konnte.

Doktor Gerlach und er hatten am Nachmittag nach Zustimmung des Zulassungsausschusses beim Notar den Kaufvertrag unterschrieben. Als Gerlach die Füllfeder in die Hand nahm, richtete Viktors Blick sich auf dessen Handrücken: Altersflecken nisteten in der schwarzen Behaarung. Die Haut rollte sich wulstartig an den Fingergelenken, mehrfach von Hautringen umgeben. Viktor sah die Hände seines Vaters und die seines Großvaters, beide Allgemeinärzte, wieder vor sich, so ähnliche Hände, dass er Gerlachs Gesicht von der Seite verstohlen ansehen musste, und auch in diesem Gesicht erkannte er Züge seines Vaters und spürte eine fatale Verwandtschaft zu diesem Fremden, eine ganz und gar unpassende Nähe. Gerlachs hatten sich ihm gegenüber sehr zuvorkommend gezeigt, mit soviel Nachsicht wie für einen ausgewanderten Neffen, den sie jetzt zu Hause willkommen hießen und mit allen Mitteln unterstützen wollten, sich zu etablieren. Geld spielte bei ihnen anscheinend keine maßgebliche Rolle, sie sprachen von Generationenvertrag, wünschten sich, dem jungen Mann, obwohl kein Neffe, aber so gut als ob, alle Wege zu ebnen, hatten sogar noch schnell Räume und Diele neu streichen lassen, sie hatten für ihn über Bekannte eine Wohnung gefunden, die er am nächsten Tag besichtigen sollte, sie bewiesen in jeder Hinsicht Großmut und Freundlichkeit, und doch oder vielleicht gerade deshalb spürte Viktor keine Lust, sie näher kennenzulernen, sträubte sich gegen eine mögliche Bindung, sich vielleicht mit dem Dankbarkeitsgefühl in eine neue Abhängigkeit zu begeben. Er fühlte sich reif dafür, seinen Weg ohne die Unterstützung alter Männer zu gehen. Das Paar Gerlach hatte auch etwas Störendes, das er nicht definieren mochte, vielleicht waren sie nicht nur auf der Suche nach einem Neffen, sondern nach einem Sohnersatz, und Viktor war über dreißig Jahre lang Sohn und Enkel genug gewesen. Man wirft freilich seine Erziehung nicht so leicht über Bord und, als er eine Einladung zum Abendessen erhielt, nahm er sie mit einem schmalen Lächeln an. Im Hotel telefonierte er noch mit Klara: Gern würde sie sich mit ihm freuen, sagte sie, aber sie müsse sich an den Gedanken gewöhnen, in einigen Monaten Königstein, Frankfurt und ihren Freundeskreis zu verlassen. Da würden Tränen fließen. Dann rief er kurz seine Eltern an. Väterliche Rhetorik ärgerte ihn flüchtig: Na, hast du ein Schnäppchen gemacht? Und er hörte auch die Mutter: Wenn die Wohnung dir gefällt, helfe ich dir gern, sie nett zu dekorieren. Im Hotel zog er ein frisches Hemd an und fuhr zu Gerlachs.

Sie wohnten im südwestlichen Teil der Stadt, wo Kunstgitterstäbe die Parterrefenster von alten Familienanwesen oder modernen Architekten-Villen schützen. Ihr Haus lag auf einer Anhöhe und war von einem großen Park umgeben. Das Gittertor stand offen und Viktor fuhr langsam in die Allee hinein, die geradeaus zum Haus führte. Im Licht der Scheinwerfer erahnte er Rhododendren und blaue Tannen unter den abbröckelnden

Schneeschichten. Der Kies der Allee knirschte unter den Rädern. Er hielt vor dem Garagentor und bewunderte das massive, gut beleuchtete Haus. Er stellte sich vor, nach einem langen Arbeitstag nach Hause zu kommen. Klara und die Kinder würden mit dem Abendessen auf ihn warten. Sein Schlüssel öffnet die Tür, er hört Klara, die die Kinder ruft. Zwei oder drei lärmende Kinder poltern die Treppen runter. Sie springen ihm an den Hals. Mein Gott, würde Klara sagen, du träumst echt klischeehaft. Sie nahm sich kein Blatt vor den Mund.

Er ging zur Eingangstür, ein Bewegungsmelder leuchtete auf. Ein Hund bellte irgendwo im Garten, aber Viktor sah ihn nicht. Er merkte, dass der Verputz der grauen Mauer auseinanderfiel. Die Rollläden waren heruntergezogen. Er klingelte, und etwas in seiner Brust zog sich zusammen, was sollte er hier? Warum hatten die Gerlachs, die noch nicht ganz im Rentenalter waren, die Praxis verkauft? Viktor hatte sich auf diskrete Art erstaunt gezeigt: Sie wollen Ihre gut gehende Praxis schon aufgeben? Ja, antwortete Gerlach, ja, auf jeden Fall. Man muss noch was von seiner Rente haben. Ich habe Kollegen, die kurz nachdem sie das Stethoskop an den Nagel gehängt hatten, den Löffel abgegeben haben. Günstig für die Pensionskasse, nicht wahr? Ich will noch ein bisschen leben, bevor ich ins Gras beiße.

Mein Mann ist Golfspieler, lächelte Frau Gerlach.

Dann kommt bei Ihnen keine Langweile auf, Herr Doktor Gerlach.

Sie gingen in ein düster wirkendes Wohnzimmer, das mit antiken Möbeln gefüllt war. Der Raum öffnete sich auf eine erleuchtete Terrasse, Westseite, sagte Frau Gerlach, hinten an der Ostseite hatten wir früher ein Schwimmbecken. Man kommt über die Küche hin. Das Becken ist seit Jahren leer, wir renovieren es, wenn unsere Enkelin schwimmen kann. Unsere Tochter Nora ist in Ihrem Alter, wissen Sie.

Der Swimmingpool war eine Laune meiner Frau, sagte Gerlach, damals bauten in unseren Kreisen alle einen Swimmingpool. Man aß, schwatzte und schwamm. Sagen wir, es wurde ein bisschen herumgeschwommen, ein bisschen geplanscht, geflirtet, gelacht. Vergangene Zeiten.

Es folgte ein Schweigen, in dem Viktor den Nachhall des damaligen Lachens und Planschens aus »vergangenen Zeiten« hörte. Gerlachs Tochter spukte ihm auch im Kopf, und der Verdacht, sie könne eine alleinerziehende Mutter sein, mit der Gerlachs ihn verkuppeln wollten, wurde bald von Frau Gerlach ausgeräumt: Nora und ihr Mann wohnen leider weit weg von uns, bei Freiburg, wir sehen sie zu selten.

Oft genug, sagte Gerlach, er ist Bankier und hat so viel Humor wie ein Bügeleisen. Er macht alles platt.

Für eine Schüssel Salat und eine Platte geräucherten Lachs war der Tisch sehr aufwendig gedeckt, wilder Lachs, betonte Frau Gerlach, das Beste vom Besten. Wir haben uns keine Umstände gemacht, Sie sollen sich wie zu Hause fühlen. Tue ich, Frau Gerlach, danke schön für alles. Das Gespräch kreiste um eine, wie Gerlach sie nannte, hässliche Hetzkampagne gegen Ärzte. Es käme eine diffamierende Nachricht nach der anderen in die Medien. Korruptionsgeschichten und ungeklärte Todesfälle machten aus den Kliniken die privilegiertesten Tatorte der Bundesrepublik. Gerlach lachte, drehte die Augen zur Decke, schien dort oben weiteren Verbrechen nachzuspüren. Es ist so, sagte Henrietta Gerlach und trank mitten im Satz einen guten Schluck Wein, es ist so, dass nach Jahrhunderten des blinden Respekts gegenüber Ärzten jetzt nur noch Misstrauen und Rachelust herrschen. Mein armer Herr Doktor Weber, Sie beginnen Ihre Karriere in einer schlimmen Zeit. Ein kleiner Trost für uns Ausrangierte, hustete Gerlach, Prost! Er verschluckte sich, wurde knallrot, schien zu ersticken und brummte zu seiner Frau, die ihm auf den Rücken klopfte, jetzt hör bitte auf und wechseln wir das Thema. Eine junge Frau, flüsterte er, die Frau Sanderia, hat mich neulich besucht und wird … Apropos, stieß Frau Gerlach hervor, Apropos, Herr Doktor Weber, können Sie ein Geheimnis hüten? Wir hören nicht auf, weil Ärzte zu Prügelknaben der Nation werden – Gerlach hob den Kopf aus seiner Serviette –, sondern weil mein Mann krank ist. Alzheimer.

Viktor öffnete den kauenden Mund, in dem zerfetzter Lachs sichtbar wurde. Er schauderte. Ist Ihnen kalt?, fragte Frau Gerlach, soll ich Ihnen einen Pullover von Gert holen? Quatsch! Trinken Sie doch lieber einen Schluck, brummte Gerlach, verdammt noch mal, lassen Sie sich nicht den Abend von der blöden Polizei versauen, und auch nicht von meiner Frau. Sie erzählt Unsinn. Also Henrietta, lass das, bitte. Viktor reichte gehorsam sein Glas und traute sich nicht nachzufragen. Die Stimme von Frau Gerlach klang jetzt feucht: Mir wäre ein kleinzelliger Krebs lieber gewesen als diese entwürdigende Geschichte. Ein Mensch ohne Gehirn ist nicht mehr wert als eine Flasche Wein ohne Korken, der Geist flüchtet, murmelte sie melancholisch und füllte Viktors Glas, der seinen Ohren nicht traute. Gerlach lachte böse oder verzweifelt: Henrietta, immer dieselbe Leier, du spinnst jetzt völlig. Viktor senkte die Augen vor dem nass werdenden Blick von Henrietta Gerlach, die, ihr Glas an den Lippen, kreischte: Alzheimer ist Scheiße. Sie trank aus. Ihre Wortwahl klang noch befremdlicherer als die Aussage. Viktor machte einen Versuch: Es gibt, sagte er, Medikamente, die den Alzheimer-Prozess verlangsamen. Und die Forschung … Die Forschung forscht, sagte Henrietta, das wissen wir. Ich hole den Nachtisch. Lieber Weber, sagte Gerlach, während seine Frau in die Küche ging, machen Sie sich um mich keine Sorgen. Meine Frau will mich krank haben. Dabei ist sie die, die bald ihre Tabletten mit den Bonbons ihrer Enkelin verwechseln wird.

Hm, sagte Viktor. Ist sie auch krank?

Was heißt »auch«? Sie ist krank, ich nicht. Ja, ich habe für sie die Praxis aufgegeben.

Ich hoffe, es schmeckt Ihnen, sagte Frau Gerlach, die eine Schüssel Pudding brachte. Keine Chemie, alles selbst gemacht. Sie setzte sich wieder und seufzte tief: Wie schön, dass Sie uns besuchen, Herr Doktor Weber.

Ihr Seufzer rührte keinen Zug in ihrem Gesicht, kein Nasen-
beben, keine Stirnfalte, der Mund zeichnete nur einen dunklen
Strich. Viktor bemerkte, dass sie sich über das Make-up gepudert,
sich diskret mit Rouge die Wangenknochen betupft hatte, beige
Creme wurde, als sie mit der Serviette über die Lippen fuhr, weg-
gewischt, und die Mundpartie schimmerte heller als die Wangen.
Sie legte sich eine Hand auf die Lippen, und mit ihrem erstarrten
Blick erinnerte sie Viktor an den Affen, der im japanischen Trio
von Hidari Jingoro das Verschweigen des Schlechten empfiehlt.
Viktor sah auf ihre Nägel, die sie lang und rot lackiert trug.

Es schmeckt prima, sagte er, super Pudding. Super Pudding,
hallte Gerlach nach, und sein Lachen hatte etwas von der Farbe
trockenen Blutes. Eine Stimmung dunkel wie Ruß hatte sich über
den Tisch gelegt. Gerlach schlürfte hastig. Als seine Schale leer
war, begann er ein Gespräch über Viktors Arbeit im Stuttgarter
Krankenhaus, er benutzte viele Fachausdrücke, möglicherweise
um Viktor zu demonstrieren, dass er noch über seine intellektuellen Fähigkeiten verfügte, eine Sprache jedenfalls, die seine Frau
überforderte, die die Bedeutung eines Wortes nachfragte. Gerlach
spitzte böse das Kinn in ihre Richtung: Misch dich nicht ein. Wir
führen hier ein Fachgespräch unter Ärzten.

Ach so, zischte Frau Gerlach, das war mir entgangen. Sie pulte
mit dem Daumennagel etwas aus ihrer Mittelfingerkralle: Möchten Sie noch von dem super Pudding?

Nein danke, nuschelte Viktor, es war hervorragend. Frau Gerlach stand auf, knipste eine Tischlampe an, als hätte sie gespürt,
dass alle jetzt unbedingt mehr Licht brauchten.

Wir sind sehr froh, dass Sie die Praxis übernommen haben,
sagte sie. Die Entscheidung ist uns nicht leichtgefallen, aber …

Das Gespräch verlief zähflüssig. Erst als Viktor seine Freundin
Klara erwähnte – er hoffe, dass sie bald zu ihm nach Köln ziehen
würde –, schien ein Thema gefunden, das die Gerlachs interessierte, die nach ihrem Alter, ihrem Beruf, ihrer Herkunft fragten.
Frau Gerlach wollte ein Foto sehen, das Viktor gern aus seiner

Brieftasche herauszog, die beiden bewunderten lange Klaras Bild, und Frau Gerlach sagte fast gerührt: Ein schönes Mädchen. Ich hoffe, wir werden sie kennenlernen. Aber sicher, entwich es Viktor, und er bereute es sofort. Ihre Klara, stellte Gerlach fest, sieht nicht wie eine Lehrerin aus. Ist sie auch nicht wirklich, sagte Viktor.

Ich bin der Gert, sagte Doktor Gerlach, als Viktor sich verabschiedete, ab jetzt sagen wir Du. Als Viktor die Wagentür öffnete, kam ein Boxer angerannt, den Gerlach zurückpfiff: Hierher Inkognito! Wir sind ganz lieb, sagte er.

4

Henrietta und Gert Gerlach saßen noch eine Weile im Salon. Ich wünsche, sagte Gerlach, dass wir den jungen Mann öfter einladen, und seine Freundin, ein bisschen Jugend im Haus könnte dir gut tun. Uns beiden, sagte Henrietta, ich nehme an, vor allem die Freundin interessiert dich. Aber gut, wir werden beide einladen, der junge Mann gefällt mir sehr.

Ich hoffe, nicht zu sehr, kicherte Gerlach. Und du bleibst schön bei mir.

Heuchler, als hättest du irgendeinen Zweifel, du willst nur von dir ablenken.

Und du hörst auf, so einen Unsinn zu verbreiten, sagte Gerlach.

Keine Ahnung, was du meinst, Herr Doktor. Er hob die Schultern und richtete die Augen zur Decke. Man hörte im Nebenzimmer das Pendeln der alten Standuhr.

Wir sollten, sagte Henrietta, diese bescheuerte Uhr abstellen, dieses Geräusch ist mir ein Gräuel. Ich bekomme Kopfschmerzen davon.

Wer tickt hier nicht richtig?, widersetzte sich Gerlach. Auf mich wirkt es beruhigend, ich würde es erst hören, wenn es nicht mehr da wäre. Aber ich stelle die Uhr ab, wenn du willst. Sie lächelte mit Tränen in den Augen: Du bist lieb. Sie stand auf, nahm die Hände ihres Mannes zwischen ihre und küsste sie. Wir bleiben für immer zusammen, nicht wahr? Und er, peinlich berührt: Was spielst du jetzt, die Geisha? Das passt doch gar nicht zu dir.

Ich spiele gar nicht.

Schade. Wir sollten mehr junge Leute einladen, auch diese Journalistin, Frau Sanderia, finde ich interessant.

Ach Gert, sobald du eine junge Frau hofieren kannst …

Jetzt wandte sie ihm ein angstvolles Gesicht zu. Die Pseudo-journalistin Frau Sanderia hatte ihn am Nachmittag interviewt. Sie hatte tausend Fragen über Hautkrankheiten, über die tägliche Arbeit eines Dermatologen gestellt. Wie erquickt und aufgekratzt er war! Diese Person hatte etwas Hemmungsloses, als genügte es ihr nicht, eine hübsche Frau, eine Schwarze, eine Pseudojourna-listin zu sein, als wäre sie eine Art bunter Vogel, der sich gierig auf jedermanns Schultern setzt, um ihm die Flöhe vom Kopf zu picken.

Strengt dich diese Frau nicht an?, fragte sie

Doch, das mag ich ja gerade, Frau Gerlach. Sollen wir die Nach-richten hören?

Nee. Ich finde, Nachrichten sind etwas für Wähler und Quatsch-tanten. Ich würde Helmut Kohl sowieso nie mehr wählen.

Er heißt jetzt Angela Merkel.

Schön, dass du das noch weißt. Ich wollte etwas anderes sagen.

Das wollen wir alle.

Sie senkte die Augen: Es war wieder Mittag. Gert kam vom Golfplatz, er blinzelte gegen die Wintersonne und erkannte sie nicht sofort. Er hatte ihr einen befremdlichen Blick zugeworfen, eine Sekunde nur, bevor er meinte: Ach, holst du mich ab? Hatte sie ihm nicht gesagt, dass sie ihn abholen wollte? Je gravierender die Gedächtnislücken, desto geschickter wurde Gert in seiner Verhüllungskunst und in seiner Sprachfertigkeit, sein Leben wur-de zu einem Versteckspiel, eine Folge akrobatischer Kunststücke, alles ging verloren, nicht aber die Fähigkeit, wieder mit beiden Füßen und hellem Lachen auf den Boden zurückzufinden. Da sah sie hinter ihrem eigenen Wagen eine kleine Frau in einem gel-ben Kleid, und eine Sekunde lang dachte sie, schon wieder diese Frau Sanderia, jetzt aber war sie selbst von der Sonne geblendet und unsicher, ob die Frau in Gelb eine Schwarze war oder nicht, oder ob die Eifersucht sie mit Erscheinungen verfolgte. Schon war die Silhouette im Sonnenlicht entschwunden. Warum hast du nicht gesagt, dass du mich abholen willst?, hatte Gert gefragt.

Der junge Mann ist nett, sagte er jetzt plötzlich und holte Henrietta aus ihrer Träumerei. Henrietta, hörst du mir zu? Sag mal, warum erzählst du jedem, der es hören will, dass ich krank bin? Findest du das lustig? Ist das deine Rache?

Jedem nicht, und meine Rache wofür?

Er antwortete nicht und legte eine CD in den Player. Die Klaviermusik floss in den Raum und tauchte alles in blaues Gewässer.

Nocturne Opus neun Nummer eins, ist das nicht schön?, sagte er.

Das Pendel, Gert. Das geht sowieso nicht im Takt deines Opus!

Er stand seufzend auf, ging ins Esszimmer, wo die Uhr stand. Sie hörte, wie er das Pendel anhielt.

Apropos, Gerd, jemand hat heute Nachmittag für dich angerufen, ich hätte es beinahe vergessen.

Moira?

Aha. Madame Sanderia heißt also Moira. Sie spukt immer mehr in diesem Haus. Nein, ein Herr, Herr Fischer. Ludo Fischer.

Was wollte denn dieser Fischer?

Keine Ahnung. Er ruft morgen wieder an.

Aber Gert hörte schon nicht mehr zu, er schloss die Augen, ließ sich von der Musik forttragen.

Es klopfte und quietschte in Henriettas Schädel, es wurden dort eigenartige Bilder zermahlen, etwas presste sich zusammen. Sie stand auf, ging auf und ab, in den Flur, schwankte, hielt sich an der Wand fest. Ich würde gern, sagte sie, eine Kreuzfahrt mit dir machen. Sie nahm einen Hut von der Ablage und setzte ihn auf: Passt er noch, Gert? Aber Gert schaute nicht mal hoch. Er nahm Ferien von ihr.

Sandria oder Sangria oder Sandrina oder Sanderia. Egal. Der Name ist warm und knistert. Ein schwarzer Körper im goldenen Licht. Spanische Musik weit weg am Strand, vielleicht aus der Bar oder aus einem Radio. Sie liegt und er liegt auf ihr. Natürlich. Ihr Körper sinkt in den Sand, dieser Sand versinkt zum tiefen

Glück hin, das Glück juckt, zu viel Sand, um sich zu lecken, er spielt rein und raus, rein und raus, gerötet und feucht die Vorhaut, die sich zurückrollt, so empfindlich das nackte Tierchen und grausam jedes Sandkorn, welches das Räderwerk der Welt stört oder zerstört. Schnell rein ins Feucht-Warme, großes Männchen feiert, gegen jede Gefahr gefeit. Ich gebe dir das Fläschchen, Baby, flüstert er ihr ins Ohr. Debile Witze, sagt sie, und er: Ich schiebe ihn dir rein, sagt er, ich habe den da mit Sonnenöl eingerieben. Glitsch glitsch, wir schieblieben, sagt er, wir schieblieben, sagt Carolin. Carolin, weiche Lippen, rosa spitze Zunge, weiße Brüste. Wenn ich malen könnte, sagt er. Auf und ab. Ihre Brüste flüstern feuchte Dinge, hört sich wie ein süßer Popsong an, Donnerwetter, die Brüste haben einen Popsong erfunden. Er spürt, dass er wach ist, er träumt nicht, er erinnert sich, rekonstruiert: Fast hätte er sie geliebt, diese Carolin mit den poppigen Brüsten, ihr Jungfernhäutchen hatte er durchbohrt, blutig rausgeholt wie die Fahne des Besiegten, haha, nur ihren Geruch mochte er nicht. Jeder Haut ihr Geruch. Carolins Hautgeruch war fischig, nur am Meer erträglich. Ihre Parfums nutzten nichts, wenn sie bumsten. Das Original ist immer vaginal, Mädchen, alles andere ist Fälschung, sagte er und schloss wieder die Augen.

Der Mond über ihnen pendelt hin und her, wo das Hin und das Her ist, weiß man nicht, jeder kann es sich nach Gusto zurechtmachen, denn niemand weiß, wann und wo es angefangen hat.

Er lächelte, als er die Augen öffnete und die Augen einer Greisin erblickte. Du bist eingeschlafen, sagte Henrietta, lass uns ins Bett gehen.

Die Musik umarmte sie beide.

Chopins Nocturne, sagte er, Opus neun.

Genau, sagte sie.

5

Ein Schaben, ein metallisches Kratzen hatte Viktor geweckt. In seinem Traum hantierten ein Arzt und sein Gefolge in weißer Tracht. Viktor selbst lag in einem Krankenhausbett und staunte über die Ähnlichkeit des Oberarztes mit seinem Großvater, er erkannte die majestätische Statur, die verkniffenen Augen hinter der randlosen Brille, die Wangenknochen, mit feinen, geplatzten Äderchen verunziert, und vor allem spürte er dessen Lebenskraft, seine beängstigend energische Ausstrahlung. Er hatte oft gedacht, sein Großvater sei für die Rolle böser Männer, Menschenfresser und stumpfsinniger Henker bestimmt, nach dem Krieg war er aber Arzt geworden. Viktors Vater auch. Der Doktor aus dem Traum schüttete aus den großen Taschen seines Kittels lauter kleine Farbfiguren aus Plastik oder Holz auf Viktors Bett und sagte, die Patienten warten auf Sie, Weber. Erfahrung, Mann, Erfahrung ist das A und O des Berufs. Viktor machte die Augen auf, und der Traum verflüchtigte sich. Von seinem Bett aus sah er, dass die Bäume mit einer frischen Schicht Schnee bedeckt waren. Jemand fegte den Bürgersteig frei.

Später Schnee, sagte Silvia Ritzefeld, bringt Ihnen bestimmt Glück! Es warten schon zwei Patienten auf Sie! Zwei alte Leute.

Lampenfieber?, kicherte Marion.

Die zwei Sprechstundenhilfen hatten einen Strauß Rosen und eine Flasche Sekt auf seinen Schreibtisch gestellt. Er lief wieder zum Empfang und bedankte sich schüchtern. Zurück im Sprechzimmer überfiel ihn ein schiefes Déjà-vu. Er stellte mit einem Kloß im Hals seine Tasche auf den Schreibtisch. Doch Lampenfieber? Die Prüfungsängste der Studentenzeit? Als die erste Patientin hereinkam, wusste er, dass sein Unbehagen mit der Angst vor Verantwortung zu tun hatte, mit der Verantwortung für alte Leute.

Er war sechzehn. Seine Eltern verreisten mit den jüngeren Geschwistern und hatten ihm die Großeltern und den Hund anvertraut. Jungen Menschen soll man früh genug Verantwortung übertragen, ein Motto des Vaters, der gern Erziehungsmaßnahmen mit den eigenen Freiheitswünschen vereinbarte. Der Großvater war kleiner geworden und saß in einem Rollstuhl, an dessen Griffen sich ein überforderter und einsamer Viktor festhielt. Die Osterferien hatten begonnen und seine besten Freunde waren weg. Er verabschiedete seine Eltern, die kleine Schwester Sophie und seinen zwei Jahre jüngeren Bruder Martin am Garagentor, wünschte ihnen alles Gute und verfluchte sie – und sich. Martin warf ihm nicht mal einen Abschiedsblick zu. Er fläzte sich auf die Hintersitze, wähnte sich schon auf den weißen Pisten. Den größeren, vernünftigeren Bruder mochte er nicht besonders, den Musterschüler, Omas Liebling. Die Mutter sagte, tschüss, mein guter Bub, der Vater, jetzt bist du der Chef. Und sie fuhren. Viktor, der Opa mit dem schiefen Mund, die gebrechliche Oma mit dem erstarrten Lächeln, alle drei winkten, der Hund bellte und hob die Hinterpfote. Viktor deckte den Frühstückstisch und trug Kaffee auf einem silbernen Tablett ins Wohnzimmer. Die Großmutter trottete hinter ihm her. Ihre Filzpantoffeln schlurften wie kranke Tiere auf dem Parkett und Viktor hasste sich: Es geschieht mir recht. Ich habe ein falsches Bild von mir vermittelt: der kluge Junge, der wie Papa und Großpapa Arzt werden will, die Eins in Latein, die Eins in Mathe, Physik, Biologie und Chemie, die Zwei plus in Sprachen, Religion, Kunst und Sport, der Überflieger, der brillenlose Streber, der gut aussehende Gutmensch, der seine Mitschüler immer abschreiben lässt und der Mutti beim Kochen und Spülen hilft und dem undankbaren Brüderchen Nachhilfe gibt. Kein ganz falsches Bild, nein, ein schräg verfälschtes Bild. Ein Reklamebild eben. Mein Leben ist eine einzige Werbung, ich werbe für die Lobby Mustersöhne und zukünftige Ärzte. Er sah den zittrigen Alten beim Frühstück zu und schluckte schwer: Das Leben war ihm auf einmal zu komplex. Jetzt saß er da, bei einem Großvater, der ihn als kleines Kind terrorisiert hatte und dem er jetzt auf die Toilette helfen musste. Und Viktor sagte zu dem Hund: Das Leben ist keine Klassenarbeit, irgendwann sind die Überflieger die verklebten Mücken. Viktor lernte also die erste wichtige Lektion seines Lebens: Je stärker du bist, desto mehr wird man dir aufladen. Danach versuchte er seinen Eifer zu dämpfen, wenn nicht in der Schule, dann wenigstens innerhalb der Familie, schaffte es aber nicht. Viktor blieb ein guter Bub.

Die erste Patientin seines selbständigen Lebens litt seit Jahren an einem atopischen Ekzem. Viktors Blick glitt über den Mittelscheitel im schlecht gefärbten Haar, er fuhr mit dem Daumen über die Stirn, deren Haut, gerötet und glänzend, sich hart wie ein eisenhaltiges Gestein anfühlte. Schon bei dieser ersten Geste fühlte sich Viktor wieder in seinem Element, selbstsicher, beinahe euphorisch, als er die Frau aber näher untersuchen wollte, machte sie selbst die Diagnose, er solle sich doch nicht anstrengen, sie wisse über alles Bescheid, über ihre genetische Veranlagung und Enzymdefekt, nein nein, Unsinn, sie leide nicht unter Stress, der Doktor Gerlach habe ihr schon alles haarklein erklärt, alle mögliche Tests habe sie hinter sich, sie wolle nur die Salben verschrieben bekommen, die ihr hülfen, die mit den Omegas 6, sagte sie, und die mit dem Cortison, und dann, lieber Doktor sind Sie mich los. Die Salbe mit den Omegas 6 habe ihr Doktor Gerlach immer mitgegeben. Und sie zeigte auf den Medikamentenschrank.

Nach ihr folgte ein Patient auf den anderen. Ein unsympathisches Mädchen klagte aggressiv über Akne und verlangte eine Bescheinigung für die Schule. Er wollte sie fragen, warum sie nicht am Nachmittag nach dem Unterricht gekommen sei, aber ihr harter Blick und forscher Ton schüchterten ihn ein und er schrieb das Attest. Sein Vater hätte dem Mädchen bestimmt die Leviten gelesen. Die Schülerin warf ihr langes Haar nach hinten, sie belohnte ihn mit einem dankbaren Blick, der ihn versöhnte. Ich konnte doch nicht in diesem Zustand in die Schule gehen, sagte sie. Das sieht ja kacke aus. Ihr trotzig-knatschiger Ton brachte ihn zum Lächeln. Man sieht es doch kaum, sagte er, ein ganz klein bisschen zu spöttisch. Haben Sie eine Ahnung, kreischte die Pubertierende, plötzlich mit Tränen in den Augen. Und er lächelte sofort wieder verständnisvoll, legte ihr die Hand auf die Schulter. Sie sehen trotzdem ganz nett aus, sagte er sanft. Ein neuer, misstrauischer Blick warnte ihn. Was bildete sie sich jetzt ein? Ach, Gott, er würde sich hier mit jugendlicher Psychologie mehr beschäftigen als im Krankenhaus, wo er nur ernsthafte Krankheiten behandelt, Hauttumore operiert hatte. Ein Mann wollte wissen, ob er die Praxis teuer bezahlt habe, ob er sie überhaupt gekauft habe oder ob er »zur Miete« sei. Der Mann litt unter Pilzen zwischen den Zehen. Das verdammte Schwimmbad. Er schüttelte voller Ekel seinen schuppenreichen Kopf. Mehrere Patienten gaben Viktor das Gefühl, dass sie ihn testen wollten, alle waren ehemalige Patienten von Doktor Gerlach, ja, sie wollten vergleichen. Viktor war freundlich, nahm sich viel Zeit, schaute, betastete, schnupperte nach böse aussehenden Wunden, schabte, nahm unter die Lupe und unter das Mikroskop, laserte, verarztete, bandagierte, überwies, gewann aber das Gefühl, er sei der eigentliche Patient der Besucher, die bis auf die Schulschwänzerin alle betagt waren, neugierig Fragen über seine Herkunft stellten und ihn sogar väterlich-mütterlich ermutigten, ihm Ratschläge gaben, immer betonend, wie gut sie Doktor Gerlach in Erinnerung behalten würden. Alle fanden es schade, dass er im Ruhestand war, so ein guter Arzt und so ein guter Mensch. Eine Dame betatschte ihn am Arm und meinte, er sei noch sehr jung. Er wusste nicht, ob es ein Vorwurf, ein Kompliment, eine bloße Feststellung war.

Mittags machte er zwei Stunden Pause. Er kehrte in einem jugoslawischen Restaurant ein. Er hatte vom Zeitunglesen schon schwarze Fingerkuppen bekommen, als eine dicke Frau, wahrscheinlich die Köchin, das bestellte Gericht brachte und ihm ohne ein Lächeln guten Appetit wünschte. Salat, Spießchen und

Fritten schmeckten ihm dafür hervorragend und er bestellte sofort sein Mittagessen für den nächsten Tag um ein Uhr dreißig.

Um halb drei war er in der Praxis und eilte in sein Büro. Viktor wollte einige Unterlagen und Fachzeitschriften sichten, die Doktor Gerlach in einem Wandschrank vergessen oder für den Nachfolger als nützlich erachtet hatte.

Auf seinem Schreibtisch lag die Post. Leo gratulierte mit einer Ansichtskarte (die Frankfurter Altstadt) zur Praxiseröffnung. »Ich hoffe, der Herr Doktor kommt an einem Wochenende nach Frankfurt zurück und wir können in Sachsenhausen die Sau raus lassen! Dein Leo.« Leos Krakel, Stiche der Nostalgie.

Er machte sich dann an den hinteren Schrank und holte einige Mappen mit Rechnungskopien von Privatpatienten heraus, Patientendossiers mit Röntgenaufnahmen und Befundbescheiden der Klinik, mehr als fünfundzwanzig Jahre alte Leitz-Ordner aus der Zeit, als Gerlach keinen Computer besaß. Vielleicht hatte er sie für den Fall dagelassen, dass Patienten, die noch nicht digital erfasst waren, zu seinem Nachfolger kämen. Viktor fand auch alte Lehrbücher der Dermatologie sowie eine Sammlung medizinischer Broschüren.

Trotz der Renovierung roch der Schrank nach Staub, Altpapier, Tabak, vielleicht auch nach menschlichen Ausdünstungen (erreichte manchmal frische Luft die Regale?). Doktor Gerlach steckte noch in dem Schrank, Viktor noch nicht ganz in seiner Praxis. Er holte eine graue Plastikmappe heraus und entschied, für heute alles andere so zu belassen, es war kurz vor drei, am Wochenende könnte er in Ruhe alles sortieren. Er schob die Gardine beiseite, um einen Augenblick aus dem Fenster zu schauen. Wagen schleppten sich auf der verschneiten Straße voran, die schon schwarze Stellen und schmelzende Schneehaufen am Rand aufwies. Eine Frau ging vor seiner Nase vorbei, mit einem dunklen Parka vermummt. Die Frau hatte vielleicht seinen Blick oder seine Bewegung hinter der Scheibe vernommen: Sie drehte sich kurz zu ihm um und ihre Stirn faltete sich in einem Ausdruck des

Staunens. Er grüßte automatisch und sie auch. Sie hatte tiefblaue Augen, die sein Bedürfnis nach Liebe und seine Sehnsucht nach Klara anfachten.

Noch meldete Silvia keinen Patienten. Viktor schlug die graue Mappe auf und staunte: Post aus einer Kölner Detektei lag da, ein Stapel Fotos, Berichte und Briefe, an Frau Gerlach adressiert und dem Datum nach über fünfzehn Jahre alt.

Eine Schwarz-Weiß-Aufnahme zeigte einen jüngeren Doktor Gerlach mit einer gut aussehenden Frau, sicherlich nicht Frau Gerlach. Sie saßen in einem Restaurant. Wie leise redende Menschen streckten sie dabei ihre Gesichter einander zu, ohne sich zu berühren. Das Bild war von außen geknipst worden, hinter der Scheibe, und die zwei Personen von Lichtreflexen besprenkelt. Gert Gerlach aber konnte man gut erkennen, auch wenn das Haar auf dem Foto noch viel voller war. Das zweite Foto zeigte eine Rückansicht der beiden. Sie betraten ein Wohnhaus. Ein dritter Schnappschuss zeigte sie auf einer Parkbank. Hier küssten sie sich, die Gesichter waren nicht zu erkennen, nur das Haar und die Schläfe von Gerlach. Auf dem letzten Bild sah man eine unscharfe Aufnahme von Gerlachs Freundin im Profil, allein auf der Straße gehend. Sie trug hohe Stiefel, einen Mantel mit Pelzkragen, das glatte Haar nach hinten gekämmt oder vom Wind nach hinten gefegt, ließ ein strenges Profil erraten, eine etwas starke Nase. Die Frau schwenkte eine Handtasche nach vorn (eine für immer nach vorn erstarrte Handtasche, dachte Viktor), ein flotter Gang, wie man ihn vom Laufsteg einer Modeschau kennt.

Daran geheftet zwei getippte Blätter: der genaue Tagesplan für drei aufeinanderfolgende Mittwochnachmittage einer gewissen Carolin Leitner, dann eine Art Zusammenfassung der Recherchen: Carolin Leitner, siebenundvierzig, Tochter von Johanna und Joachim Leitner, beide verstorben. Carolin Leitner bewohnt eine kleine Wohnung im ererbten elterlichen Haus, Dumontstraße 12, erster Stock. Die anderen Wohnungen des Objekts sind vermietet. Carolin Leitner spricht viel und lacht gern, unserer

Meinung nach eine Spur zu schrill. Sie hat in den siebziger Jahren Medizin in Heidelberg studiert, nach einigen Semestern das Studium abgebrochen, dann eine physiotherapeutische Ausbildung in den Niederlanden absolviert. Sie besitzt eine schlecht gehende Praxis unterhalb ihrer Wohnung und scheint mehr von den Mieteinnahmen des Wohnhauses zu leben. Sie besucht einmal die Woche einen Psychotherapeuten. Sie spielt jeden Donnerstagabend in einem Streichquartett, geht an manchen Sonntagmorgen ins Schwimmbad. Carolin Leitner gehört auch zu einem auf Krimis spezialisierten Lesekreis und trifft sich einmal im Monat in abwechselnden Wohnungen mit den anderen Lesern aus diesem Kreis.

Viktor hörte das Telefon und legte schnell Papiere und Fotos in die Mappe zurück und gab sie wieder in den Schrank. Marion kündigte den ersten Nachmittagspatienten an.

Er hatte aber Mühe, sich auf den Herpes des jungen Mannes zu konzentrieren, Carolin Leitner spukte in seinem Kopf. Anscheinend hatte Frau Gerlach ihren Mann bespitzeln lassen. Aber wieso waren diese Unterlagen hier im Schrank gelandet und geblieben? Wahrscheinlich hatte sie ihren Mann in der Praxis mit den Tatsachen konfrontiert. Vielleicht hatte er dann selbst das Dossier hier verstaut und jetzt unten den vielen Zeitschriften vergessen.

Als der Patient weg war, ging Viktor wieder zum Schrank, mit der Neugier und dem schlechten Gewissen eines Einbrechers. Er war perplex. Sollte er Frau Gerlach die Unterlagen zurückbringen? Aber nein, die Geschichte war wahrscheinlich längst vorbei und vergessen. Die Akte würde doch nur böses Blut in der Familie schaffen. Er sollte das Ganze wegschmeißen. Er stellte sich vor, er sei fünfzig, die Routine in der Praxis und in der Familie langweilig geworden. Er träfe eine Geliebte in seiner Mittagspause oder Mittwoch nachmittags, eine Patientin, eine Kollegin. Schon musste er lachen, weil die Mätresse seiner Fantasie wie Klara aussah: Klara würde er nie hintergehen. Man könnte sich aber gut vorstellen, Frau Henrietta Gerlach zu betrügen.

Weitere Patienten nahmen ihn danach in Beschlag. Als er die Haut eines alten Mannes untersuchte, spürte er, wie das warme Glück zurückkehrte, das er immer wieder empfand, wenn er seine Hände auf die einsame Haut eines Patienten legte, der ganz ruhig wurde, sich dem leichtem Druck seiner flachen Hände hingab und entspannt, getrost dalag und mit ihm zusammen atmete.

Schon neigte sich der Tag dem Ende zu, neue Flocken fielen und Viktor wünschte sich, der Frühling möge sich beeilen. Begleitet einen das Licht bis spät in den Abend, fühlt man sich weniger allein.

6

Am selben Abend rief er Klara an. Als er sie einlud, piepste sie chromatisch ineinander übergehende kleine Triumphjauchzer. Bei ihrem Abschied hatte er angedeutet, drei Wochen lang allein verbringen zu wollen, er müsse sich vorerst auf seine neue Arbeit konzentrieren, einiges regeln, einfach zur Ruhe kommen. Des Stolzes wegen konnte sie nicht umhin, schnippisch zu fragen, ob er sich jetzt schon langweile, sein aufrichtiger Ton aber entwaffnete sie schnell: Fühle mich wie ein verlorener Däumling im düsteren Wald, sagte er mit kleinlauter Kleinjungestimme, du fehlst mir.

Sie nannte ihn ab und an Däumling, nicht nur wegen seiner Schlankheit und seiner bescheidenen Größe – sie war zwei Zentimeter größer –, sondern weil er zwei magische Daumen besaß, die die richtigen Punkte fanden, die es zu drücken, zu streicheln, zu massieren galt. Ihr Körper übte eine große Anziehungskraft auf diese kundigen Hände aus, aber Viktor hatte einen Sinn für menschliche Haut im Allgemeinen, eine Faszination, die ihn zu seinem Fachgebiet berufen hatte. Ohne seinen Doktorpapa und seine ehrgeizige Frau Mutter wäre er vielleicht »nur« Masseur geworden. Lag sein rechter Daumen auf einem ausgewählten Punkt des Körpers, während die anderen Fingern auf der umliegenden Haut tippelten, oder strich er wiederholt mit der Handkante über die Haut, legte er beide Handflächen auf, zwickte er mit den Fingerspitzen, erinnerte es an die Gestik einer Klöpplerin, eines Malers, eines Klavierspielers, eines Gitarristen und eines Geliebten. Zehn Chorknaben improvisieren, sagte Klara, die seine Streichelkunst sehr genoss und glaubte, Viktor höre eine Haut atmen, singen und weinen. In der Tat war für ihn die Haut nicht nur ein Sinnesorgan, sondern ein himmlisches Gewölbe, die Wesen darunter die abtastbaren Ableger einer unergründlichen Gottheit, wie Meteoriten die Trümmer von Lichtjahren entfernten Sternen. Viktor war ein betender Dermatologe.

Dann komme ich gern, rief sie begeistert darüber, gebraucht zu werden, glücklich, den geliebten Geliebten wiederzusehen, ganz beschwingt von dieser Tatsache: Freitag war schon in vier Tagen, und auch er war glücklich, sich und sie glücklich zu machen, erleichtert, es über sich gebracht zu haben, sie um Hilfe zu rufen, ohne dass der Hilferuf tatsächlich hörbar gewesen wäre, froh, dass Freitag in fünf Tagen war, und er machte sich an die mentale Liste der Vorbereitungen zu ihrem Besuch.

Er lief in der unaufgeräumten Wohnung umher. Ihre Lieblingsorangenmarmelade kaufen, da sie keine Wurst zum Frühstück mochte, das Bett frisch beziehen, ins Opernprogramm schauen, oder doch lieber nicht, diese zwei Abende würden sie sich nur miteinander beschäftigen.

Das Telefon klingelte, er dachte, Klara rufe ihn zurück, um etwas nachzufragen, vielleicht, was er sich als Mitbringsel aus Frankfurt wünsche, er hatte sich vorher nicht getraut, sie zu bitten, Frankfurter Würstchen mitzubringen, denn hier im Kölner Raum schmeckte ihm die Wurst weniger, aber in ihrer verliebten Plauderei hätten die profanen Würste eine falsche Note gesetzt. Er rief fröhlich ihren Namen, bevor sie den Mund aufmachen konnte, die Dame aber, keine Klara, sondern eine Frau mit der dünnen Stimme von Frau Gerlach, fragte ohne Umschweife, in einem Zug und geradeaus wie ein ICE, ob er nicht am Samstagabend zum Essen kommen könne, sie und ihr Mann würden sich sehr freuen, einen Sauerbraten habe sie eingelegt, eine Spezialität des Rheinlands, die er unbedingt kennenlernen sollte, die leider aber in Restaurants immer seltener serviert werde. Klöße aus rohen Kartoffeln passten dazu, und da er sich in der Stadt wenig auskenne und außerdem mutterseelenallein sei, habe sie, Frau Gerlach, gedacht, und ihr Mann auch … und wie über das Wasser springende Kieselsteine warfen ihre letzten Worte weitere

Kreise, plätscherten und versanken in Viktors Verlegenheit, ein Viktor, der erschrocken schwieg, ein Däumling, vom Menschenfresser beschnuppert und kaum atmend betend, nicht entdeckt zu werden, bitte verschone mich, liebe Menschenfresserin. Sind Sie noch da?, rief Frau Gerlach. Und Viktor verließ seine Deckung, ja, sagte er schüchtern, ja, ich bin noch da. Na, junger Mann, wie ist es? Sie sind doch noch frei am Samstag, oder? Das heißt, nicht wirklich, nahm sich Viktor zusammen, meine Freundin kommt zu Besuch, und …

Sehr schön, dann bringen Sie sie mit. Wir freuen uns, sie kennenzulernen. Und Viktor hörte, wie sie ihrem Mann im Hintergrund zurief: Gert, die Freundin von Herrn Weber wird dabei sein.

Viktor nahm jetzt im Hintergrund die Stimme von Doktor Gerlach wahr, konnte aber nicht wirklich hören, was gesagt wurde. Mein Mann meint, übertrug Frau Gerlach, ich soll Sie mit meinen Einladungen nicht belästigen, junge Leute wollen für sich sein. Nein, sagte Viktor, das meinte ich eben nicht, nur ist es so, dass wir … Und wieder entfernte sich die Stimme Frau Gerlachs, die aber in noch hörbarer Lautstärke sagte: Herr Weber freut sich auf unsere Einladung und er bringt uns seine Freundin mit. So erfuhr Viktor, dass er einer Einladung zugesagt hatte, die ihm bestimmt viel Ärger bringen würde.

Die telefonierende Frau Gerlach war eine andere als die Frau, die er in Fleisch und Blut erlebt hatte, eine schüchterne, die nur aufblühte, wenn ihre Gesprächspartner ihr nicht leibhaftig gegenüber standen.

(Moira)

Ja, mein Viktor, spätestens an diesem Tag hättest du ihr ein klares Nein sagen sollen. Nein, liebe Frau Gerlach, ich weiß, dass Sie es gut meinen, aber der Weg zur Hölle ist mit guten Vorsätzen gepflastert, nicht böse sein, ich will mit meiner Klara allein Kölsch trinken, früh ins Bett und sie in der Missionarsstellung lieben (ich würde wetten, deine Lieblingsstellung), bis zum Versagen unserer Kräfte. Frau Gerlach, mein Mund schreit gierig nach ihren kleinen Brüsten, meine Hüften wollen den Druck ihrer Hände spüren, mein Blick muss tief in ihre blauen Augen sinken und ertränken, was er an Hässlichem bis Ende der Woche gesehen haben wird. Ich verstehe Ihre Zukunftsangst, Ihren Horror vor Alzheimer, falls Ihr Gert Alzheimer hat und nicht Sie. Ja, Sie tun mir leid, aber wir sind jung, gesund, noch glücklich und wollen ganz egoistisch am Samstag frei atmen können, irgendwohin essen gehen, nicht unbedingt einen Sauerbraten. Frau Gerlach, ich fürchte mich vor Ihnen, Sie wollen uns in Beschlag nehmen, Sie wollen uns im dunklen Wald Ihrer Einsamkeit einsperren. Lassen Sie uns in Ruhe, zwingen Sie mich nicht, trotz meiner guten Erziehung dämliche Notlügen zu erfinden, um Ihren Einladungen auszuweichen. Denn ich, Viktor Weber ... Aber konntest du denn ich sagen, ein Wort, bei dir so kurz und leicht wie eines der Härchen, die ich zupfe, versuch's mal, eine Silbe nur, sag: ich, ich, ich, und ich höre dabei deinen Frankfurter Akzent, isch, isch, isch, kannst du's oder hat sich dein Ich via Däumchen in die Haut deiner Patienten vergraben? Oder hat es deine Mutti mit der Schere klein geschnipselt oder dein Großvater es weggepeitscht, dein Papa es nach seinem Gusto verdreht, umgedreht, so dass du es nur zu einem schii herauspustest ...

Quatsch! Ichsagen widerstrebt deinem Ich, das sich sofort

igelhaft zusammenrollt und jedermann erlaubt, es mit Stöcken umzudrehen, denn dein Ich ist ein dienstleistendes Ich, mein Viktor, ein schwaches, nicht neinsagendes Ichchen, also hätte nur ein verfälschtes Ich aus deinem Mund Ich sprechen können, eine Unmöglichkeit, denn dein Schicksal ist nicht das eines Lügners. Man kann kein anderes Ich annehmen als sein eigenes, ach, so ein Schiet, mein Schatz.

Gerlachs haben dich im Netz. Zappeln nützt nicht.

7

Schon wieder dieser Fischer. Er würde sie nie in Ruhe lassen. Hören Sie bitte auf, uns zu belästigen, sagte sie. Sie legte brutal den Hörer auf, hoffte, dass der Krach die Gedanken ihres unsichtbaren Gesprächspartners zum Bersten brachte, dass er sich daran verschluckte, erstickte, im Kot hinfiel, krepierte.

Sie beobachtete ihren Mann, der in sehr gerader Haltung und mit einem breiten Lächeln Frau Sanderia zur Tür hinausbegleitete. Er hatte sich in Schale geworfen, seine Pantoffeln durch Mokassins ersetzt und einen Schal um den Hals in den Hemdkragen gesteckt. Durch den Türspalt beobachtete sie, wie ein gesunder, charmanter, witziger älterer Herr einen Balztanz aufführte, zum Abschied die Hände der jungen Frau mit seinen umschloss, sich leicht bückte, ein angedeuteter Handkuss. Sein Schauspieltalent.

Eine Rückblende: Gert spielt den Arzt im Theater. Mit Kollegen haben sie eine brüchige Schauspielbühne in einem Restaurant renoviert und eine Gruppe gebildet, Die Namenlosen. Sie spielen zweimal im Jahr alten Klamauk oder selbstgeschriebene Possen; alles rankt sich um das Thema Ärzte und Patienten. Kein Thema wird ausgeklammert, kein Spaß ausgelassen, man ergötzt sich an der Selbstdiffamierung als Garantie der eigenen Unschuld, man schreibt Tabus in den Wind, es gibt geile, geldgierige Kurpfuscher, falsche Ärzte, Nymphomaninnen unter der Schwesterntracht, Idioten in blutbefleckten Kitteln, Zyniker, Visionäre, Hellseher, Hysteriker, eingebildete Kranke in allen Variationen, einen stotternden Arzt, der sich verhaspelt, die Silben vertauscht, die Angehörigen so lange nervt, dass sie »endlich!« von sich geben, als sie die Todesnachricht hören, eine Patchworkwelt von Stereotypen, bekannten Gags und lustigen Einfällen, alles hemmungslos verknüpft. Jeder Zuschauer erwartet den Auftritt seines Arztes, seiner Praxishelferin. Henrietta macht mit, nicht als Schauspielerin, dafür fehlt die Begabung, sich zu verstellen, aber ihr Bandoneon kommt öfter zum Einsatz, mit ihrem Mann den Spaß zu teilen, alles zu teilen, ist ein nie gestilltes Bedürfnis. Sie gehört zu ihm, er zu ihr. Ihre Eifersucht hält sich noch in Grenzen, es zwickt höchstens ein bisschen, wenn eine der Laienschauspielerinnen von ihrem Mann geküsst wird, die Rolle will es ja so, sie senkt den Blick auf ihr Bandoneon. Könnte man nicht so tun, als ob? Nee, man könnte nicht. Sie wird ihm selbst den Lippenstift aus den Mundwinkeln abwischen. Man trifft sich einmal die Woche zum Proben, man verbindet das Angenehme mit dem Nützlichen: Der Ertrag der Benefizveranstaltungen geht an Médecins Sans Frontières, später an Ärzte ohne Grenzen. Gert ist der beste Darsteller. Er liebt zynische Rollen, auch die von smarten Don Juans, es kümmert ihn nicht, dass seine natürliche Begabung manchen zu der Schlussfolgerung verleiten könnte, er spiele sich selbst.

Eine Hand an ihrem Hals, sie kann kaum noch schlucken: Dieser Fischer wird sie umbringen oder sie ihn. Wenn sie wenigstens mit ihrem Mann offen darüber sprechen könnte! Er aber lacht sie aus, alles wird gut, Frau, alles wird gut. Sie hasste es, so genannt zu werden. Frau!

Und jetzt verabschiedete er sich von der Sanderia, und Henrietta schob die Tür zu, nein, nicht ganz, die Tür blieb immer noch einen Spalt offen, sie sah noch, wie die Journalistin in ihrem gelben Kleid gestikulierte, eine ausdrucksstarke Frau, eine Puppenspielerin, ein Fluglotse, was mimte sie denn mit gehobenen Armen? Gerts schallendes Lachen! Die junge Frau hatte ein Aufnahmegerät mitgebracht und den ganzen Nachmittag in seinem Arbeitszimmer gesessen, sie, Henrietta, hatte flüchtig versucht, an der Tür zu horchen, taub für die früheren Ermahnungen ihrer Mutter: Horcher an der Wand hört seine eigene Schand, sich doch bald zur Ordnung gerufen und im Wohnzimmer den Fernseher angeschaltet, sich durch die Kanäle gezappt, Werbung machte einen wahnsinnig, in Krimis traf man auf lauter Ludo Fischer, Liebesgeschichten waren für Zurückgebliebene geschrieben worden, sie hatte einen Reiseroman aufgeschlagen, aber ihre eigene Geschichte füllte ihren Kopf und ließ keinen Platz für fremde Schicksale.

Was fragte diese Sanderia? Ging es um Statistiken? Wie viele Leben rettet ein Hautarzt in seiner Laufbahn? Wie oft wird ein Melanom diagnostiziert? Wie hoch ist die Anzahl der männlichen Patienten? Vielleicht wollte sie eine Einführung in die Beschaffenheit der Haut? Wollte sie wirklich einen Film über Dermatologen drehen? Komische Idee. Es geht nicht nur um Dermatologen, es geht uns um die Haut und deren Schicksal, hatte ihr Gert erklärt, es geht um unsere Haut an sich. Um Hautkrankheiten? Um alles, um Hautreflexe, um Narben als Lebenszeugen, es geht um unser Fell, um die Schuppen, um kosmetische Versuche und dass ein Mensch sich häuten kann. Ach, es geht euch um die Haut. Und warum schaut sie sich so was nicht im Internet an, diese Frau Sanderia? Warum kommt sie ausgerechnet zu dir? Seit wann bist du ein Google-Fan?, lachte Gert, warum soll sie nicht zu mir kommen? Sie war meine Patientin, wohnt nicht weit von meiner Praxis, Viktors Praxis, korrigierte Henrietta, ja, genau, sagte er, sie wird bestimmt auch den Jungen fragen. Den Jungen? Meinst du Doktor Weber? Miss Sanderia sucht noch nach Inspirationsquellen, sagte Gert, ich helfe ihr gern, ihrem Thema auf die Spur zu kommen. Du bist also ihre Inspirationsquelle, Gert? Wäre es nicht möglich, dass sie dir auf der Spur ist?

Ach Gott, sagte er sehr langsam, als müsste er jedes Wort abwägen, Henrietta, deine Eifersucht, deine Eifersucht ist der Schwanz aus Töpfen, die man an den Wagen der Brautleute bindet. Der blechert und scheppert durch unsere ganze Ehe und unterhöhlt meinen guten Willen.

Sie schwieg.

Ich helfe ihr nur, ich habe sonst nichts zu tun. Gönnst du mir die kleine Abwechslung nicht?

Aber doch, es macht mir nur Angst, sie sollte keinen Film über dich machen, irgendetwas macht mir Angst.

Ihr machte alles Angst. Der Gedanke an Fischer, ein bösartiges Geschwür. Es wucherte in ihrem Kopf wie ein giftiger Blumenkohl, hinterließ einen schalen Geschmack im Mund. Ein Druck auf der Brust raubte ihr den Atem. Mit wem könnte sie darüber sprechen?

Der Abschied der Journalistin dauerte eine Ewigkeit, durch die angelehnte Tür nahm sie die beiden nur schemenhaft wahr, hier zwei Hände, dort ein Ellbogen, eine schmale Länge Kleid wie ein Sonnenstrahl, ein Lachen, Gert lachte, Henrietta schrumpfte zusammen, zog an ihrer grauen Wolljacke, sah sich als dunkles Insekt, als schwarze Spinne, ich bin nichts, ich zähle nicht, lieber Gott, lass mich wachsen, lass mich sichtbar werden, wer bin ich denn noch, diese Frau nimmt ihn mir, alle tun das. Sie atmete tief durch und floh in die Haut der mütterlichen Ehefrau, die ihrem Mann die Bürden und Ärgernissen des Lebens abnahm, die warmherzige Henrietta, die in der Praxis herumlief, diese Henrietta war jemand, nein, nein, Erinnerungen taugten nichts, Fantasie half mehr, so erweckte sie die Henrietta aus einem Groschenroman, die erhaben über Felder und Moore galoppierte, so kraftvoll und frei hätte sie mit zwanzig bleiben können, dies nach einem dreimonatigen Aufenthalt als Au-pair-Mädchen in England, wenn sie den Mut gehabt hätte, Deutschland und ihren Eltern den Rücken zu kehren, aber die Fata Morgana des reitenden Mädchens verblasste auch, und dafür tauchte ein verhasstes Bild auf, das ihr manchmal nachts die Lider spreizte, eine kleine Figur, deren Gesicht unter einem schwarzen Sack atmet: Die Person steht reglos an einer Wand, ist sie das oder ist sie das Kind, dessen Spinnenbeine aus einem kleinen Trägerrock herausgucken, es läuft an dieser Erscheinung vorbei, nur nicht hinschauen, es trottet weiter auf dem Betonboden einer Diele, eher einem langen, vergitterten Gang, wie sie es von dem Stadtgefängnis kannte, wo ihr Vater arbeitete.

Die Eingangstür schlug zu, der Albtraum zerplatzte. Der Eindringling ist weg. Ich bin ich, seine Frau. Er braucht mich. Sie hörte die schweren Schritte ihres Mannes auf sich zukommen. Wir gehören zusammen. Auch wenn diese monströse Krankheit sein Hirn auffressen würde, hielte sie zu ihm, liebte ihn noch, auch wenn diese Liebe sich von Gerts Schatten ernähren sollte, von dem, was er nicht mehr war, nicht mehr sein konnte, von dem, was er nicht mehr dachte, nicht mehr sagte, denn er hatte dieses gedacht und gesagt, seiner Mutter ins Gesicht geworfen, damals, vor mehr als dreißig Jahren, als sie beide zu Besuch bei seinen Eltern waren, er hatte ihn gesagt und gedacht, diesen Satz, von dem sie heute noch zehren kann, damals als sie hinter der Tür ein Glück für das Leben anzapfte.

8

Die Kölner feierten Karneval. Das Wartezimmer blieb fast leer. Man würde Viktor erst nach den verrückten Tagen besuchen, wenn die Fress- und Alkoholexzesse ihnen an die Haut gehen und ein Waterloo der Organe und Drüsen stattfinden, wenn Unreinheiten und eitrige Angelegenheiten die Poren überschwemmen würden wie Meeresmüll die Strände nach der Flut.

Viktor nahm sich viel Zeit für zwei nicht karnevalistische Patienten, darunter eine Frau Necker, frisch pensionierte Lehrerin mit dem altmodischen Vornamen Violette. Er solle ihre Altersflecken auf den Wangenknochen weglasern. Er legte eine Hand unter ihr Kinn, und mit der anderen streifte er ihr das Haar aus der Stirn. Er spürte, wie sie zusammenzuckte, ein Zucken älterer Frauen, die man lange Zeit nicht mehr berührt hat, er untersuchte jene kleine Fleckchen sorgfältig, fuhr auch mit der Fingerkuppe darüber, neigte sich den Wangen zu und glaubte, das Knistern des gefärbten Haares zu hören. Er beobachtete die geschlossenen Lider, ungeschminkt und seidig unter dem Finger. Die Haut war hier menschlicher und feiner, als wäre nichts samtig und glänzend genug, um müde Augen zu beschirmen. Wissen Sie, dass ein Altersfleck in der Medizinersprache Lentigo solaris heißt? Ein viel schönerer Name nicht wahr? Wissen Sie, sagte die Lehrerin, dass ein Altersfleck im Französischen Fleur de cimetière, Friedhofsblume, heißt? Er laserte Violetta Necker die Altersflecken aus dem Gesicht und machte die Praxis zu. Er wollte jetzt nur noch an seine Freundin denken.

Sie war die Tochter eines tschechischen Saxofonisten, der zur Zeit des kalten Krieges ein Mendelssohn-Konzert in Paris genutzt hatte, um ganz klassisch seinem Land den Rücken zuzukehren. Ihre Mutter, eine deutsche Journalistin, hatte sich beim ersten

Interview mit dem Flüchtling in ihn verliebt. Sie lebten beide in Berlin. Klara, die zweite ihrer vier Töchter, hatte fünf Semester an der Musikhochschule Frankfurt Klavier und Gesang studiert, ohne nennenswerte Unterstützung der Eltern, die beide vor den Schwierigkeiten, Enttäuschungen und Überlebenskämpfen eines selbständigen Künstlerlebens warnten und für die Töchter eine sicherere Laufbahn anstrebten, ein Leben, in dem die Musik eine risikolose Leidenschaft blieb, eine lebenslange Freude ohne Muss und Furcht, am Hungertuch nagen zu müssen, ohne Speichelleckerei, um die Aufmerksamkeit der Produzenten und der Medien zu gewinnen. Klara schlug sich durch, besuchte ihre Eltern kaum, denen sie alles Mögliche vorwarf, sie seien gleichermaßen irrational und zu vernünftig, zu lasch und zu streng, zu bürgerlich und zu verrückt, zu besitzergreifend und zu gleichgültig gewesen, sie hätten die Schwestern bevorzugt, die braven, die Flöte, Geige und Bass spielten, aber Jura oder BWL studierten. Sie ertrug diese Eltern gar nicht mehr, die ihr die Zukunft als Musikerin so düster ausmalten und sich als abschreckende Beispiele gaben, als Vogelscheuchen fungieren wollten, ja so wenig Schneid bewiesen: Sogar das Stofftaschentuch des Vaters erschien wie ein falsches politisches Bekenntnis, der Lippenstift der Mutter ein lächelnder Verrat, die Art, Gabel und Messer zu halten, symptomatisch für gewöhnliche Geister und jeder Satz eine öde Wiederholung des zigfach Wiederholten. Um Abstand zu gewinnen, entschied sie zu verreisen, unterbrach ihr Studium und fuhr nach Paris, sang a capella in der Metro und verdiente dabei bald so gut wie ihr Vater im Symphonieorchester. Leider wurde sie von keinem Produzenten, keinem Regisseur entdeckt, nur von Viktor, der einen Kurzurlaub in Paris verbrachte, auf dem Weg zum Hotel in der Station St. Michel stehenblieb und ab da seine übrige Zeit ausschließlich unterirdisch verbrachte. Sie kehrten zusammen nach Frankfurt zurück, Klara versöhnte sich mit ihren Eltern und entschied sich für ein Studium von Musik auf Lehramt. Die Zukunft roch nach Flieder. Klaras Eltern beteten Viktor an, einen Verbündeten, einen Retter der verlorenen Tochter.

Das Zifferblatt zeigte neunzehn Uhr fünfundvierzig und, obwohl sich der Februar seinem Ende zuneigte, gab das Thermometer minus zwei Grad an. Ein Schneefilm lag auf Bäumen und Dächern, deren Umrisse in der Dunkelheit wie auf einem alten Schwarz-Weiß-Streifen vorgeführt wurden. Auf dem feuchten Biotop des Bahnhofs kreischte sich eine Masse von Karnevalisten warm. Viktor geriet in die Zange von rabiaten Jecken, die ihn an den Armen packten und wild schaukelten, jedoch, Gott sei Dank, bald das Interesse an ihm verloren, er machte einen großen Bogen um Betrunkene, schlängelte sich durch eine Alaaf schreiende Meute, stieg zielstrebig zum Gleis, wo er von einem Fuß auf den anderen tänzelnd fror und auf die dumpf tönenden Ankündigungen der verspäteten Züge lauschte. Als er müde die Augen kurz zumachte, sah er die Altersflecken von Frau Necker wieder vor sich und erschrak: Er laserte an Klaras Gesicht. Endlich kam der Zug, endlich stieg sie aus und alle farbenreichen Reisenden wurden zu schwarzgrauen Randfiguren: Trotz des anthrazitgrauen Mantels stach Klaras Silhouette aus der Menge hervor, der holpernde rote Koffer, den sie hinter sich herzog, wurde zum springenden Punkt des Gleises. Sie liefen aufeinander zu, umarmten sich keuchend. Dann ging ihr Atem wieder langsamer, jeder ließ seinen Kopf kurz auf der Schulter des anderen ruhen (sie sah die Unendlichkeit der sich in der Ferne verlierenden Schienen, er sah ins Loch einer Unterführung), ihr Haar roch nach Zug und Flieder. Ihr ich liebe dich liebe dich liebe dich floss warm in seine erfrorenen Ohren und ließ alle Tage der Trennung wegschmelzen.

Jetzt war der Abend schlicht und animalisch schön: Sie legte ihre warmen Hände mit den fein manikürten Nägeln an sein Gesicht und freute sich dreisprachig: Miluji tě, ich liebe dich, je t'aime.

Sie stimmten sich auf ihr Wochenende in einem guten italienischen Restaurant ein. Gebeugt über ihre Scampi, summte sie ihm ein Lied vor, das sie mit ihren Schülern übte. Ihre Liebe war bis spät in die Nacht ein fortwährendes Belcanto und noch bis in den nächsten Tag, denn Viktor hatte erfolgreich die Einladung bei Gerlachs verdrängt. Er fand nicht den Mut, ihre harmonische Eintracht zu trüben: Selten war Klaras Stimmung so unbeschwert und die gemeinsam verbrachte Zeit so kurz. Am späten Vormittag gingen sie noch im Wald spazieren, die Temperaturen wurden milder, der Himmel klar. Schneeglöckchen lenkten sie tapfer vom Hundekot ab, ineinander verschränkt vermischten ihre linke Hand und seine rechte ihre Lebens-Herz-Linien, sie hoben gemeinsam die Augen und schauten, wie die Fichtenspitzen ihnen entgegenkamen und ihre Liebe ins rechte Licht rückten. Viktor fühlte jedoch, dass kein Weg mehr an seinem Geständnis vorbeiführte. Sie war gerade dabei, eine Kindheitserinnerung zu erzählen. Im Zirkus hatte sie ein kleines Mädchen in ihrem damaligen Alter, neun oder zehn Jahre, in gold-rotem Kleidchen bewundert und beneidet, ein Mädchen, das auf einem laufenden Elefanten turnte und dem applaudiert wurde. Dieses Bild habe sie seitdem oft im Traum heimgesucht, das Mädchen sei dabei dasselbe geblieben, klein, schlank, anmutig, der Elefant war noch gewachsen, ein grauer Berg mit faltigen, schiefrigen Felsen, das Mädchen schwebte immer noch, lächelnd, ein Symbol für die spielerisch leichte Beherrschung aller Schwierigkeiten eines Menschenlebens, dachte Klara. Ah, ah, sagte Viktor, der an ihren Lippen hing, aber nicht wirklich zuhörte. Mit Charme und Humor, Schönheit und Kunst könne man den Berg der Schwierigkeiten überwinden. Nur Künstler könnten es. Ach, sagte Viktor, ich bin leider kein Künstler. Auf deine Art doch, antwortete Klara und verschränkte ihre Finger in seine.

Er räusperte sich und probte noch schweigsam mehrere Einführungen in das Thema: Sich an die Stirn fassen und leger sagen, ach Mist, Klara, weißt du, was mir einfällt? Wir sind bei Gerlachs eingeladen, o Gottogottogott, ich habe es total verdrängt, was meinst du, ist es jetzt zu spät zum Absagen? Oder: Abwarten, bis sie fragt, was machen wir heute Abend, Däumchen? Und entspannt scheinheilig: Wir sind doch bei Gerlachs eingeladen, habe ich dir das noch nicht gesagt? Er suchte noch nach der idealen Formulierung, als er hörte: Sag mal, Viktor, du hast mir noch nichts von diesen Leuten erzählt, von denen du die Praxis übernommen hast, wie heißen die noch, hast du sie wieder gesehen? Er spürte, wie ihm die Röte ins Gesicht stieg, als er die Wörter herausstieß, die ihm seit zwei Stunden auf der Zunge lagen: Ach, die Gerlachs! Klara, ich wusste nicht, wie ich es dir sagen sollte, aber wir sind heute Abend bei ihnen eingeladen. Und er sah so übertrieben traurig, echt erbarmenswert aus, dass sie betroffen fragte: Ach, sind das so schlimme Leute? Er umarmte sie, versteckte sein Gesicht in ihrem Haar, murmelte, nee, so schlimm nicht, ein bisschen langweilig schon. Ich bin hundert Mal lieber mit dir allein, aber ich konnte irgendwie nicht ablehnen. Sofort fiel ihm Klaras »irgendwie«-Allergie ein, sie sägte »irgendwie« in jedem Satz ab und verlangte dafür einen neuen aussagekräftigen Inhalt.

Und so war es auch diesmal: Was meinst du mit irgendwie, Viktor? Sind sie so einschüchternd? Hast du Angst? Mitleid? Schuldest du ihnen etwas? Ja, das auch, sagte Viktor, von allem etwas, sie waren sehr nett, auch sehr zuvorkommend bei dem Kauf der Praxis, und ich hatte das Gefühl, dass sie sich auf uns freuen, dass sie zurzeit jüngere Menschen um sich brauchen, vielleicht möchte Gerlach auch von mir ein paar Nachrichten aus seiner Praxis hören. Es fällt ihm sicher nicht leicht, nun ganz loszulassen.

Schon entfuhr seiner Freundin das erste Seufzen: Ach Viktor, es geht also von vorn los, sagte sie, der im Kopf alle Verpflichtungen spukten, die sich der gute Samariter Viktor im Lauf der Zeit in Frankfurt und Königstein aufgehalst hatte: Gratisnachhilfe für Kommilitonen, die eine Prüfung nach der anderen vermasselten, Stunden bei einer alten, von den eigenen Kindern vernachlässigten Nachbarin, deren Einsamkeit ihm leid tat, sogar Babysitten bei einem befreundeten lebenslustigen Paar, das sein Leben zwanglos genoss. Die knapp bemessene gemeinsame Zeit war gravierend durch solche Hindernisse reduziert worden. Viktor aber schwieg, umarmte sie enger: Lass uns das Beste aus dieser Einladung machen, ich verspreche dir, die Beziehung zu diesen Leuten in Grenzen zu halten, uns keine lästige Pflicht mehr aufzuhalsen. Außerdem sind sie nicht ganz uninteressant.

Nicht ganz uninteressant?

Er erzählte ihr, was er im Schrank gefunden hatte, die detektivischen Nachforschungen über Gerlachs Geliebte. Klara wurde neugierig. Erleichtert erzählte er mehr über das Paar und den Abend bei ihnen. Besser hätte er Frau Gerlachs Behauptung verschwiegen, dass ihr Mann unter Alzheimer leide, während Gerlach dafür seiner Gattin eine geistige Krankheit andichtete, denn Klaras Interesse an der detektivischen Geschichte erlosch: Sie befürchtete wieder, dass Viktor sich mit neuen Opfern belasten könnte.

Er musste bei Gott schwören, er würde jetzt nicht den Gerlach bis zu seinem elenden Ende begleiten und auch nicht seine Frau in der Klapsmühle besuchen. Sie gingen wieder versöhnt nach Hause. Als Klara entspannt in den Betttüchern lag, ihr verschwitztes Gesicht, ihr wirres Haar, ihre wohlriechende Achselhöhlen, ihre nackte Brust vom abendlichen Licht überflutet, zerbrach eine graue Nebelbank über blauen Gipfeln, eine Kohlegrube wurde zum blumigen Urwald, die Zukunft glänzte im ewigen Frühling, und Viktor sprang mit einem Tarzanschrei aus dem Bett. Auch Jane folgte ihm gut gelaunt unter die Dusche. Und Viktor beobachtete, wie sie ihre Wimperntusche auftrug, er hing an jeder Bewegung ihrer Hand, folgte der Linie, die ihr Lippenstift zeichnete, und er hätte auch gern die kleine Grimasse geküsst, die dabei entstand, wenn sie den Mund verzog und straffte. Sie wählte eine eng anliegende Samthose, ein T-Shirt, das die Spitzen ihrer Brüste erraten ließ, und ein verliebter Viktor schmiegte sich an sie und dachte selig: Und gerade mich liebt sie.

(Moira)

Je t'aime, miluji tě, ich liebe dich. Ja, sie liebte dich, du liebtest sie. Auch ihre Selbstliebe war groß. Klaras Problem bestand allerdings nicht in ihrem gesunden Narzissmus; dein Geschmack am Trösten, dein Bedürfnis nach Selbstaufopferung und dein Mangel an kritischem Sinn passten prima dazu, du warst das Blattwerk, Klara die Blume. Ihre Klarsicht aber, die den Spruch »nomen est omen« bestätigte, ließ deine heile Welt erzittern. Gemeinplätze brachten sie zur Weißglut, die bohrte sie kaputt, allein mit dem Presslufthammer ihrer verdammt spitzen Gedanken. Damit ging sie ihren Schwestern und Freunden oft auf die Nerven. Eine Haarspalterin. Zu viel Tamtam um nichts. Sie litt oft. Sie litt unter einem angeborenen Skeptizismus, mal nahe an einem philosophischen Idealismus à la Platon, wenn sie das wahre Leben und die wahre Welt hinter ihrer empirischen Erscheinung sah, mal näher am gewöhnlichen Argwohn eines schnippischen Weibes, das das Fassadelächeln und die tröstenden Klischees des Gutmenschen in Frage stellt. Sie litt unter dem Zwang, Lügen, auch Selbstlügen (am liebsten aber die Selbstlügen der anderen) zu entlarven, an jeder Oberfläche zu kratzen und eine Schicht nach der anderen ans Licht zu bringen, bis sie fand, was sie suchte, oder sich die Nägel abgerissen hatte. Ihre geschmeidige Melancholie befremdete, ihre Fragen verwirrten, ihre Lachanfälle entzückten. Ihre Eltern sagten: ein Quälgeist, eine Nervensäge. Sie und du habt euch vielleicht in dem Wunsch getroffen, unter eurer Sub-Sub-Subkutis die Seele zu finden. Du liebtest auch das Komplizierte in Klara, hattest dich aber dem Lebensziel verschrieben, ihr, euch das Leben einschichtig zu gestalten, was weder ihrer Natur noch ihrer Lebensplanung entsprach. Wenn ich von Lebensplanung rede, meine ich selbstverständlich den Lebensplan, den die Götter für euch bestimmt hatten, keine gekritzelte, zehnfach korrigierte Kladde, nein, das Leben – für Menschen bleibt es in Spiegelschrift doch Nebel –, unwiderruflich, mein zugeschnürter Tarzan, das schon bei der Geburt unter der Haut und in die Haut eingeschrieben ist. Du brauchst nicht zu lachen. Knote lieber deine Schnürsenkel, Junge, bevor du über einen Stein stolperst. Du hast die wilde Machamé Route ausgesucht, längst sind die Blumen und Lianen hinter dir, du läufst irgendwo auf einem sehr steinigen Weg, vor dir, noch zu hoch, siehst du Schneefelder. Mach's gut, Liebster.

9

Sie standen hinter Gerlachs Haustür und trauten sich nicht zu klingeln. Der Hund hetzte bellend zu ihnen und schnüffelte an Klaras Beinen. Sie hasste Hunde, sabbernde Boxer besonders. Im Haus hörten sie Streit. Durch ein angelehntes Fenster (die Küche?) hörte man die Stimme von Gerlachs Frau, eine sonst filigrane Stimme, jetzt eine Tonlage höher und kräftiger. Daraufhin hustete Gerlach, brummte etwas, stieß dann eine Beschimpfung von wenigen Silben, ach blöde Kuh, oder sogar ach, du Hure oder Nutte, blödes Luder vielleicht, oder du Giftnudel, Fuchtel, hatte Klara gehört, oder doch Tusse? Nur das U und die Wut, die den Raum hinter der Tür füllte, waren herauszuhören. Viktor und Klara blieben versteinert vor dem Eingang stehen und lauschten, unschlüssig, was sie machen sollten. Hatten sie sich verhört? Lief der Fernseher? Waren sie in einen Ehekrach geplatzt und vielleicht gut beraten, umzukehren? Soll ich sie anrufen?, fragte Viktor, sagen, dass du krank bist oder ... Lügen haben kurze Beine, sagte Klara und schellte. Dann müssen sie sich eben beruhigen, flüsterte sie. Man hörte keinen Pieps mehr, bis die Tür geöffnet wurde. Der Hund flitzte in die Wohnung. Frau Gerlachs geschminkte Lippen lächelten, ihre Hände rückten aus Spitzenmanschetten hervor, um Viktor die Flasche Burgunder abzunehmen, ihre Augen schielten dabei auf Klara und sie sagte mit falsch gespielter Fröhlichkeit, was für eine süße Freundin Sie da haben, Doktor Weber. Sie wechselte die Tonlage und rief schnell, wie eine Schauspielerin, die in ihrem Part einen Satz vergessen hat: Willkommen, willkommen zusammen! Gert, kommst du? Unsere Gäste sind da. Eine Minute, schrie Gerlach von Weitem. Klara hatte beide Füße – Schuhgröße fünfunddreißig – in ein Quadrat der großen weißen Fliesen gesetzt und bewegte sich nicht mehr, als sei es verboten, die Linie zu überschreiten. Sie hörte, wie Viktor ein paar höfliche Floskeln mit Frau Gerlach austauschte.

Gerlach watschelte heran, in einer blauen Küchenschürze eingeschnürt. Er trocknete sich die Hände daran ab, bevor er sie seinen Gästen zustreckte. Ich habe Inkognito im Keller eingesperrt. Sie sind also der Koch, Doktor Gerlach?, fragte Viktor fröhlich. Ich bin der Gert, sagte dieser, hast du das schon vergessen? Ein geplatztes Äderchen hatte sein linkes Auge gerötet. Blutdruck, Thrombose, Alkoholismus, Kaktusstich, Vampir, Schlag aufs Auge, wer prügelt hier wen?, fragte sich Klara. Und Gerlach, als hätte er ihre Gedanken gelesen, zeigte auf sein Auge: Sonnenuntergang. Und es schien Klara, dass er ihr listig zublinzelte. Ja, ich koche, sagte er weiter zu Viktor, wenn meine Frau mich lässt. Sie meint, ich salze zu viel. Zu viel Salz ist nicht gut für deinen Blutdruck, verteidigte sich Frau Gerlach, oder? Sie schaute Viktor an, als wäre er der einzige Arzt im Raum. Na, grinste ihr Mann, jetzt spielt Frau Gerlach die Rolle der unsicheren Gattin, ich reiche ihr nicht aus. Sie zieht sich jede Woche drei bis vier Arztserien im Fernsehen rein. Ach, beeilte sich Klara, von der Sonnenuntergang-Replik noch belustigt, Sie auch? Ich liebe diese Doktorserien, ich versuche, keine zu verpassen. Sie trat jetzt aus dem Quadrat und ignorierte den schockierten Blick von Viktor. Lügen haben kurze Beine, blies er ihr in den Nacken, als er ihr aus dem Mantel half. Dann haben wir zwei Doofis, trompetete Gerlach und schaute Klara verschmitzt an. Als er wieder in die Küche zurückkehrte, hatten Klara und Viktor Mühe, sich das Lachen zu verkneifen. Verzeihen Sie, murmelte Frau Gerlach und wischte sich die Stirn mit bebender Hand. Sie wissen ja, die Krankheit. Er hat so aggressive Phasen, es passiert, es kommt, es geht, es ist sicher gleich vorbei. Frau Gerlach, versuchte Viktor, Sie brauchen sich nicht zu entschuldigen, unser Besuch stresst ihn vielleicht mehr, als er ihm hilft. Sollten wir nicht lieber gehen? Aber Frau Gerlach wandte sich jetzt an Klara und flehte sie an:

Bleiben Sie, Fräulein Klara, bitte, bleiben Sie. Er hat sich wirklich auf Ihren Besuch gefreut, er wird bestimmt mir die Schuld geben, wenn Sie jetzt gehen. Klara, die das Fräulein Klara lustig fand, lächelte charmant: Viktor, ich glaube, Frau Gerlach hat recht. Doktor Gerlach hat nur gescherzt.

Klara hatte die betörend melodische Stimme einer Zauberin. Sie spielt die kleine Artistin auf dem Elefanten, dachte Viktor und schämte sich sofort seines Spottes. Anscheinend war Gerlachs Aggressivität ansteckend.

Sie gingen dicht hintereinander ins Ess-Wohnzimmer. Die dunklen Tapeten und die Vorhänge aus schwerem spinatgrünem Stoff verkörperten alles, was Klara an Möblierung hasste, sie entsprachen aber so sehr ihren Prognosen, dass sie sich vor lauter Selbstbestätigung noch besser fühlte. Ein Fotoalbum lag offen auf dem Tisch: Klara warf ein Auge auf eine junge Frau und ein Kind am Tisch, das Licht des Blitzes war von der Netzhaut ins Objektiv reflektiert worden und beide Personen schauten mit roten Augen in die Kamera. Ihre Tochter und ihre Enkelin?, fragte sie. Ja, unsere Tochter Nora mit dem Kind. Wir blättern oft in diesem Album, damit mein Mann nicht so schnell die Seinen vergisst. Ihr Freund hat Ihnen bestimmt von der Krankheit meines Mannes erzählt ...

Man merkt ihm noch nichts an, sagte Klara. Und er kann also noch kochen?

Der Sauerbraten ist längst fertig, er brodelt nur noch ein bisschen, mein Mann macht das Apfelmus. Wenn nur diese Aggressivität nicht wäre und die Gedächtnislücken. Die beschweren allerdings den Alltag noch nicht sehr. Mein Mann spielt immer noch Golf, und sehr gut.

Wie schön, sagte Klara.

Hast du unseren Gästen schon einen Aperitif angeboten?

Gert Gerlach war im Zimmer erschienen.

Ich bin dabei. Mondän lächelte Henrietta, als sie Klara ein Glas Portwein einschenkte und nach ihrer Arbeit fragte. Ich unterrichte Philosophie und Musik in einer Privatschule, erklärte Klara. Und Viktor mischte sich ein: Klara ist eigentlich Musikerin. Sie spielt Klavier und singt sehr schön. Sogleich bereute er sein Eingreifen, denn Gerlach und seine Frau gerieten in Begeisterung und drängten Klara, ihnen etwas vorzuspielen, ein Lied vielleicht? Ihr Enthusiasmus klang, als hätten sie die Lösung all ihrer Probleme gefunden. Wie ein Kind bettelte Gerlach mit gefalteten Händen und spitzem Mund, bitte bitte bitte bitte, singen Sie uns doch etwas, liebe Klara, und Frau Gerlach, die gerade Viktor ein Bier eingegossen hatte und eine Schale Erdnüsse reichte, zeigte auf den Flügel in der Ecke des Zimmers: Ich habe ihn vor drei Wochen stimmen lassen, als hätte ich gespürt, dass bald musikalischer Besuch käme. Seit unsere Tochter weg ist, spielt niemand mehr darauf, jammerschade. Klara stand auf. Sie hat sich entschlossen, ihre Courage zu zeigen, dachte Viktor, der sich wieder wunderte, dass er spöttisch wurde. Ach, er hätte so gern den Abend allein mit ihr verbracht!

Freundlich fragte Klara ihre Gastgeber nach ihren Wünschen, ein altes französisches Chanson vielleicht? Den Text beherrsche sie momentan nicht so gut, nur so lala. Ja, schrien beide im Chor, ein altes französisches Chanson wäre perfekt, genau, was man heutzutage braucht, sagte Gerlach, wer braucht denn so dringend alte französische Chansons?, fragte sich Viktor, der verblüfft zusah, wie Doktor Gerlach eine Handvoll Erdnüsse nach der nächsten nahm und schmatzend zermalmte. Langsam setzte sich Klara auf den Klavierstuhl, lächelte ihr Publikum an und sang, nachdem sie die Tasten kurz getestet hatte, Plaisir d'amour. Die Melancholie der Melodie, die Sinnlichkeit der warmen Mezzostimme erfüllte das Zimmer als etwas Erstaunliches, Fremdes und Bezauberndes. Viktor beobachtete die Veränderung in Gerlachs Gesicht. Seine Wangen hatten einen rosigen Teint, als glömme in ihm eine kleine Kerze. Er lauschte wie entrückt. Henrietta Gerlach schaute ihren Mann mit feuchten Augen an, ihre Lippen bebten leicht. Viktor löste seinen Krawattenknoten und spürte beim Schlucken das Auf und Ab seines Adamsapfels. Er hatte oft seiner Freundin zugehört, an diesem Abend aber klang ihre Stimme anders, nostalgisch und tröstlich zugleich. Jene drohende Schwere des Raumes, die Verstörtheit ihrer Bewohner löste sich auf, Klaras Stimme ließ alle Befürchtungen und Verteidigungsstrategien zerschmelzen. Sie klatschten. Frau Gerlach brach als Erste das darauffolgende Schweigen und legte ihre Hand auf Klaras Schulter: Es hat gut getan, Ihnen zuzuhören, liebes Kind, was für ein Talent, was für eine Stimme, und was für eine wunderbare alte Melodie. Klara warf einen Blick auf die fremde Hand, wartete darauf, dass sie ihre Schulter losließ, um sich zu erheben. Sie stand ein bisschen steif und versuchte, kühl und klar zu artikulieren: Ein Lied aus dem achtzehnten Jahrhundert, sagte sie. Es wurde von Egide Martini komponiert, der übrigens ein Deutscher war, aus der Oberpfalz. Von ihm ist nur diese eine Melodie berühmt. Viktor hatte das Gefühl, dass sie etwas probte.

Tja, sagte Gerlach, man tut und macht und rackert sich ein Leben lang ab, und am Ende ist nur das Ergebnis einer einzigen Stunde Arbeit übrig, eine einzige Tat bleibt im Gedächtnis der Nachwelt, ein einziger Fehler, und, wenn man Glück hat, eine kleine Melodie. Ihr Oberpfälzer, liebe Klara, hätte nach dem Komponieren von Plaisir d'amour in den Ruhestand gehen können.

Immerhin hat er sich mit diesen paar Noten verewigt, sagte Viktor, und damit auch sein Tun gerechtfertigt.

Soll man denn sein Tun rechtfertigen, junger Mann? Ich habe zwar viele Menschen behandelt, allerdings frage ich mich manchmal, was ich der Nachwelt hinterlasse, man ist ja kein Künstler, hinterlässt kein Werk.

Behandelt, betonte Frau Gerlach, ist ein komisches Wort. Du hast sekundenschnell ein Kind gezeugt, und das ist doch mehr als eine Melodie!

Gerlach schaute auf seine Frau, als verstünde er ihre Worte nicht, ich habe Hunger, sagte er, wo bleibt das Essen?

Ich hole den Braten, antwortete Frau Gerlach. Ich hoffe aber, liebe Klara, sagte Gert Gerlach, dass Sie uns nach dem Essen mit einem weiteren Stück aus Ihrem Repertoire bezaubern.

Am Tisch saß Gert Gerlach Klara gegenüber und unterhielt sich ausschließlich mit ihr. Er ignorierte die Anwesenheit von Viktor und auch die seiner Frau, die nur ihren Teller anstarrte. Viktor versuchte sich vergeblich in das Gespräch einzumischen, jeder Einwurf wurde überhört. Musik und Philosophie, behauptete Gerlach, schließen sich gegenseitig aus. Philosophie gibt uns ein Quäntchen Hoffnung, irgendetwas von dieser perversen Welt zu verstehen (wer ist hier pervers?, blökte plötzlich Frau Gerlach und schien aus ihrer Echsenstarre zu erwachen), sie bleibt aber in diesen Bemühungen für den Durschnittsmenschen ganz und gar erfolglos, ignorierte Gerlach die Unterbrechung, während die Musik jeden über die Unmöglichkeit des Verstehens zu trösten sucht, sie verbindet uns mit allen Sinnen und mit unserer Seele zu einer Überwelt, über die zig Philosophen sich nicht einigen konnten. Pathetisch, seufzte Frau Gerlach, mein Mann wird selbst zum Philosophen, um uns zu erklären, dass Philosophie nichts taugt. Klara griff ein: Sie wisse außer Musik kein Fach, das sie sonst interessiert hätte, außerdem sei sie von Natur aus superfaul und wolle lieber Fächer mit wenigen Korrekturen unterrichten. Der Alte fragte, ob sie wirklich gern unterrichte, warum sie keine Karriere als Sängerin eingeschlagen habe, das wäre doch sehr schade, oder? Wenn man so ein Talent besäße, und so weiter. Klara begann ihre Geschichte zu erzählen, beantwortete Gerlachs Zwischenfragen gern und ausführlich. Der beklommene Viktor hörte auf zuzuhören, drehte sich zu Frau Gerlach und machte ihr Komplimente über den Sauerbraten. Dankbar erzählte sie, man müsse dafür Printen zerhacken, diese Aachener Spezialität sei ein hartes Honiggebäck, von dem bei schlechten Zähnen abzuraten sei, die der Sauce eines Sauerbratens aber das Geschmeidige und dem Essigwasserbad, in dem das Fleisch mehrere Tage baden müsse, einen süßlichen Geschmack verleihe. Sie überließe es ihrem Mann, Mondamin oder eine Messerspitze Mehl hinzuzufügen, wichtig seien die Nelken, die Wacholderbeeren, der Lorbeer und ... sie hörte mitten in der Aufzählung der Gewürze auf: Wenn Sie wieder Lust auf Sauerbraten haben, rufen Sie mich kurz an, und schon lege ich Ihnen ein gutes Stück in Weinessig. Mit kalten Fingern tätschelte sie Viktors Hand über dem Tisch. Er betrachtete peinlich berührt den wertvollen Ring an ihrem Zeigefinger. Eine Art Verlobungsring, sagte sie, mein Mann hat ihn mir geschenkt. Ein Familienstück. Ich war sehr glücklich, der Ring war ein Symbol, dass ich von nun an zu seiner Familie gehörte, auch wenn seine Eltern mich nicht besonders mochten.

Der Tisch war in zwei Teile geteilt. Eine unsichtbare Scheibe trennte die zusammengehörenden Paare. Viktor erinnerte sich an Laborexperimente mit Partnerwechsel der Mäuse in zwei Plexiglasboxen. Er hatte vergessen, wie das Experiment ausgegangen war, wahrscheinlich war es den Tieren piepegal, mit welchem Partner sie ihr Plexiglaszimmer teilten, spielten und kopulierten, doch er erinnerte sich an eine Maus, die immer wieder ihr Mäulchen an die durchsichtige Wand drückte, was er damals sicher falsch als Ausdruck der Liebessehnsucht interpretiert hatte. In dieser überheizten Wohnung schwitzte er und spürte, wie seine Worte ein Laborrad rauf und runter kletterten und abrollten, sinnlose Versuche, Energieverschwendung. Mein Mann hört viel Musik, sagte Frau Gerlach unvermittelt. Die Musik beruhigt ihn. Sie sprach jetzt, als machte die unsichtbare Scheibe ihren Mann auch taub. Wenn Sie erlauben, sagte Viktor und zog seine Jacke aus. Er stand auf, um sie auf der Lehne des Stuhls aufzuhängen, und auch Frau Gerlach stand auf und stapelte die Teller, um sie in die Küche zu bringen. Jetzt geriet Klara ebenfalls in Bewegung. Ob sie helfen könne? Gerlach reichte ihr die Nachtischteller, die sie auf dem Tisch verteilte, ganz wie die Tochter des Hauses. Viktor war allein am Tisch geblieben und beobachtete das Ballett der sich entfernenden Personen mit dem Gefühl, dass etwas aus dem Ruder lief. Klaras Freundlichkeit, ihr glückliches Lächeln befremdeten ihn. So hatte er sie nie bei ihren oder seinen Eltern erlebt. Und etwas in Gerlachs Blick nährte seinen Verdacht, ein Fünkchen List, ein Hauch von Falschheit. Er flirtet mit meiner Freundin, und die blüht auf – bei diesem alten Sack! Als Klara einen Teller vor ihn setzte, bückte sie sich und gab ihm einen kleinen, spitzen Kuss, den Viktor nicht interpretieren konnte. Frau Gerlach kam mit dem Nachtisch zurück, einem großen Pflaumenkuchen mit einer angezündeten Kerze in der Mitte. Ja, sagte sie, mein Mann hat heute Geburtstag. Sie lächelte.

Gert Gerlach ließ das Kinn hängen: Was erzählst du für einen Quatsch?

Du hast Geburtstag mein lieber Gert, du bist heute sechzig geworden. Ich weiß, sagte Gerlach, es wäre doch nicht nötig gewesen, es unseren Gästen auf die Nase zu binden. Wir hatten vorher vereinbart … Ich mache mir nichts aus Geburtstagen, das weißt du doch.

Wir gratulieren, sprang Viktor ein, so fröhlich wie möglich. Alles Gute zum Geburtstag! Er hob sein fast leeres Glas. Ich verbiete hier jedem, mir zu gratulieren, antwortete Gerlach. Aber eine Flasche Sekt könntest du uns bringen, Henrietta.

Willst du nicht zuerst die Kerze ausblasen, Gert?

Hol' zuerst den Sekt. Unsere Sängerin hier hat Durst, und ihr junger Arzt auch, du lässt hier alle vertrocknen und Klara soll später unsere Seelen wiederbeleben. Glauben Sie an die Seele, liebe Klara, glauben Sie, dass wir eine Seele besitzen?

Ja, sagte Klara, na ja, ich weiß nicht. Vielleicht.

In diesem Augenblick drehte sie sich endlich zu Viktor und fasste sich lächelnd an den Bauch: Ein bisschen Diät wird uns morgen gut tun, glaube ich.

In der Tat, lächelte Viktor, aber dieser Kuchen sieht prächtig aus.

Was bedeutet schon »ich weiß nicht«, hob Gerlach die Stimme, glauben Sie, dass wir eine Seele haben, oder nicht?

Ich bin nicht religiös erzogen worden, sagte Klara, aber wie kommen Sie gerade jetzt auf diese Frage?

Über die Musik. Ihr Gesang. Glauben Sie, Klara, dass eine Seele Ihr Herz, Ihre Atemorgane, Ihre schöne Stimme durchflutet, läutert, erwärmt? Oder sind Sie, Klara, nur ein seelenloses Kätzchen mit melodischem Miauen? Ist das Leben nur ein Kreuzweg der Seele, an jeder Station lassen wir ein Stückchen davon weg, bis wir ganz seelenlos, lieblos und gesanglos endlich unter die Erde dürfen?

Haben Sie ein schlechtes Gewissen?, lachte Klara. Ja, ich glaube an unsere Seele, na ja, ich möchte daran glauben.

Unser Gert philosophiert gern mit jungen Frauen. Frau Gerlach war mit einer Flasche Sekt und Sektgläsern zurückgekommen. Die alte Masche, zischte sie. Sancta simplicitas. Sie füllte Gerlachs Glas, der genervt mit den Achseln zuckte. Viktor schaute scheinbar fasziniert dem Erscheinen und Verschwinden der Bläschen zu. Hatte dieser Doktor Gerlach Alzheimer oder nicht?

Prost, sagte dieser, prost, liebe Kinder, auf die Liebe. Und jetzt, Henrietta, blase ich deine blöde Kerze aus. Pfuitt!

Du bist betrunken, Gert, sagte Frau Gerlach, Wein verträgt sich überhaupt nicht mit deinen Medikamenten.

Welche Medikamente?, seufzte ihr Mann. Außerdem trinken wir jetzt Sekt!

Und danach gehen wir nach Hause, sagte Viktor, es war sehr schön, aber …

Ich bin der Gert, sagte Gerlach zu Klara, und wir gehen nicht schlafen, wir gerlachen mal zusammen.

Klaras Lachen hatte etwas liebenswert Teuflisches, dachte Viktor. Wer fährt, fragt er, du oder ich?

Aber sie antwortete nicht. Sie war ungefragt zum Klavier gegangen und kündigte an: Bevor wir nach Hause gehen, singe ich etwas zu deinem Geburtstag, lieber Gert.

Sie sang Lili Marleen, dann Schöne Nacht, du Liebesnacht von Jacques Offenbach. Gerlach schwitzte vor lauter Klatschen und verlangte immer mehr. Bei allen Liedern summte er mit. Klaras Stimme rollte dabei über seine, wie ein leichter Ball auf dem

Kiesel. Frau Gerlach schloss die Augen. Viktor sah, wie die Knöchel ihrer beiden Hände erblassten, als sie Fäuste machte. Ihre Gesichtszüge wirkten verkrampft. Sie kämpfte mit den Tränen. Viktor goss sich ungeniert wieder Champagner ein und trank allein die Flasche leer. Dann steckte er die Hände in die Taschen und sagte stumm sein Einmaleins auf, ein altes Rezept, um gegen peinliche Emotionen anzukämpfen.

Als sie gingen, umarmte ihn Gerlach. Bis demnächst, junger Mann. Viktor schnappte nach Luft, er fühlte sich, als hätte er Kräfte und Jugend eingebüßt. Dann kam der Boxer angerannt. Gert Gerlach rief ihn zurück: Inkognito! Klara lachte über den Namen und tätschelte das Tier. Ihre Hand begegnete Gerlachs Hand.

Sie fuhr. Viktor selbst fühlte sich betrunken und todmüde. Klara aber war bester Laune und wollte hören, wie Gerlachs auf ihren Gesang reagiert hatten, obwohl sie ihre Begeisterung mitgekriegt haben sollte. Du hast fantastisch gesungen, wiederholte Viktor zum vierten Mal und bekam Schluckauf. Fabelhaft hast du gesungen. Noch nie so schön. Auch Frau Gerlach war sehr berührt.

Halte den Atem an, das hilft, sagte Klara. Ein toller Abend, toll, toll, weißt du, was ich glaube? Dein Gerlach ist gar nicht krank, er hat nur entschieden, ab jetzt alles zu machen und zu sagen, was ihm durch den Kopf schießt.

Ach. Und deshalb hat er auch aufgehört zu arbeiten?

Ich denke, dass seine Frau krank ist.

Sie ist nur eifersüchtig.

Das sowieso.

Viktor erwachte mit einem Kater. Er hatte schlecht geschlafen, von wilden Hunden geträumt, die er mit Steinen zu verjagen versuchte. Die Tiere zischten ab, kamen aber immer wieder. Kopfschmerzen hinderten ihn daran, die Augen zu öffnen und Klara anzuschauen, die ihm spöttisch verkündete, dass er schrecklich geschnarcht habe. Es tut mir leid, lächelte Viktor, der Alkohol.

Sie hob die Schultern: Macht nichts. Beim Frühstück fanden sie aber beide nicht mehr die Gelassenheit des Vortags, sie lächelte falsch, guckte schief oder war abwesend, sie schmierte ihr halbes Brötchen mit Marmelade, ohne Viktor anzusehen, zog ihre Hand zurück, als er versuchte sie zu berühren, beantwortete Viktors Fragen nach dieser schlechten Laune nicht. Alles sei in Ordnung, sie müsse aber wieder packen, und dazu habe sie keine Lust. Am Montag erwarte sie der Unterricht, und auch darauf habe sie keinen Bock, ihre blöden Schüler zu sehen, ach nee, wenn ich bloß daran denke … Der Ton war neu, bis jetzt hatte Klara nur freundlich von ihren Schülern gesprochen. Viktor versuchte sie zu trösten: Du machst das Schuljahr zu Ende und dann ziehst du zu mir, hierher. Und du bewirbst dich jetzt schon um eine neue Stelle hier. Privatschulen gibt es genug, die werden sich nach dir die Finger lecken, und solltest du keine Stelle bekommen, ist es auch egal. Wir haben viel Zeit. Viel Zeit wozu?, sagte sie. Sie drehte das Gesicht weg und schob ihn sanft von sich. Viktor fragte sich, ob er vielleicht Mundgeruch habe. Er putzte noch einmal die Zähne und trank ein Glas Wasser. Und weil sie ihm manchmal vorwarf, Problemen aus dem Weg zu gehen – du bist ein Weltmeister des Verdrängens –, nahm er seinen ganzen Mut zusammen und fragte, ob sie vielleicht wegen gestern böse sei, wegen des eigenartigen Besuchs bei Gerlachs, er wusste ja, dass es eine Zumutung war, so komische Leute zu besuchen, man könne sich fragen, ob der Alte krank sei oder Theater spiele, aber dann, warum und wieso, und auch seine Frau sei, na, sagen wir mal, sonderbar, er selbst, Viktor, habe sich die ganze Zeit nicht wohl gefühlt, sich das Rezept des Sauerbratens in allen Einzelheiten anhören müssen und zu viel getrunken, aber sie, Klara, habe tapfer versucht, mit dem schönen Gesang den Abend zu retten, wie dieser alte Bock dauernd mit ihr geflirtet habe, sei echt lachhaft gewesen, da sie so schön gesungen habe, dafür sei er, Viktor, echt dankbar, aber der Alte habe sie mehr oder weniger beschwatzt, ja, gezwungen zu spielen, so wie der auf sie eingeredet habe, Gott

sei Dank ist es vorbei, mein Klarachen, ich verspreche dir, dass
… Er hielt inne, merkte, dass er zu viel redete, dass er etwas
ansprach, das nur ein Scheinproblem war, das machte er immer,
wenn ihn eine wachsende Angst befiel. Nein, sagte sie einfach,
nein, ich fand den Abend interessant, keine Nullachtfünfzehn-
Leute wie unsere üblichen Freunde, Leo, Katja … Und so alt sind
sie nicht, ich finde, er sieht noch klasse aus und ich bin froh, dass
ich singen durfte.

Sie hatte mit einem Satz alle ihre (guten, treuen, langjährigen)
Freunde niedergemacht, wie man bei einem Kartengebäude, die
untere Karte zieht und dann das Ganze umstürzt. Er war sauer
auf sie. Und was bedeutete dieses »singen durfte«?

Du darfst doch immer siegen, sagte er.

Was?

Singen, ich meinte singen, du kannst doch singen, so oft du
willst, oder?

(Moira)

In diesem Stadium eurer Geschichte versucht Henrietta noch ihre löchrige Welt wie eine Socke auszubessern: Ihre Liebe ist das Ei, das sie in das Loch hält, das eine dramatische Dimension annimmt, aber das fadenscheinige Werk wird jederzeit wieder zerreißen. Mit zusammengepressten Lippen erzählt sie mir von sich, jeden Satz zischt sie heraus, als müssten sich ihre Schmerzen Luft machen. Wenn sie freiwillig spricht, dann nur, damit ihr Mann mich nicht so schnell entführt. Doch bald nimmt er mich mit in sein Arbeitszimmer, wir wissen, sie horcht an der Tür, und wenn er so viel erzählt, dann auch für sie.

Und Klara? Sie strebt danach, einen Spalt zu vergrößern, sie zieht Schnüre ab, löst sich vom Nestgeflecht, will aus dem Freiheitsloch den Kopf herausstrecken und späht nach einer Richtung, die die ihre wäre. Gerlach hat ihr einen Floh ins Ohr gesetzt. Das wird Konsequenzen haben.

Und Gert Gerlach? Auf dem Green drehen seine Gedanken und seine Schritte ihre Kreise. Langsam und sicher schwenkt er seinen Schläger nach hinten, dann eine Spur entschiedener nach vorn, und der Ball wird mit einem trockenen Geräusch angestoßen, einem Miniknall, den er liebt, er lässt den Golfschläger einen halben Kreis beschreiben, immer wieder die gleiche Spur in der Luft, vom ersten Loch zum letzten werden lauter unsichtbare Halbkreise in die Luft gezeichnet, die luftige Sprache des Golfs. Gert Gerlach spielt, und bis zum Ende der Partie basteln ihm die Halbkreise des Schlägers seine Wiegen. (Erinnerst du dich an die Katzenwiegen, die du für Martin und Sophie mit Fäden zwischen den Fingern gebildet hast?) Gönnen wir ihm zurzeit noch das Ruhen, den geometrischen Frieden des Greens, die poetische Balance der schön ausgeführten Gesten. Mehr will er nicht, oder? Ich fürchte, doch.

Und du? Du lebst an diesem Frühlingsanfang noch in deiner Traumblase, pflegst krampfhaft deine Illusionen wie ein Inuk seine Schlittenhunde. Du spürst aber noch Gerlachs Umarmung und entsinnst dich eines Satzes deines Großvaters: Ihr Rotznasen glaubt immer, das Junge töte das Alte und löse es ab. Irrtum: Das Alte hat immer das letzte Wort.

Die Arbeit hilft dir. Du bist der Patient deiner Kranken, die sich mit ihren Furunkeln und Geschwüren um dich drängen und dich von der Außenwelt abschirmen.

Und ich? Gerlachs haben mich neugierig auf dich gemacht. Er nennt dich: der junge Arzt. Ich spüre ein Fünkchen Heiterkeit und einen nostalgischen Neid in seiner Stimme. Wenn sie dich erwähnt, ändert sich die Farbe ihrer Augen, sie vergisst dann, ihre Sätze zu Ende zu sprechen, auch wenn sie ganz platt von »einem netten jungen Mann« berichtet.

Lauf, mein Viktor, lauf hinter den Trägern her, das Steigen zum Kilimandscharo wird dir den Druck der Erinnerung mindern. Ich folge später – vielleicht.

10

Marion Haas wollte wissen, ob sie übernommen werde, Viktor antwortete verlegen, er wünsche es sich, könne allerdings nichts versprechen, sie solle sich ruhig woanders umschauen, bis zum Sommer könne sie auf jeden Fall bleiben, vielleicht laufe die Praxis doch so gut, dass er sie übernehmen könne, sollte sie aber bis dahin eine neue Stelle finden, dann habe er eben Pech gehabt. Die junge Frau sah ihn entgeistert an, sagte mit veränderter Stimme, es sei so okay. Sie tat ihm leid, das schlichte Okay rührte ihn, es war bei jeder Gelegenheit okay, das Schlimmste auch. Er wusste, dass sie zusätzlich zu ihrer Ausbildung bei alten Leuten half, bei jüngeren als Babysitterin arbeitete und mit diesen mageren Einkünften sogar ihre Eltern unterstützte. Aber für Marion war es okay, auch am Ende des Tages KO zu sein. Manchmal war für sie auch alles Scheiße. Das Leben balancierte zwischen Okay und Scheiße. Es waren knapp zwölf Jahre, die sie trennten, und trotzdem fühlte er sich einer viel älteren Generation zugehörig. Und auf einmal die Frage: Klara hatte recht, wozu hatten sie eigentlich noch Zeit?

Er rief sie jeden Abend an und schlug vor, am nächsten Wochenende nach Frankfurt zu fahren, lieber nicht, sagte sie, sie habe zu viel für die Schule zu tun und sie brauche ein Wochenende für sich allein, sonst schaffe sie ihr Arbeitspensum nicht mehr. Auch das Wochenende darauf könnten sie sich nicht sehen, sie übe für den Tag der offenen Tür ein kleines Konzert mit Schülern ein. Viktor wiederholte betrübt »Tag der offener Tür« und rutschte in einen Abgrund. Klara klagte wieder über die undisziplinierten Schüler (sie sagte: Chaoten, kleine Scheißer) und die Lehrpläne und die Schulleitung, wetterte auch gegen eine Kollegin, die sie bei dem Konzert unterstützten wollte und es doch nicht tat. Diese Klagen verdeckten, keine Frage, einen anderen, noch verschwiegenen Frust, den er deutlich heraushörte, als sie nach Luft japste; er aber reagierte nicht, war damit beschäftigt, aus dem eigenen Abgrund hochzuklettern, Klara, die ihn nicht sehen wollte, das war eine Premiere, die ihn durcheinanderbrachte. Auf eine Grundsatzdiskussion am Telefon wollte er sich nicht einlassen.

Für Samstagmittag lud er Silvia Ritzefeld und Marion Haas zum Mittagessen ein. Sie fuhren in die Altstadt und suchten ein Restaurant auf, wo Stoffservietten als Schiffchen gefaltet waren und er den Wein in seinem Glas kreisen ließ, bevor er dem Kellner zunickte. Marion übte, das Serviettenschiffchen auseinander- und wieder zusammenzufalten, auch eine von Klaras Angewohnheiten in Restaurants. Schnell kamen die beiden Frauen in Stimmung, der Doktor Gerlach, sagte Silvia, sei schon ein komischer Kauz gewesen, doch ein großzügiger Chef. Ach, unser Gerti, seufzte Marion und lachte auf, vielleicht nur vom Wein angeheitert. Sie tauschten amüsierte Blicke und Viktor verstand, dass er ihnen jetzt kleine oder große Geheimnisse entlocken sollte. Er tat es lieber nicht, versuchte ständig Klaras Gesicht zu verscheuchen, die quälende Frage nach ihrem Stimmungsumschwung zu verdrängen. Und gerade fragte ihn Marion aus: Ob er eine Freundin hier oder in Frankfurt habe? Ja, sagte Viktor, am Ende des Schuljahrs wird sie auch hierher ziehen. Schon fragten die Frauen weiter, nach seinen Eltern, seinen Geschwistern, und ob er schon immer Arzt hatte werden wollen, und warum Dermatologe. Mein Großvater war Allgemeinarzt, mein Vater ist es noch, sagte Viktor, ich bin nur einen vorgezeichneten Weg gegangen. Bei Fuß!, hörten sie am Nebentisch. Ein Boxer verschwand unter der langen Tischdecke. Er wird nicht stören, behauptete sein Herrchen, der, Gott sei Dank, nicht Gerlach war. Und die Dermatologie, fuhr Viktor fort und erinnerte sich, wie die Hände von Gerlach und Klara sich auf dem Rücken von Inkognito gefunden hatten, na ja, die Dermatologie ist meine eigene Wahl, hm, was ich daran finde? Dieses Fach umfasst ein breites Gebiet, das nicht so begrenzt ist wie zum Beispiel das des Ophtalmologen. Aber ich bin ein optischer Mensch. Ich kann gut sehen, gut erkennen und unterscheiden. Ach ja, sagte Marion. Er wollte mehr über seine Berufswahl erzählen, Dinge, die Klara immer gut gefallen hatten, über die Haut als Sinnesorgan und über ihn selbst als sinnlichen Mensch, gern hätte er gesagt, dass er die Haut schon immer liebte, und deren Abwandlungen von einem Menschen zum nächsten, von einer Körperstelle zur nächsten, ja, und die Veränderungen des Alters, die Haut als Universum, als Karte der Jahre. Er schwieg, wollte nicht emphatisch oder dümmlich klingen, gib dir keine Blöße, brummte ihm sein Vater ins Ohr, sei schlicht, rational, professionell. Ein Arzt ist kein Poet, sagte seine Mutter. Gern hätte er aber mehr von der Haut mitgeteilt, Haut, ein Wort, das ihm immer viel zu kurz erschien, um diesen meterweiten Umschlag unseres Körpers zu bezeichnen und dessen unendliche Variationen. Halte jetzt keinen Vortrag, grinste Klara. Ihre Freundin kommt Sie bestimmt öfter besuchen, sagte Silvia. Ja, ich kann auch am Wochenende nach Frankfurt, so muss nicht nur sie reisen. Und beinahe hätte er zugegeben: Ich habe euch heute nicht nur eingeladen, weil es irgendwann fällig gewesen wäre, sondern weil ich nicht allein sein kann, nicht zurzeit. Silvia hatte ihre Gabel abgelegt und ließ die Finger zwischen die Fransen ihres Schals gleiten. Sie mögen Ihren Beruf, das sieht man Ihnen an, sagte sie. Er versuchte distanziert zu sprechen: Ja, die Dermatologie sei ein sehr interessantes Gebiet, die Haut die äußerste Schicht des Menschen wie der Humus und seine Flora für die Erde. Und gern beobachte er die Welt der Derma unter dem Dermatoskop, sogar unter der Lupe. Und die sandfarbigen Rücken der Menschen, das Relief der Bauchdecke, die feine Struktur eines Lides, die Runzeln des Gesichts seien für ihn unerschöpfliche Landschaften. Ich mag es sehr, wenn du von der Haut schwärmst, hatte früher Klara gesagt, deren Haut makellos war. Na ja, dann Prost, lachte Marion, vielleicht geben Sie meinem Freund Nachhilfe, betrachten kann er nicht so gut wie grapschen. Was ich klasse finde, ist, dass der Mensch das einzige Lebewesen ist, das nackt sein kann. Und der Wurm, warf Silvia ein. Nein, wer sich nicht ausziehen kann, ist nicht nackt, lachte wieder Marion, du bist nur scharf auf deinen Typ, weil du ihn aus den Klamotten pellen kannst. Marion hatte lila Augen, am Hals und in der Beuge ihrer gebräunten Arme waren ihre Venen gut sichtbar. Ihre Ohrläppchen wurden von schweren Ringen nach unten gezogen, die ihr Viktor am liebsten konfisziert hätte. Sie haben also einen Freund, Marion?, fragte Viktor, und wie ist er so? Tätowiert! Auf dem Rücken, erklärte das Mädchen. Der Doktor Gerlach ist manchmal in die Schulen gegangen, er sprach mit den Kids über die Gefahren der UV-Bestrahlung und über das Tätowieren, manche tätowieren ja, als hätten sie mehrere Häute zum Wechseln. Jugendliche überschreiten gern Grenzen, sagte Viktor, unsere Haut ist aber eine Grenze, die man schonen muss, das ist nicht allen bewusst. Er schnitt ein Stückchen Fleisch ab, ärgerte sich, dass er den lehrerhaften Ton angenommen hatte, der seinen Bruder, dem er Nachhilfe gegeben hatte, anwiderte. Gerlach ist früher auch in die Schule meines Freundes gegangen, nach seinem Vortrag hat sich Heiko – mein Freund – sofort tätowieren lassen. Sie lachten alle drei. Wieso eine Grenze?, fragte aber Silvia mit glänzenden Augen. Na, die Haut trägt die Welt, sie schützt unsere Innenorgane und reagiert gleichsam auf diese zwei Welten, wie eine Schleuse. Und auf die unsichtbare Welt unserer Psyche. Na ja, sagte Marion, Schülern geht es auch auf den Sack, dass sie andauernd gewarnt werden, vor diesem und jenem. Auf den Nerv, Marion, sagte Silvia. Seien Sie ehrlich, ekeln Sie sich echt nicht vor den Krankheiten und vor einer alten Haut? Jung und frisch ist eine Haut natürlich sehr schön, aber wenn sie altert und Lebensspuren trägt, dann hat sie viel mehr zu erzählen, antwortete Viktor. Das ist Literatur, kicherte Marion. Lieben werden Sie sicherlich keine alte Haut, oder ist Ihre Klara schon fünfzig? Lieben tut man nicht unbedingt das Interessante, man mag eher das Glatte und Frische! Silvia stieß ein gequetschtes Lachen aus: Ach Marion, irgendwann bist du auch fünfzig! Viktor sah auf ihre Hand, eine vierzigjährige Hand mit ringlosen Fingern und kurz geschnittenen, weiß lackierten Nägeln, und er zeigte auf einen kaum sichtbaren braunen Punkt. Schauen Sie, da steigt ein Stern auf, und für mich ist das schön. Das hatte er schon immer einer Frau sagen wollen, die ihre ersten Altersflecke beklagte, und hatte es bis jetzt nicht gewagt.

Er entschied, sich bei einem Handballverein anzumelden, und wurde schon am Mittwochabend darauf zum Training eingeladen. Nach dem Spiel gingen einige noch ein »obligatorisches Bier« trinken, wie Tilo, ein Mitspieler, es nannte. Sie plauderten über kleine Probleme des Vereins und über ihre Frauen, sie scherzten. Viktor langweilte sich und warf sich seinen Hochmut vor. Die Striche, die sich auf seinem Bierdeckel anhäuften (meine Runde!) reichten für seine Integration noch nicht aus.

Ab und zu rief Gerlach an, fragte, wie die Praxis lief, ob er etwas für Viktor tun könne. Viktor bedankte sich, erzählte nichts, legte so schnell wie möglich auf. Er spürte die Enttäuschung des Älteren.

Sobald er abends oder mittags frei wurde und auch manchmal zwischendurch, wenn der Warteraum leer war, lief er eine Runde im Wald. Seine Jogginghose und seine ausgetretenen Turnschuhe warteten griffbereit in der Garderobe der Praxis und gaben ihm ein Heimatgefühl. Der trockene Schlamm unter den Sohlen zerbröckelte auf der Ablage der Garderobe.

Zwischen den kahlen Zweigen der Bäume schimmerte ein helleres Licht, die Sonne wärmte ihm leicht das Gesicht; zwischen dem gelb leuchtenden Altgras drängte sich grünes. Viktor genoss diese Zwischenzeit zwischen Schneeglöckchen und Tulpen, die Vorzeichen des echten Frühlings, der mit seinen Regengüssen und Eisheiligen oft enttäuschte, bevor seine Frische so schnell der Schwüle und den dunklen Baumkronen des Sommers wich.

Wenn er aufhörte zu laufen, wenn sein Herz sich beruhigte und das Blut in seinen Ohren nicht mehr rauschte, hielt er eine Weile inne und horchte auf das Piepsen, Zwitschern, Pfeifen der Meisen, Finken oder Tauben, in seinem Kopf verstummten alle anderen Stimmen, und die geschäftigen Vögel steckten eine neue, sonnenklare Welt ab, wo sich der Geist frei bewegte.

Er kreuzte den Weg von Spaziergängern, die ihm inzwischen fast vertraut waren: der Alte in Begleitung seines Sohnes mit dem Downsyndrom, die vier Frauen, vielleicht Angestellte eines Tierheims, jede mit zwei oder drei Schäferhunden an der Leine, die verschwitzte junge Frau, die joggte. Viktor grüßte sie und lief auf den längst schwarz gewordenen Herbstblättern, die Schlamm auf seine Jogginghose spritzen, aber aus den Augenwinkeln sah er rosa Streifen am Himmel.

Zwei Wochen später konnte er sich über einen Tag freuen, an dem sein Wartezimmer keine Minute leer geblieben war. Sich kratzende Patienten, gerötete Gesichter, harmlose Fälle bis auf einen Syphilispatienten, der, von seinem Hausarzt geschickt, aus den Wolken fiel, als Viktor ihm die Diagnose vorlegte. Eine ältere Dame, Frau Hirsch hieß sie, fürchtete, die Krätze bekommen zu haben. Sie habe eine Haushaltshilfe aus Afrika, es sei doch möglich, dass diese Frau sie angesteckt habe, oder? Auf die Frage, ob die Putzfrau dieselben Symptome wie sie habe, kam eine umständliche Antwort. Sie habe schwarze Hände, auf denen man nicht viel erkennen könne. Sie würde sich aber auch sehr viel kratzen. Viktor beruhigte sie vorerst, sie habe keine Krätze, und außerdem sei Krätze keine typisch afrikanische Krankheit. Frau Hirsch streckte ihr faltiges Gesichtchen zu ihm hoch, und Viktor versuchte ihren sonderbar unsteten Blick einzufangen, einen springenden Blick, der die lakritzschwarzen Pupillen mal nach unten, mal nach oben gleiten ließ. Mit welchen Krankheiten können die uns denn anstecken?, fragte sie. Die Pest, antwortete er ruhig, und auch die Lepra ist noch aktiv und, Frau Hirsch, wenn ich Ihre Hand genauer betrachte, na ja, da könnte ich Lepra nicht ausschließen. Er hatte dabei schelmisch gelächelt, spürte aber, wie diese Hand sich versteifte und zu einem einzigen harten Knoten wurde, als sie aufschrie, was sagen Sie da? Er zog die Latexhandschuhe aus und drückte ihr sanft die juckende Hand: Sie sind völlig gesund. Und angesichts ihrer wütenden Miene: Warum haben Sie eine schwarze Haushälterin, wenn Sie vor ihr solche Angst haben? Sie ist die Exfrau meines Sohnes, sagte sie, sie kümmert sich um die Wohnung, weil ich mich schlecht bücken kann, ich hatte einen Bandscheibenvorfall, meine Kraft lässt nach. Wir wohnen zusammen. Wir benutzen dasselbe Bad, und manchmal frage ich mich. Die an sich selbst gerichtete Frage blieb ihr im Hals stecken. Sie schüttelte den Kopf: Das war nicht nett von Ihnen, Herr Doktor Weber. Macht man sich so über eine alte Frau lustig? Und wenn die alte Frau spinnt?, fragte er und neigte sich zu ihr. Seine junge Stimme hatte väterliche Akzente. Er konnte sich mit dem warmen Ton und dem warmen Händedruck fast alles erlauben. Ihre Hand ist doch völlig gesund, Frau Hirsch. Sie haben eine sehr dünne und trockene Haut, im Alter keine Seltenheit, und Sie sind ein Nervenbündel. Sie sollten aufhören sich ständig zu kratzen. Sie fügen sich selbst die Wunden zu. Ich verschreibe Ihnen eine gute Salbe, einverstanden? Noch böse? Aber nein, sagte die Frau, die noch ein bisschen schief lächelte, aber sich sichtlich freute, als Nervenbündel anerkannt zu werden, Humor muss man haben, oder?

Und als sie hinausging: Das Leben, lieber Doktor, bringt manchmal komische Wendungen mit sich. Und Viktor: Da haben Sie recht, Frau Hirsch. Der magische Satz war ausgesprochen und in ihrem Gesicht erstrahlte ein breites Lächeln, als sie, als rechthabende Frau, sehr aufrecht hinausging.

Viktor wusch sich die Hände, beobachtete sich im Spiegel. Wenn er lange und nah genug hinsah, schimmerte sein Kindergesicht durch, der Blick und die Züge des Zehnjährigen, des von der Großmutter vergötterten Schelms. Ein schwarzer Wuschelkopf, zwei braune Augen, in denen die Sonne haften geblieben war, eine griechische Nase, blumige Lippen. Viktor Weber hätte durchaus Karriere als Fotomodell machen können, hätte er nicht unbedingt die Haut der anderen retten wollen.

Er warf einen Blick in die graue Mappe. War Carolin Leitner eine Patientin von Gerlach gewesen? Er schaute in seine digitalen Dateien, ob er etwas über sie finden konnte. Nichts. In den alten Karteien von Doktor Gerlach, die noch nicht weggeworfen waren, fand er aber eine Karte, mit den handgeschriebenen Daten von Carolin Leitner. Ein Termin: 16. Mai 1999. Darunter nur leere Zeilen. Entweder war die Patientin nicht erschienen oder sie wurde nicht untersucht. Viktors Fantasie spielte ihm lüsterne Bilder zu, die sein nächster Patient zerstreute.

An einem Freitagabend – ein drittes Wochenende ohne Freundin kündete sich an – klingelte um acht Uhr das Telefon. Sofort dachte Viktor an Klara und sprang so flott aus der Dusche, dass er ausrutschte und beinahe gefallen wäre. Er erkannte bestürzt die Stimme von Frau Gerlach. Ob er und seine so liebenswerte Freundin *Karla* am Samstag oder am Sonntag zum Abendessen kommen möchten? Es tut mir leid, antwortete Viktor, der tropfend langsam zu sich kam und den Eindruck hatte, in einen neuen Albtraum zu gleiten, Klara (er betonte nur leicht den Vornamen) kann an diesem Wochenende nicht kommen. Und ich selbst … Frau Gerlach unterbrach sofort: Strohwitwer? Ein Grund mehr, uns zu besuchen. Sie wissen, was Sie meinem Mann für eine Freude machen würden. Ausnehmend lieb von Ihnen, sagte Viktor, aber ich muss mich hier auch allein einleben und möchte auf keinen Fall jetzt als Schmarotzer meinen Stammplatz in Ihrer Familie haben. Ich bin ein großer Junge, der für sich sorgen kann … Samstag oder Sonntag?, fragte Frau Gerlach gebieterisch, oder haben Sie wirklich etwas vor?

Viktor konnte weder gut lügen noch unhöflich offen sein. Er gab sich geschlagen und versprach, den samstäglichen Nierenbraten mit Gerlachs zu verspeisen. Er mochte keine Nieren, aber den

Besuch auf Sonntag zu verschieben, hätte ihm beide Tage verdorben. Er trocknete sich, rieb kräftig seine zitternde Haut, konnte jedoch seine Beklommenheit nicht abschütteln. Obwohl er sich vorgenommen hatte, jetzt ein neues Restaurant zu testen, in das er vielleicht demnächst Klara einladen konnte, zog er Schlafanzug und Schlafrock an und ließ sich mit einem Sandwich vor dem Fernseher nieder. Klara hatte nicht, wie versprochen, angerufen. Am Samstag bin ich dran, ich rufe dich an … Sonst war immer er der Anrufer. Er versuchte sie auf ihrem Handy zu erreichen, hörte aber nur den Anrufbeantworter. Er schaute zerstreut einen Tatort, der schon begonnen hatte. Ein Telefon bei der Kripo ließ ihn mehrmals aufhorchen. Aber nur im Film wurde angerufen. Schließlich schaltete er ihn aus. Er würde eine Runde mit dem Auto drehen.

(Moira)

Lass mich diese Szene einblenden: Du fährst blind irgendwohin, Schnellstraße, Ring, die Innere Kanalstraße ist das, du musst nach links, wenn du das Zentrum erreichen willst, aber du verpasst die richtige Kreuzung, jetzt bist du zu weit, der Verkehr ist lebhaft, freitagabends, sie fahren alle zur Disco oder zu Freunden, ins Restaurant, zur Familie, sie sind eingeladen, nicht bei Gerlachs, du bist in der Eifelstraße, kannst kein Schild sehen, erreichst wieder einen Ring, wie heißt er denn, das müsste nicht so weit sein vom Neumarkt, aber du verfährst dich wieder, das ist wie verhext hier, ach, jetzt bist du aber auf einer Schnellstraße am Ufer, du hast keine Lust mehr zur Altstadt zu fahren, du möchtest einfach am Rhein laufen, dich sammeln, zur Ruhe kommen, darüber nachdenken, ob deine Klara in der Krise steckt und warum, wirft sie dir etwas vor? Warum kommt sie nicht, warum will sie nicht, dass du nach Königstein kommst? Ist es nur die Aussicht, nach Köln zu ziehen, die ihre sonst feurige Liebe erkalten lässt? Nachdenken, nichts ist schwieriger als nachzudenken, wenn man weiß, dass man nachdenken muss. In der Medizin führen die Symptome zur Diagnose, in Sachen Liebe nicht so leicht. Deine Geschichte wirft Fragen auf, lauter dampfende Fragen, wie das Maul vulkanischer Erde eine Fumarole durchlässt, und du hast Angst, dich zu verbrennen. Schließlich hältst du in einer kleinen Straßenbucht am Rhein. Du weißt nicht, wo du gelandet bist. Du hörst das Plätschern des Wassers auf Steinen, möchtest zum Ufer, aber Leitplanken, Molen, Mauern hindern dich und, als du weiterfährst, später eine Baustelle, rot-weiße Absperrungen, Warnschilder. Diese verkehrsbedingten Hindernisse bringen dich zum Verzweifeln. Du findest dich auf einer Schnellstraße wieder, deren Namen du nicht kennst, du findest kein Schild, und wieso du plötzlich über eine Brücke fährst und wie du endlich auf der Deutzer Seite landest, weißt du auch nicht. Du fährst jetzt durch das Messegelände, hältst irgendwo, läufst ein Stück und bist am Rhein, du hörst ihn in der feuchten Nacht und latschst auf schwammartigem Boden zum nassen Ufer. Deine Schuhe drücken sich in das sumpfige Gras, du kriegst nasskalte Füße.

11

Am Samstagabend stand Viktor vor Gerlachs Tür mit seinem Rosenstrauß, seufzte und drückte auf die Klingel. Es war schon nicht mehr das nüchterne Schellen eines Fremden, sondern das genervte Klingeln eines angespannten Familienmitglieds, das seine Pflicht beim alten Onkel erfüllt. Da sich niemand rührte, klingelte er wieder, zweimal kurz, als hätte er seine Schlüssel oder den Öffnungscode vergessen. Frau Gerlach erschien an der Tür, und auch sie war in einer familiären Verfassung: Hüpfen Sie schnell rein, ich muss zurück in die Küche, bevor mein Braten anbrennt! Bin gleich wieder da. Legen Sie ab, Sie kommen allein zurecht. Ach, geben Sie mir die Rosen, danke, danke, schön sind die. Sie steckte die Nase in die duftlosen Blumen und lief mit dem Strauß wieder in die Küche. Der Geruch von gerösteten Zwiebeln hing in der Luft. Er ließ seinen Mantel an der Garderobe und ging allein Richtung Wohnzimmer. Er hörte Stimmen und hoffte, andere Gäste wären da, aber nein, Doktor Gerlach saß vor dem Fernseher und hörte Nachrichten. Er blieb sitzen und schaute nur kurz zu Viktor hoch, der sich bücken musste, um ihm die Hand zu geben: Ach, da bist du, mein Junge, schön, dass du dich mal wieder blicken lässt. Wo hast du deine Schwester gelassen? Viktor senkte die Augen, um seine Verwirrung nicht zu verraten, meinen Sie Klara? Klara konnte nicht kommen. Sie hat zu viel für die Schule zu tun ... Er unterbrach sich, Gerlachs Lachen war geradezu explodiert. Er bekam vor lauter Lachen keine Luft mehr und prustete: Du hast wohl gedacht: Jetzt ist alles aus mit dem Alten? Keine Panik, lieber Weber, es war ein Scherz. Mir sitzt zwar der Schalk Alzheimer im Nacken, behauptet meine Frau, aber ich habe dich erkannt. Wir sprechen oft von eurem letzten Besuch, Henrietta und ich. Ihre Frau hält Sie immer noch für krank?, fragte Viktor. Meine Frau fragt mich um 17 Uhr, was ich um 16 Uhr gemacht habe, und ich soll um 18 Uhr noch wissen, was sie mich um 17 Uhr gefragt hat und so weiter. Diese arme Henrietta ist naiv, kämpft mit Ameisen gegen den Ameisenbär Alzheimer, der uns Gott sei Dank bis jetzt erspart geblieben ist.

Warum macht sie das, Gert?

Eine lange Geschichte, ihre Geschichte, lieber Viktor. Apropos, wir haben neulich deine Freundin angerufen, wir waren ganz enttäuscht, dass sie sich nicht frei nehmen konnte.

Viktor verschlug es die Sprache. Was sollte der Anruf bei Klara? Hatte sie hinter seinem Rücken den Gerlachs ihre Nummer überlassen? Hatten sie die Nummer einfach bei der Auskunft erfragt? Und warum nicht bei ihm? Und wozu der Anruf?

Sie haben mit Klara telefoniert?

Sind wir nicht per Du? Ja, wir haben über dies und das und über ihre schöne Stimme gesprochen. Wir waren so begeistert von ihrem spontanen kleinen Konzert, dass wir uns noch einmal bedanken wollten. Wie wär's mit einem Kölsch? Oder magst du lieber Bitburger?

Gerlach war jetzt aufgestanden und stand vor Viktor, der sich unaufgefordert hingesetzt hatte. Also zwei Bitburger. Er entfernte sich und kam wieder ohne Bier, aber mit einer Vase, in der Viktors Rosen standen. Er setzte sie wortlos auf den Tisch und schaute Viktor an: Was sagtest du? Kölsch oder Bitburger? Bitburger. Er drehte sich wieder um. Zum zweiten Mal richtete Viktor seinen Blick auf den schlurfenden Mann, den massiven, leicht gebückten Rücken im tannengrünen Pulli, die graue Cordhose, die auf den Beinen Falten warf, die kräftigen, rudernden Arme. Und verjagte wie stechende Mücken plötzliche Erinnerungen an seinen Großvater, an seine Oma, die er schon als Zwölfjähriger getröstet hatte. Der kommt wieder, Oma, die andere, die merkt schnell, dass sie nichts an ihm hat. Er hatte im Wörterbuch das Wort Dirne nachgeschlagen. Als Gerlach mit den zwei Flaschen wiederkam und sie auf den Marmortisch knallte, spürte Viktor den Drang aufzustehen, etwas zu sagen, was ihn von seinen Gedanken entfernte, schaute verstohlen nach rechts und links, als stünde da ein Souffleur. Es fiel ihm aber nichts ein, außer danke und Prost! Und wie verbringst du jetzt deine freie Zeit? Gehst du spazieren? Ich mache ein bisschen Gartenarbeit, antwortete Gerlach, ich hacke und reche hier und da, ich spiele ab und zu Golf, ich blättere in Fotoalben, ich suche die zehn Fehler im gefälschten Bild, ich hole mir einen runter, denn Frau Gerlach ...

Das Essen ist bald so weit. Frau Gerlach war mit dem japsenden Hund ins Zimmer getreten. Sie goss sich einen Portwein ein und setzte sich neben Viktor, dann wechselte sie den Platz und setzte sich ihm gegenüber. Der Eindruck eines einstudierten Theaterstücks überfiel Viktor.

Der Hund soll doch draußen bleiben, knurrte Gerlach.

Er bellt und stört die Nachbarn.

Frau Gerlach hatte sich gerade die Lippen geschminkt. Der Lippenstift war wohl zu knallig für ihr Alter, dachte Viktor. Er ließ ihre Zähne aber heller aussehen. Auch die Augenbrauen hatte sie nachgezeichnet. Im Bekanntenkreis seiner Eltern und auch bei Patientinnen hatte er oft den Hang älterer Frauen, sich übertrieben zu schminken oder mit dem Dekolleté zu übertreiben mit der spöttischen Strenge eines Teenagers verurteilt. Bei Frau Gerlach berührte ihn der Versuch, gegen die Misere des Alters zu kämpfen. Er erinnerte sich an eine Kommilitonin, die ihre heruntergekommene Studentenwohnung in Frankfurt mit kleinen, wilden Blumensträußen verschönerte. Sie stellte sie in die einzige Vase der vergammelten Küche. Er schaute Frau Gerlach an und fand sie tapfer.

Unsere Metzgereien werden immer dürftiger, ich habe lange nach Kalbsnieren suchen müssen, sagte sie plötzlich.

Du hast doch nichts anderes zu tun, grinste Gerlach.

Seine Frau schüttelte nur den Kopf: Die Leute kaufen nur noch Schweinefleisch, es ist billiger. Haben Sie Probleme mit der Praxisgebühr, lieber Viktor? Mucken Ihre Patienten nicht auf?

Es folgte ein Gespräch über die wirtschaftliche Lage und die finanziellen Schwierigkeiten der Rentner und der jungen Familien, nichts war neu an den Bemerkungen und an den aus der Tageszeitung gelesenen Nachrichten, die Viktor und Frau Gerlach austauschten. Gerlach gähnte, ohne die Hand vor den Mund zu halten. Viktor suchte verkrampft nach einer geistreichen Anekdote, es fiel ihm aber nichts ein. Es wäre, spürte er, kein Unterschied, ob er erzählte, er habe in der U-Bahn jemanden gesehen, der den Kölner Anzeiger las, oder ob er gestern von einem Exhibitionisten nach dem Weg gefragt worden sei. Alle Geschichten erstarben, bevor man sie in Worte fassen konnte. Der Hund hatte sich neben seinem Stuhl hingelegt und roch. Die Düsterheit der Räume mit den vergilbten Tapeten, den schwachen Lampen, der Rauchnebel von Gerlachs Zigarre schluckten die Züge seiner Gegenüber, außer dem sehr roten sprechenden Mund von Frau Gerlach, dessen Klänge ihm zudem jeglichen Überlebenswillen nahmen. Er war versucht, die Augen zu schließen und sich in diese dämmrige Stimmung driften zu lassen.

Beim Essen entstand eine peinliche Schweigepause, in der Gerlach die Nierenstücke aus seiner Sauce aussortierte und an den Rand des Tellers relegierte. Dann wurde Viktor gebeten, von seiner Familie in Frankfurt zu erzählen. Sophie studiert in Frankfurt Psychologie, sagte er. Martin hat die Schule mit sechzehn geschmissen, einiges herumprobiert, jetzt macht er, allerdings erst mit achtundzwanzig Jahren, eine Lehre als Automechaniker. Autos waren immer sein Hobby. Das Gesicht Klaras schob sich zwischen ihn und Frau Gerlach, und ihr Mund flüsterte ihm ins Ohr, mein Gott, langweile ich mich! Er war wieder vierzehn, hätte gern gefragt, ob er aufstehen, sich in sein Zimmer zurückziehen dürfe.

Hat sich Ihre Freundin Klara in diese Familie gut integriert? Aber sicher, erwiderte Viktor, Klara wurde sofort gern aufgenommen und versteht sich sehr gut mit Martin und Sophie. Sophie vergöttert sie.

Hoffentlich flirtet dein Bruder nicht zu viel mit ihr, sagte Gerlach, wenn du jetzt so weit weg bist.

Na, was erzählst du für einen Schmus, Gert. Frau Gerlach wandte sich wieder Viktor zu: Es scheint, dass mein Mann, weil er alt ...

Nur älter, wie jedermann ..., wandte Gerlach ein.

... sich entschlossen hat, alles zu sagen, was ihm gerade einfällt.

Ein Kranker verliert keine Zeit mehr. Gerlach wandte sich augenzwinkernd an Viktor. Ich habe keine Zeit für Höflichkeitsfloskeln, Umwege und fade Beteuerungen.

Vielleicht lernen wir sie alle kennen, Ihre Liebsten, lieber Viktor, wenn sie zu Besuch kommen, nicht wahr, Gert?

Ich hoffe, Weber, du langweilst dich nicht bei uns, platzte Gerlach heraus, ich spüre, dass ich heute zum Gähnen bin, und meine Frau war es schon immer.

Gert!

Frau Gerlach hatte empört die Hand gehoben, die noch ihre Gabel fest umschloss, und senkte sie so plötzlich, dass sie die Hand ihres Manns erwischte, die er ihr gerade versöhnlich-spöttisch zugestreckt hatte. Er schrie. Auch der Hund bellte kurz auf. Auf Gerlachs Haut vermischten sich ein Tropfen Blut und ein Tropfen Sauce vor Viktors staunendem Blick.

Ach! Es tut mir leid, sagte Frau Gerlach, warum erzählst du auch so einen Unsinn?

Und du, wann lässt du den Blödsinn sein?

Ich hole Desinfektionsmittel und ein Pflaster.

Nicht nötig.

Doch.

Frau Gerlach hatte sich ins Bad entfernt und Gerlach tätschelte Viktors Hand. Ach, weißt du, die Zeit macht die schönsten Liebesgeschichten kaputt. Selten trifft man sie, die Überlebenden der Ehe, die, die sich noch auf den Nacken küssen und den Partner in einem günstigen Licht beleuchten, ach, junger Mann, wir haben es jetzt kalt.

Ich meine, wenn Sie solche Sachen sagen wie das eben, begann Viktor und traute sich nicht, Gerlach in die Augen zu sehen.

Wir waren doch per Du. Was habe ich denn gesagt?

Dass sie langweilig ist. Ich finde es nicht.

Na ja, einfallslos ist sie schon, war sie auch immer, aber früher nannte ich das Langweilige friedlich, das Belanglose ruhig. Einer Geschwätzigen oder einer Temperamentvollen, einer Intellektuellen oder einer leidenschaftlichen Künstlerin wie deiner Klara hätte ich früher nicht lange standhalten können, der Mann muss schon ein bisschen dominieren, oder?

Niemand muss dominieren, wehrte Viktor ab.

Du hast die unsäglich dummen, aber politisch korrekten Meinungen der korrekt erzogenen jungen und dummen deutschen Generation ... Ich suche ihn noch, den Mann, der seiner Frau nicht überlegen sein möchte.

Wen suchst du?, fragte Frau Gerlach, die eben in das Zimmer getreten war.

Mich!, lachte Gerlach.

Sie tupfte den Kratzer auf seiner Hand ab. Ihr Mann bewegte und wand sich sichtlich, um ihr die Aufgabe zu erschweren. Als sie fertig war und sich umdrehte, gab er ihr einen Klaps auf den Po. Sie seufzte: Was soll ich mit so einem Grobi machen, Viktor? Hm? Was meinen Sie? Ihn im Schlaf ersticken? Wir haben leider keine Waffe. Und er hat vergessen, wo er die Schlüssel zum Giftschrank versteckt hat.

Ich habe ihn nur vor dir versteckt.

Außerdem: Soll ich wegen dieses Typs mein Leben im Gefängnis beenden? Niemals.

Wollen Sie wirklich heiraten, junger Mann?, hob Frau Gerlach die Schulter.

Willst du ihm davon abraten?, fragte Gerlach.

Wollen Sie langsam absterben?, echote Frau Gerlach.

Willst du dich in einen Käfig einsperren lassen und verdursten?, so Doktor Gerlach.

Soll ich Ihnen den Giftschrank knacken?, bluffte Viktor.

Beide Gerlachs schauten sich an wie Kinder, denen man endlich den Zirkusbesuch erlaubt hat.

Sieh mal da, sagte Gerlach, unser lieber Viktor wird wach!

Wissen Sie, warum die Ehe für viele unerträglich ist?, murmelte Frau Gerlach. Nach dem eher scherzhaften Schlagabtausch schien sie erschöpft zu sein.

Viktor begnügte sich damit, eine hilflose Geste zu machen.

Ich habe immer Kalbsnierenbraten gehasst, behauptete Gerlach, diese verdammten Nieren sind getränkt mit der Pisse des Kalbes. Meine Frau betrachtet aber ihren Nierenbraten als das Feinste der deutschen Küche.

Die Ehe ist unerträglich, schüttelte Frau Gerlach den Kopf, weil die Wahrheit unerträglich ist. In der Ehe können Sie sich und dem anderen nichts mehr vormachen. Sie sind nackt, nackt, nackt.

Die letzten Worten hatte sie so hart ausgesprochen, als knackte sie Nüsse. In diesem Augenblick sah Viktor Henrietta Gerlach zum ersten Mal mit anderen Augen, und sie spürte es, als sie sich beide mit halb geöffnetem Mund ansahen.

Und mein Nierenbraten ist unter unseren Bekannten sehr geschätzt, fügte sie im leichteren Ton hinzu.

Unter Blinden ist der Einäugige König. Die können alle nicht kochen.

Was meinen Sie mit nackt, nackt, nackt?, fragte Viktor.

Hör doch nicht auf so einen Mumpitz, lachte Gerlach, ich weiß schon lange nicht mehr, wie meine Frau ohne Hüllen aussieht. Ich kann dir sagen, warum die Ehe unerträglich ist.

Ich höre.

Weil sie uns mit einem doppelten Verfall konfrontiert. Als wäre der eigene Untergang nicht schlimm genug, muss meine bessere Hälfte verfaulen. Was bleibt mir noch übrig? Ich verschwinde mal.

In der ersten Zeit der Liebe, sagte Henrietta, als ihr Mann sich entfernt hatte, sieht man nur das Schönste in dem anderen, man schwimmt an der Oberfläche und auf dem Rücken, damit man nur in den Himmel sieht, man wird zum erleuchteten Engel, und sogar der derbste Sex trägt einen in den siebten Himmel, irgendwann aber …

Wo ist der Aschenbecher?, fragte Gerlach, der zurückkam.

Neben deinem Sessel. Willst du nicht erst nach dem Nachtisch rauchen? Ja, und dann, Viktor, ist die Zeit der Wahrheit gekommen.

Halleluja, stimmte Gerlach ein. Jeder Arzt weiß es, die Wahrheit heißt Krebs. Und ist am späten Abend bei jedem fällig. Was du uns erzählst, ist nicht gerade neu, meine arme Henrietta, merke dir aber, Weber, dass meine Frau immerhin ihre Plattitüden in schöne Worte einwickeln kann, dabei hat sie mit knapp »Ausreichend« ihr Abi bekommen. Viel weiter kam sie nicht, wir haben früh geheiratet.

Frau Gerlach schüttelte den Kopf: Ein Fehler, den du dir endlich verzeihen solltest.

Oh! Eine gute Replik!, erwiderte Gerlach.

Oh! Ein Kompliment meines Mannes! Gert, hör mit deiner Gehässigkeit auf, du wirst dem armen Viktor die Ehe definitiv vergällen.

Du hast damit angefangen! Ich gebe dir einen Ratschlag, lieber Weber: Sieze von Anfang an deine Lebenspartnerin, nehmt getrennte Schlafzimmer, damit es nicht so muffelig riecht, und genehmigt euch gegenseitig nur knapp bemessene Gesprächseinheiten pro Tag, am besten über das Wetter und weitere Nierenbraten.

Viktor braucht deine Ratschläge nicht und wird es besser machen als du, Rohling. Ich hole jetzt den Nachtisch. Es gibt Eis mit Schlagsahne.

Das passt zu dir, schlussfolgerte Gerlach, hinter ihrem Rücken. Absolut einfallslos.

Alle aßen schweigend ihr Eis. Viktor saß dem Fenster gegenüber, das hinter Henrietta schwarz in den Garten schaute.

Bald darauf fuhr er nach Hause.

Vom Wohnzimmerfenster aus blickte Henrietta den sich entfernenden Heckleuchten von Viktors Wagen nach. Sie schloss die Holzläden und öffnete ein Buch. Im runden Kreis des Lampenlichts, auch von einem Roman beschirmt, wäre sie gern zur Ruhe gekommen, aber sie schaute nur verstört auf die Seite, stieß auf Wörter, die sich auflösten, die Sätze zerfielen, die Zusammenhänge verschwammen, sie entzifferte vier Silben, Pappelsamen, sprach das Wort, kaute daran, wo lag die Bedeutung, was sollten diese Pappelsamen hier, und das Wort verästelte sich, alles Pappenstiel dachte sie, alles Pappenstiel, und im Wind verwehte Samen lösten sich aus den Seiten, die Seiten bedeckten sich mit gelbem Pulver, die Zeilen wurden immer unlesbarer, papperlapapp, sagte Gert, was du schwätzt, was du denkst, papperlapapp, sie glaubte ihren Mann zu hören, ihren Mann, der ins Bett gegangen war, ihren Mann, der schon wieder auf den Namen Ludo Fischer nicht reagiert hatte, als sie ihm von einem weiteren Anruf erzählt hatte, ihren Mann, der sie längst nicht mehr liebte. Das Buch fiel auf den Boden. Sie rieb sich den Kopf mit beiden Händen, hatte wieder Kopfschmerzen, Tränen in den Augen, und sie versuchte, sich wegzuträumen. Zwanzig, sie war wieder zwanzig, stand mit einer chinesischen Vase vor der angelehnten Wohnzimmertür ihrer zukünftigen Schwiegereltern, streckte einen Fuß nach vorn, um diese Tür aufzustoßen, und blieb eine Ewigkeit des Glückes auf einem Fuß stehen.

(Moira)

Lass mich in diese kurze Ewigkeit eindringen.

Anders als ihre Schulfreundinnen fragte Henrietta sich nie, was Liebe ist. Diese Haarspalterei war ihr piepegal, dafür konnte das reizlose Mädchen sicher abstecken, was ein Leben ohne Liebe war, eine Kathedrale ohne bunte Kirchenfenster, ohne Beichtstuhl, ohne sakrale Bilder, ohne Weihrauchgeruch, ohne Orgel, ohne Altar. Ein labyrinthischer Bunker. Mit neunzehn betrat sie ihre unsterbliche Liebe zu Gert Gerlach gleich einer Kommunikantin den Kölner Dom, und ihren Glauben daran hielt sie mit beiden Händen fest, wie die schwere Vase, die sie bei ihren zukünftigen Schwiegereltern mit Wasser gefüllt hatte. Mit dem teuren Gefäß und den von Gert mitgebrachten Gladiolen kam sie aus der Küche zurück und hörte an der angelehnten Wohnzimmertür Gerts Dialog mit seiner Mutter. Diese hatte das Verschwinden der Schwiegertochter in spe genutzt, um ihren Sohn mit spitzen Lippen zu fragen: Was findest du an diesem Mädchen, Gert? Und die junge Henrietta, die nie wirklich jung aussah, blieb mit der Vase in ihren verkrampften Händen hinter der Tür stehen und hörte mit klopfendem Herzen Gerts Antwort: Etwas, was du nicht sehen kannst, Mutter, weil du es nicht besitzt, und die Frauen, die dir gefallen, auch nicht. Dieses Etwas blieb ungenannt und band Henrietta fürs Leben an Gert.

So sehe ich sie als junges Mädchen: Sie lästerte nicht, schmeichelte niemandem, lachte selten mit, manche hielten sie für verklemmt oder für dumm, einige für arrogant, unflexibel. Henrietta folgte ihrem bescheidenen Weg. Von anderen Jugendlichen unbeeinflusst, einsam, unfähig, sich zu verstellen. Sie trug keine Brille, aber Leute, die versuchten, sich an sie zu erinnern, beschrieben sie als Brillenträgerin, andere sagten, sie hätte eine leicht behaarte Oberlippe, was nicht stimmte. Man beschrieb ihr Haar als dunkelblond und fad, sie war eher brünett. Henrietta erwartete nichts anderes vom Leben als ein Wunder, eine plötzliche Lichtquelle in der dunklen Welt ihrer Kindheit.

Was sie an diesem Nachmittag vor der Wohnzimmertür von Gerts Eltern empfand, war mehr als Dankbarkeit und Glück, der Satz war schön wie ein Verlobungsring, das »Etwas, was du nicht sehen kannst, Mutter« machte aus Gert einen Entdecker, einen Christoph Columbus der Liebe. Und sie selbst schmiedete aus ihren Gefühlen ein goldenes Ei und erfand selbst die wahre Definition der Liebe: Liebe ist ein großes Ja, ja zu dir, ja zu deinem ganzen Wesen, ja zu deiner Vergangenheit, deiner Zukunft, deiner Schwäche, ja zu deiner sichtbaren und deiner unsichtbaren Welt. Und dieses Ja erhebt einen über das gemeine Volk, dieses Ja macht dich schlank und rank wie diese zwei Buchstaben, dein Wesen sanft und wohlklingend, dein Leben schlicht und reich, und alles, alles wird gut und immer wieder gut.

Aber was war, was ist überhaupt Liebe? Eine Fundgrube, eine Fallgrube? Viktor, das Steigen auf einen Gipfel eignet sich prima dazu, solche Fragen zu erörtern, es sei denn, du kämpfst jetzt zu sehr gegen die Erschöpfung, die Luft wird dünn, der Weg zu steil, ob Liebe ein Gefühl ist, das sich auch von Stunde zu Stunde verdünnt, in die Landschaft schlüpft und verschwindet wie dieses Reptil, das eure Schritte im Bergregenwald verscheucht haben? Wie ein Lachgas, das dich mit weinenden Augen und einem zwischen tiefen Falten eingeklammerten Mund zurücklässt? Ein Ablenkungsmanöver der Biologie, um die kalten Zwecke des Ehe-Familien-Gesellschaftslebens zu tarnen, nach Art eines Diktators, der dem Volk prächtiges Feuerwerk schenkt, damit es von seinem Elend nichts merkt? Ein Querverweis auf eine göttliche Präsenz im Universum, oder ein Gottesersatz oder gar Gott selbst? Ich neige als Heidin zu dieser Frömmigkeit. Henrietta Gerlach spürte auf jeden Fall, was Liebe war, wenn sie einem geraubt wurde: ein Motiv zum Mord, ein Grund zum Selbstmord.

12

Viktor erzählte Klara am Telefon vom Verhalten seiner Gastgeber, vom theatralischen Wortgefecht der beiden. Ihr Lachen perlte frisch in seinem Ohr. Sie fand den Gerlach »goldig«: Ich mag den Typ echt. Weißt du, dass er mich angerufen hat? Er wollte sich noch für das Singen bedanken. Was für ein komischer Vogel! Ja, was für ein komischer Vogel, wiederholte Viktor und sah einen fetten, krächzenden Raben vor sich, und der Rabe mauserte sich zum Großvater mit derben, vernichtenden Sprüchen. Gerlachs waren enttäuscht, dass du am Samstag nicht kommen konntest, sagte er. Ich fürchte, wir sind nicht aus dem Schneider, das riecht nach Serieneinladungen, ich hätte schon beim ersten Mal ablehnen müssen. Jetzt wird's immer schwieriger.

Ach, flötete Klara, die beiden sind doch in Ordnung.

In Ordnung? Viktor staunte.

Er hat übrigens versucht, mich zu überzeugen, mein Musikstudium wieder aufzunehmen. Das ist doch rührend, oder? Er meinte, Musik an Schulen zu unterrichten sei Perlen vor die Säue.

Eine saudumme Aussage von ihm.

Ach du, lerne nur meine Schüler kennen, dann denkst du anders. Mein Unterricht interessiert sie nicht die Bohne, ist ja nicht versetzungsrelevant. Ich kann mir kaum vorstellen, ein Leben lang … Vielleicht hat Gerlach das nur so dahingesagt, aber jetzt mache ich mir Gedanken. Was meinst du, soll ich die Lehrerin an den Nagel hängen und mich wieder am Konservatorium anmelden?

Folge deinem Bauchgefühl. Es ist deine Entscheidung, Klara. Ich stehe zu dir, egal, wie du entscheidest. Kommst du am Wochenende wieder hierher? Oder soll ich nach Königstein fahren? Dann sprechen wir über alles.

Ich habe gerade so wenig Zeit, ich muss auch nachdenken, du hast eben selbst gesagt, du kannst mir nicht helfen, eine Entscheidung zu treffen.

So habe ich es nicht gesagt.

Dir ist doch irgendwie alles gleich.

Ich habe nur gesagt, dass ich bei jeder Entscheidung zu dir stehe.

Dann mach dir ein paar ernsthafte Gedanken über meine Zukunft!

Klara, wir können darüber reden, wann immer du willst, aber du musst wissen, was du wirklich willst, ich stecke doch nicht in dir!

Manchmal wohl! Als sie mit einem sauren Lachen auflegte, war es wie ein Fausthieb in seinen Magen. Viktor stand ein paar Minuten am Fenster. Als er bei neunmal neun angelangt war, rief er sie zurück:

Es gibt in Köln eine gute Musikhochschule, Klara.

Schön.

Ihre Stimme war weicher. Sie plauderten wieder, sie erzählte von einem Kinobesuch mit Freunden, es gebe eine Retrospektive der Filme von Ingmar Bergmann. Wilde Erdbeeren wurde gespielt, der alte Doktor habe sie in seiner kauzigen Art an Gerlach erinnert, und sie selbst habe sich ein bisschen wie die junge Anhalterin gefühlt, die fröhlich, aber unsicher dahinlebt und seine verborgene Güte spürt, während der alte Mann ihre Fröhlichkeit einatmet und sich davon anstecken lässt. Viktor erinnerte sich nicht an den Film und fand keinen Trost in Klaras Worten, im Gegenteil. Egal, welches Thema sie jetzt anschnitten, sie kamen auf Gerlach, so sein Gefühl, Gerlach, der sich für ihre Stimme interessiert hatte. Gert Gerlach war kein Rabe, sondern ein Fuchs. Wieso, fragte Klara, wieso konntest du vorher sagen, dir sei egal, was ich entscheide? Diese Gleichgültigkeit finde ich verletzend. Mein Gott, Klara, ich meine nur, dass deine Berufsentscheidung nichts an meinen Gefühlen für dich ändert. Er hörte ein ärgerliches Seufzen am anderen Ende. Das ist auch nicht die Frage, sagte Klara in einem belehrenden Ton, der ihn befremdete. Ich weiß doch, dass ich auf dich zählen kann, die Frage ist eine ganz andere. Eine andere, echote er, um Zeit zu gewinnen. Äffst du mich nach oder was?, blies sie ihm ins Ohr und er lief im Zimmer auf und ab und stellte sich vor das Fenster. Es tut mir leid, Klara, aber ich will dich nicht beeinflussen. Und am Telefon mag ich das nicht diskutieren, gerade weil eine solche Entscheidung so wichtig ist.

Die Straße war dunkel, zwei der Lampen waren ausgefallen. Viktor, sagte Klara, jetzt in betont geduldigem Tonfall, du willst mich nur zu dir hinlocken.

Was?

Er sah sie vor der Klasse, wie sie einen verstockten Schüler zurechtwies, einen Querkopf, der das Thema der Stunde verfehlt hatte. Versuche nicht, dich zu drücken, sagte die Philosophielehrerin, es geht nicht um die Frage der Selbstbestimmung, es geht schlicht darum, ob ein Mann, ein baldiger Ehemann, in der Lage ist, seine Freundin dabei zu unterstützen, die beste Entscheidung zu treffen, die Wahl zu erkennen, die etwas in ihr schon getroffen hat.

Fremde wie Gerlach, fuhr Klara fort, machen sich Gedanken über meine Zukunft, haben eine Meinung über mein Talent, und du machst dir diese Mühe nicht.

Aber Klara, ich wusste nicht, dass du das Unterrichten nicht mehr magst, du bist eine gute Musikerin, eine gute Sängerin, ich werde deine Entscheidung respektieren, egal welche und, wenn du …

Dich, schnitt ihm Klara das Wort ab, dich interessiert nur, dass ich bei dir bleibe, egal ob als Lehrerin oder Sängerin.

Möchtest du lieber, dass ich dich nur als Lehrerin bei mir mag oder nur als Sängerin? Du bist nun mal das Wichtigste in meinem Leben. Ich liebe dich doch!

Ach, sagte Klara ohne jegliche Sanftmut, sollte man sich nicht als Liebender Gedanken darüber machen, wie der andere sich am besten entfalten könnte? Sich fragen, was diesen anderen, mit dem man sein Leben teilen wird, wirklich glücklich macht?

Du steigerst dich in etwas hinein, sagte er, unglücklich und im Wissen, dass dieser Satz ihm durchaus Minuspunkte bescheren würde. Mir ist dein Glück absolut wichtig, ob du aber als Lehrerin oder als Musikerin … aber sie fiel ihm wieder ins Wort: Jeder ist sich selbst der Nächste. Hör auf, wir sprechen aneinander vorbei, es hat jetzt keinen Sinn. Wir telefonieren morgen wieder.

Warte doch, sagte Viktor schnell, leg bitte nicht wieder auf. Ich verstehe nicht ganz, wieso du erst jetzt alles in Frage stellst, wieso Gerlachs Komplimente dich jetzt in diese Entscheidungskrise bringen. Bis jetzt hast du doch sehr zufrieden gewirkt!

Ich merke doch, dass du nichts kapierst, konterte Klara, schade, dass ich es dir erklären muss: Bei Gerlachs habe ich wieder gespürt, wie es ist, vor einem Publikum zu singen und wie viel Freude es macht und dass ich das alles brauche. Ist das so schwer zu verstehen?

Das alles, echote Viktor, du meinst damit das Singen, den Applaus, die Bewunderung eines Publikums.

Du versuchst, meine Gefühle lächerlich zu machen, sagte sie. Ich meine auch die Rührung, die man in einem Zuhörer hervorrufen kann, die Gefühle, die man mit dem Publikum teilt, ach, wie soll ich dir das erklären.

Ich verstehe dich doch.

Ja? Dann verstehst du auch, dass ich dieses bestimmt nicht bei meinen Schülern erreichen kann, es geht nicht so sehr um Bewunderung, die Tatsache allein, dass jemand zuhört, ja, das ist es, einer Sängerin wird zugehört, richtig zugehört, sie hängen an meinen Lippen, zugegeben, ich genieße es. Die Schüler halten sich lieber beide Ohren zu, sie spielen die Affen, lieber sterben als eine Rührung zeigen, viele Männer sind in dieser Hinsicht pubertär geblieben.

Wenn du mich meinst, dann …

Ich gebe es zu, unterbrach Klara, nichts ist schöner, als in die

Augen eines Zuhörers zu sehen, man hat ein Gefühl der Macht, keine böse Macht, eine kleine Macht, eine winzige, süße Macht, verstehst du? Oder viel mehr, man erlebt …

Eine Art Kommunion?

Das klingt wieder ironisch! Aber ja, Viktor, man wird geliebt, für einen Abend nur, und das reicht. Es ist so intensiv! Aber drei Minuten, eine Stunde lang, ist dieses Gefühl da.

Ich liebe dich für immer.

Mein Gott, Viktor, ich meine nicht dich! Diese Momente des Glücks hatte ich in den letzten Jahren vergessen oder verdrängt. Vielleicht bin ich doch sehr narzisstisch …

Das habe ich nicht gesagt.

Wie eben Künstler sind, eine echte Lehrerin sollte nicht so sehr an sich denken, sie soll ihr Wissen weitergeben, immerzu weitergeben, weitergeben, ihre eigene Entfaltung spielt dabei keine Rolle. Sorry, Viktor, ich denke an meine.

Na ja, sagte Viktor, sicher, du hast recht.

Was heißt schon, du hast recht? Ich will nicht recht haben, ach, Scheiße, ich quatsche zu viel und du sagst so wenig, du, sag doch mal was …

Egal, was ich zurzeit sage, wirst du denken, dass … Ach … Was soll's …

Mein Gott, Viktor, in solchen Augenblicken, wenn du schweigst und schweigst, fühle ich mich hohl wie eine Glocke mit einer großen Zunge.

Sie lachte ein kleines, verstimmtes Lachen.

Mir scheint, sagte Viktor etwas trocken, dass du deine Entscheidung sowieso getroffen hast.

An diesem Abend ging er wieder zum Handballverein. Er musste eine Zeit lang auf der Bank abwarten, bis er eingewechselt wurde. Er richtete seine Augen auf das Spiel, war aber noch sehr aufgewühlt und abgelenkt, guckte nur auf die Füße und Waden der Mannschaft, ein komisches Ballett von behaarten Beinen, die aneckten, sich entfernten, streckten, rieben, stießen, sich wieder entfernten, erblickte die schwitzenden Nacken, die Gesichter mit den triefenden Stirnen, die roten Backen, alle zeigten denselben gespannten Ausdruck, alle Münder ein O der Enttäuschung, wenn ein Ball danebenging. Er gähnte, widerstand der Versuchung, nach Hause zu gehen. Als er endlich selbst spielen durfte, kam er sich wie jemand vor, der Kindern eine Freude machen will. Zum obligatorischen Bier ging er nicht mit, aber der Optiker Tilo Jansen lud ihn zu einer Geburtstagsfete am nächsten Samstag ein. Ich weiß nicht, ob ich kann, sagte er, ich rufe dich an.

Die Gerlachs hielten sich bedeckt. Vielleicht schämten sie sich des unwürdigen Spektakels, das sie ihm geliefert hatten. Womöglich hatte Gert Gerlach die Szene schon vergessen, seine Frau sicher nicht, die jetzt einsam in dieser grauen Villa am Fenster hockte und sich fragte, mit welchem Gericht sie ihn wieder verführen könnte. Und da sie sich nicht mehr meldeten, verbannte Viktor bald seinen Groll, schalt sich für seine Strenge zwei Menschen gegenüber, die in einem unabwendbaren Drama steckten, sich vielleicht einer tückischen, unheilbaren Krankheit, einer düsteren Zukunft stellen mussten und denen wenigstens Klara eine Freude gemacht hatte, Klara, die sicher großzügiger war als er. Dass Gerlachs so viel Interesse an seiner Freundin zeigten, sollte er gutheißen, ja, er sollte dankbar sein, er, der so viel Glück im Leben hatte, Jugend, Gesundheit, Liebe, einen wunderbaren Beruf und eine Praxis, die er den Gerlachs verdankte.

Abends ging er in den Wald, joggte anfangs, um aber bald seine Schritte zu bremsen: Der Frühling kam, von Tag zu Tag sah man, wie sich Knospen öffneten, wie das Scharbockskraut mitten in neugeborenen Brennnesseln seine gelben Sternchen anbot, einmal folgte Viktor mit den Augen einer Formation wilder Gänse, die nach Norden zog, und oft vergaß er ganz zu gehen, so wie er oft das Überflüssige vergaß. Er schaute, lief langsam und atmete neue Gerüche ein.

13

Der blasse Mann, der das Zimmer betrat, hieß Ludo Fischer und räusperte sich, bevor er umständlich erklärte, ihm fehle nichts, er komme nicht als Patient, sondern in einer besonderen, etwas heiklen Angelegenheit. Die moderate Körpergröße und die Schlankheit des Mannes ließen ihn etwas jugendlich erscheinen, ohne der Person viel Charme zu verleihen. Er war in den Fünfzigern und gehörte wahrscheinlich zu denen, die schöne Kinder gewesen und dann zu mittelmäßigen Erwachsenen mutiert sind. Ja, sagte Fischer, und seine großen, tief liegenden Augen strahlten List aus, sein Mund deutete ein Lächeln an, eine abwartende Haltung, als würde er gleich Quizfragen stellen, die Viktor zwangsläufig zum Scheitern bringen würden, ja, also, die Sache ist so. Viktor hatte ein sehr gutes optisches Gedächtnis und war sich sicher, diesen Mann nie zuvor gesehen zu haben. Wenn ich mich vorstellen darf, sagte Herr Fischer: Er nahm seine Karte aus der Jackentasche und schob sie bedächtig zu Viktor, einen Finger darauf haltend, bis Viktor aufhörte, ihn zu mustern, und die Karte las. Ja, vielleicht haben Sie bereits von mir gehört, sagte Fischer. Nicht, dass ich wüsste, Herr Fischer, Sie sind also Detektiv, antwortete Viktor und die graue Mappe, immer noch im Schrank, flatterte in seinem Gedächtnis. Fischers Aussehen passte zu seinem Beruf: Unauffällig, banal, ein Weder-noch-Typ. Und was wünschen Sie von mir? Sie sind der Nachfolger von Herrn Doktor Gerlach. Ja, und? Ich hatte mit der Familie Gerlach beruflich zu tun und brauche jetzt ihre Adresse und Telefonnummer. Gerlachs sind nicht im Telefonbuch zu finden. Er selbst habe Frau Gerlach früher immer in der Praxis besucht. Darf ich fragen, worum es geht?, fragte Viktor kühl. Es sind noch Patienten im Wartezimmer, die ich nicht gern warten lasse. Es geht um eine Rechnung, erwiderte der Mann, eine Rechnung, die Frau Gerlach zu begleichen hat. Und Viktor: Was habe ich damit zu tun?

Ich habe für Frau Gerlach gearbeitet. Ich will bezahlt werden.

Sie haben für Frau Gerlach recherchiert, sagte Viktor, das geht mich wirklich nichts an. Der Mann nickte schräg mit dem Kopf und schnitt dabei eine Grimasse. Ich wollte mich nur mit Gerlachs unterhalten, sie haben sicher keine Zeit, bei einem Prozess zu verlieren. Ich wundere mich, sagte Viktor, dass Sie damit zu mir kommen, wenn Frau Gerlach noch eine Rechnung mit Ihnen offen hat, wird es wohl einen Grund geben, der mich ebenfalls nicht betrifft, also wenn Sie erlauben … Er stand auf.

Die graue Mappe im Schrank enthielt einen Auftrag, der mindestens zehn Jahre alt war. Also hatte Frau Gerlach ihren Mann wieder beobachten lassen, möglicherweise vom selben Detektiv. Auch Herr Fischer stand auf. Ich will Sie nicht länger aufhalten, Herr Doktor Weber, Gerlachs haben, soviel ich weiß, eine Tochter, vielleicht kann sie mir helfen, oder ein ehemaliger Kollege lässt sich bestimmt finden. Herr Fischer, sagte Viktor und schritt zur Tür, die er breit öffnete, ich muss mich sehr wundern, dass Sie als Detektiv Gerlachs Adresse nicht längst herausgefunden haben. Wenn Sie dazu nicht in der Lage sind, werden Sie in Ihrem Beruf wenig erfolgreich sein. Es könnte der Grund sein, weswegen Frau Gerlach Ihre Rechnung nicht begleichen wollte.

Aber Herr Doktor Weber, Sie sind doch die erste Etappe meiner Recherchen, glauben Sie mir, ich werde Erfolg haben! Der Detektiv lachte, wenn auch ein bisschen säuerlich. Anstatt zur Tür zu folgen, faltete er die Hände vor dem Mund, bevor er wieder zu sprechen begann. Viktors geschultem Blick fielen die zwei Eheringe auf, die er an der rechten Hand trug, und dass die Nägel des Mannes mit weißen Punkten übersät waren. Als er klein war, hatte seine Großmutter ihm erzählt, dass jede Lüge einen weißen Punkt auf einem Nagel hinterließe. Unsinn, wusste Viktor schon damals, der trotzdem manchmal seine weißen Punkte zählte und versuchte, sie seinen kleinen Schülerlügen und Mogeleien zuzuordnen. Jetzt betrachtete er ungeduldig das rätselhafte Lächeln des Detektivs und war augenblicklich überzeugt, dass der Ausdruck gewollt war, um sein Gegenüber neugierig zu machen. Berichten Sie demnächst Frau Gerlach von meinem Besuch, sagte Fischer. Es wird sie sicherlich interessieren und ermutigen, mit mir Kontakt aufzunehmen. Er stand auf und streckte Viktor seine Hand hin. Auf Wiedersehen, Herr Doktor Weber. Sie sollten Kalziumtabletten nehmen, sagte Viktor, Ihre Fingernägel. Auch er lächelte so zweideutig, wie er nur konnte.

Sollte er Frau Gerlach vom Besuch des Detektivs berichten? Das wäre doch für sie nur peinlich. Nein, er würde es nicht tun, um nicht noch tiefer in dem Morast dieser problematischen Familie zu versinken. Was ich nicht weiß, macht mich nicht heiß, flüsterte seine Großmutter, aber dir Viktor, kann ich es sagen: Lieber leiden als dumm sterben. Versuchst du herauszufinden, wo er sich mittwochs herumtreibt, machst du es für mich?

Er entschied sich für eine Flasche Calvados für das Geburtstagskind und kaufte einen Strauß Blumen für dessen Frau. Tilo Jansen trug eine breitrandige Brille, ein seidenes Hemd, sein Haar glänzte vom Gel und Viktor erkannte ihn kaum. Der Optiker schien sehr stolz auf seine Frau zu sein und stellte sie Viktor vor, während er sie fest um ihre nackte Schulter hielt. Ach, sagte Irene, Sie sind also der Arzt. Tilo unterhielt sich mit weiteren Gästen, warf aber immer wieder schiefe Blicke auf Viktor und auf seine Frau. Viktor wechselte den Raum und setzte sich im Wohnzimmer auf ein Sofa, wo gerade ein Platz frei geworden war, und trank sein Kölsch. Er langweilte sich schon. Als er wie ein erotisches Streicheln sein Handy an seiner Leiste vibrieren spürte, hörte er eine Viertel Sekunde auf zu atmen, aber es war nur seine Schwester, die ihm per SMS ein gutes Wochenende wünschte und ein Foto von sich und Klara schickte. Alles Liebe. Er schoss mit dem Handy ein Bild von der angebissenen Hähnchenkeule als Vordergrund der gackernden Gäste und schickte es seiner Schwester: Rupfe gerade ein Partyhähnchen. Liebe Grüße an euch beide. Verbrachten sie den Abend gemeinsam? Klara hatte sich in den beiden letzten Tagen nicht mehr gemeldet, und wenn er angerufen hatte, war nur der Anrufbeantworter zu hören gewesen. Das Warten auf Nachrichten warf ihn in die Pubertät zurück, in die Zeit der ersten Verliebtheit, als er sein Leben am Telefon ein- und ausatmete.

Aus dem Wohnzimmer war laute Tangomusik zu hören. Er sah, wie Tilos Frau ihre Schritte vorführte. Alles drehte sich im Raum, lachte schrill oder dunkel. Er schloss einen Augenblick die Augen und hörte ein angsterregendes Zoogetöse, es kläffte, fiepte, röhrte, schmetterte, krähte, er hatte hier nichts zu suchen, zu früh, dachte er, bin fehl am Platz, zu sehr mit mir selbst beschäftigt. Freundschaften schließen kann ich später, vielleicht. Er wollte sich höflich von seinem Gastgeber verabschieden, aber dieser folgte so gebannt dem Tanz seiner Frau, dass er ihn nicht stören wollte.

(Moira)

Das Explodieren des Frühlings führt einem die Geschwindigkeit der Zeit vor. Es gibt hier kein Entrinnen vor dem Tempo der Jahreszeiten, auch wenn die Nächte in den schattigen Ecken der Gärten noch weiße Spuren hinterlassen, die beim ersten Sonnenschein zu glänzendem Tau werden. In Afrika kann man sich ein anderes Zeitbewusstsein leisten, hier aber zeigt uns Mutter Natur, wie die Jugend vorbeibraust. Vroum! Im Nu hast du in deinen schwarzen Locken zwei neue weiße Haare, mein Viktor. Am Fuß der glatten grauen Stämme der Erlen ufern pfefferminzgrüne Büsche aus. Der noch vor zwei Tagen nackte Wald reckt sich unter frischem Tüll, Narzissen füllen sich mit Sonne, Tulpen enthüllen schon ihre Narbe. Überschwänglich, diese Jahreszeit, saftig grün und grenzenlos sinnlich. Sonntags grillen türkische Familien am Fuß des Hochhauses und der Duft von verbranntem Schaschlik steigt in die Nase der Spießbürger. Du arbeitest viel und immer länger, auch wenn Silvia und Marion längst zu Hause sind. Du verdrängst böse Vorahnungen und schwarze Gedanken. Du rettest deine Haut mit der deiner Patienten. Bevor du dich zum muffigen Einsiedler änderst, dir jede Fete vermiest als flehender Liebhaber, der Klara auf die Nerven geht mit seinem Ich-verstehe-dich-doch-mein-Schatz-aber-wann-sehen-wir-uns, ist es Zeit, mein lieber Viktor, dass ich dir mein juckendes Händchen reiche. Ich komme.

14

Das Wartezimmer füllte sich. Bei jeder neuen Anmeldung triumphierten Silvia und Marion. An einem Mittwochmorgen wurde Viktor eine Frau Hirsch angekündigt, die ohne Termin erschienen sei. Viktor erinnerte sich noch sehr gut an die ältere Dame, mit der er über die Krätze und die Pest gescherzt hatte, und staunte nicht wenig, als eine junge Schwarze eintrat. Sie hatte ihr Haar entkraust und einige Strähnen blond gefärbt. Das haarige Massaker nahm ihren Zügen nichts an Schönheit. Sie erzählte Viktor, dass sie Arme und Beine, Po und Ohren fürchterlich juckten. Sie lebe mit einer alten Dame zusammen, die sich selbst dauernd kratze. Die alte Dame stelle die Heizung auf volle Pulle bis in den Mai hinein. Sie bewege sich selten an der frischen Luft, trinke kein Wasser, verbringe ihre Tage mit dem Stricken von Schals, die sie an Bekannte und Bekannte von Bekannten verschenke. Gebe es nicht auch Allergien gegen Wolle oder synthetische Textilien? Ihre Anschuldigungen hätten sie, Moira Sanderia-Hirsch, doch unsicher gemacht, jetzt jucke es sie auch überall, vor allem die Hand (sie lachte), und sie wolle doch sichergehen, dass sie der alten Dame keine ansteckende Hautkrankheit beschert habe. Viktor biss sich auf die Lippen, um nicht laut zu prusten. Er stellte sich das »Nervenbündel« vor, die ihre Nadeln im Schoß ruhen ließ, um sich die Arme blutig zu kratzen, die beobachtende junge Frau im Hintergrund. Er untersuchte zuerst die Stellen in der Kniekehle und in der Armbeuge, hielt Hautabstriche unter das Mikroskop. Alles normal, sagte er. Kann doch nicht sein, klagte sie, auch der Rücken juckt, eigentlich alles. Im Handumdrehen zog sie ihr T-Shirt aus, öffnete ihren BH, ließ den Rock herabrutschen und legte sich unaufgefordert bäuchlings auf die Liege. Er betrachtete den einwandfreien Rücken, den festen Po im Tangaslip, ließ seine Hände routinemäßig die Haut streichen, eine glatte, warme, leicht schwitzende Haut. Als er auf der blinden Suche nach Unebenheiten in der Nierengegend tastete, ließ er einen Augenblick zu lange die flachen Handballen auf der Haut, ließ keine Luft zwischen ihre Haut und seine Handflächen eindringen und spürte, dass aus der Sympathie, die er für die junge Frau und deren Haut empfand, eine Lust hervorkam, die er, der tugendhafte Arzt, noch niemals bei Patientinnen empfunden hatte. Er schluckte: Nichts, sagte er, ich sehe nichts, Sie können sich anziehen, und drehte sich schnell weg, ging zu seinem Schreibtisch, wo er am Computer das erstbeste Programm öffnete. Wir machen aber einen Allergietest. Als sie angezogen vor ihm stand, meinte er, einen Anflug von Ironie in ihren Zügen zu erahnen, war sich aber dessen nicht sicher. Er schickte sie zu Silvia, die den Test machen sollte, und wusch sich die Hände. Er ging zum Fenster, schaute die prallen Sprossen eines Ahorns an und versuchte, den Rücken der Patientin und seine Reaktion wegzudenken, rief schnell den nächsten Patienten auf und ließ, obwohl das Wartezimmer jetzt leer war, Moira Sanderia-Hirsch noch eine Zeit lang warten.

Auch der Allergietest ergab keine positiven Ergebnisse. Keine positiven Ergebnisse?, wiederholte sie, als verstünde sie nicht, dass »nicht positiv« eine positive Diagnose ist. Er erklärte konfus, dass das Wort positiv hier negativ zu verstehen sei, schüttelte den Kopf und fing von vorn an: Die Suche nach der Krankheit sei negativ gelaufen, sollte das Ergebnis einer Untersuchung auf eine Krankheit hinweisen, dann sei das Resultat der Suche positiv, die Krankheit sei dann erwiesen, aber Sie, Frau Sanderia-Hirsch – lassen Sie den Hirsch weg, lächelte Moira –, Sie also haben eine gesunde Haut und sind weder auf Pollen noch auf bestimmte Lebensmittel allergisch. Das hatte ich mir gedacht, sagte Moira, alles im Kopf, alles Einbildung, ich wollte nur sichergehen. Sie kreuzte die Beine übereinander. Ihr hochgeschobener Rock zeigte am Saum eine Stelle, die mit einem auffälligen Faden und mit der Hand gesäumt worden war. Danke, sagte Moira, ich weiß übrigens, was positiv in dem Zusammenhang heißt. In einem anderen Leben war ich sogar Krankenschwester. Ach, errötete Viktor, und Sie wohnen jetzt bei einer Frau Hirsch, dieser älteren Dame, die ebenfalls alles juckt. Ja, sagte Moira und fing an zu erzählen, ohne dass er daran dachte, sie zu unterbrechen: Sie habe ihren Mann in Köln bei einer Filmvorstellung kennengelernt und nach einem halben Jahr geheiratet. Sie lebe seit ihrer Scheidung bei ihrer ehemaligen Schwiegermutter. Sie sei noch nicht mit dem Studium fertig gewesen, ihr Exmann auch nicht, der jetzt bei seiner neuen Freundin wohne. Ob die verwitwete Schwiegermutter sich ihrer oder sie sich der doch sehr einsamen Dame angenommen habe, sei unklar. Allerdings schien jetzt Gisela, so der Vorname der Exschwiegermutti, ihre Entscheidung zu bereuen. Sehen Sie, Herr Doktor Weber, sie will es sich nicht eingestehen, aber sie vermisst ihren Sohn, der sich jetzt nicht mehr in die Wohnung traut. Ein abtrünniger Sohn bleibt ein Sohn. Eine Exschwiegertochter höchstens eine gute Freundin. Sie hat ihn spät bekommen, mit vierzig, glaube ich, er war ihr Ein und Alles. Viktor wollte jetzt nicht den Psychiater spielen, ihn packte aber die Neugier, und Moira Sanderia schien diese Neugier sehr zu genießen, so wie sie ihn anschaute und ihre Sätze nicht immer zu Ende sprach, als wollte sie seine Fantasie anregen. Er fragte unverhohlen, warum sie bei ihrer Schwiegermutter bleiben wolle, sie antwortete, keine Ahnung, Lethargie, Bequemlichkeit, sie warte ab, wolle wenigstens ihre Diplomarbeit fertigstellen, bevor sie ausziehe, ein Umzug würde sie aufhalten, der Professor dulde bestimmt keinen Aufschub, sie wisse außerdem nicht, ob sie ausziehen wolle, ihre eigenen Eltern könnten ihr finanziell helfen, eigentlich sei der Einzug bei Frau Hirsch eher die Idee der Schwiegermutter gewesen, eine zweischneidige Idee, es sei dahingestellt, ob Selbstsucht oder Großzügigkeit, Sentimentalität oder echte Zuneigung, womöglich Angst vor der Einsamkeit sie dazu brachten, vielleicht auch die Lust, dem eigenen Sohn eins auszuwischen. Dem nahm sie die Trennung übel, wie zuvor die Hochzeit. Philip habe seine Ehe mit ihr gegen die Mutter durchgeboxt, es habe viel Streit gegeben damals, Gisela sei von dem Sohn als Rassistin beschimpft worden, was sie sicherlich nicht sei, sie habe nur gegen die frühe Hochzeit etwas einzuwenden gehabt, sie seien beide knapp über zwanzig und mittellos gewesen, außerdem habe die Gisela wohl gespürt, dass sie nicht zueinander passten, dass sie einer falschen Romeo-und-Julia-Romantik erlegen waren, diese Hochzeit war eine Flucht nach vorn, ein Unsinn, ich sage es Ihnen, Herr Doktor Weber, mein Ehemann hat gesponnen, die Schwiegermutter war nicht oder nur durchschnittlich rassistisch, wie du und ich, wer kann ehrlich leugnen, dass er einem Araber nicht leichter misstraue als einem christlichen Bleichgesicht. Wirklich, ist es so, ja?, fragte Viktor rhetorisch, der nur wollte, dass sie weitererzählte, ihre vitale Art tat ihm gut, ihre Geschichte war amüsant, es wartete niemand mehr im Wartezimmer, ja klar, sagte sie weiter, auch sie, Moira, sei manchmal arg rassistisch, sie werfe gern alle in einen Topf, Arschlöcher, Herr Doktor Weber, sind auf dieser Welt dick gesät, und wenn ich einmal eine gemeine Bemerkung einstecken muss, beschimpfe ich sogar die politisch korrekten Deutschen als falsche Fünfziger. Überhaupt sei echte Währung immer seltener, sage ihre Schwiegermutter. Ach so, nickte Viktor amüsiert, und was meint sie damit? Sie meint, dass eine Gesellschaft nur bestehen kann, wenn die Menschen lavieren, sich durchschlängeln, mogeln und die Wahrheit verdrängen. Die Unaufrichtigkeit ist die Säule des Überlebens, ich erkläre es Ihnen ein anderes Mal, ich will Ihnen die Zeit nicht rauben, antwortete die junge Frau und lachte, das weiße Lachen eines Raubtiers, dachte Viktor – wie kitschig, wie klischeehaft, flüsterte Klara –, falls Tiere lachen können. Um auf die Gefühle von Gisela zurückzukommen, diese Schwiegermutter habe sich ehrlich Mühe gegeben, ihr Misstrauen, ihre Ängste hinunterzuschlucken: Verdauen, die Spülung betätigen und lächelnd aus dem schwarzen Kabinett kommen, das schaffe sie locker, diese alte Frau, gar nicht so alt, siebzig höchstens, sie gehöre eigentlich zu denen, die keine Hässlichkeiten in ihrem Leben zulassen, ja, sie habe den Respekt der Schwiegertochter verdient. Leider habe sich Gisela völlig umgewandelt, eine Umkehr um hundertachtzig Grad. Um hundertachtzig Grad?, wiederholte Viktor mit fragendem Unterton, als wollte er hier nur das Arithmetische in Zweifel ziehen, wollen Sie es mir erzählen? Es warten keine Patienten mehr. Moira lächelte rätselhaft: Es drehten sich übrigens im Leben so vieles und so viele um hundertachtzig, dass es einem schwindelig werde. Philip-Leander, so heißt mein Exmann, sagte sie, Philip heißt der Pferdeliebende. Philip hieß nicht nur so, er ritt, ich auch, wir haben uns sehr schnell vergaloppiert. Den Namen Leander finde ich schön, aber später nannte ich ihn nur noch Mäander. Seine Lügen zogen herrliche Schleifen. Am Anfang glaubte er mich zu lieben, er mochte aber nur die Folklore, die sich bunt um eine aus dem schwarzen Kontinent rankt. Die Folklore, dachte Gisela, und irrte nicht, die Folklore ist die Maske, die man auf die ganz und gar nicht sagenhafte Realität legt. Philip-Leander genoss die Abwechslung und den Effekt, die Überraschung seiner Bekannten, wenn er mich vorstellte: meine Frau. Ach. Stellen Sie sich das vor: Philip-Leander gehörte sogar zu einer schlagenden Verbindung, er mochte seinen eigenen Mut kaum glauben, er ergötzte sich an seinem liberalen, freien, großzügigen, menschlichen, sauberen Gedankengut und an seinem Widerstand gegen die nüchterne Mutter, die ihm wiederholte, dass wir nicht zusammenpassten. Ich habe sie damals gehasst. Dann aber fand ich, dass sie nicht Unrecht hatte. Den Durchblick hatte sie. Ich selbst war blind wie das Schicksal.

Die junge Frau schaute Viktor mit noch größeren Augen als zuvor an, und Viktor fragte sich, wann diese Erweiterung ihrer Pupillen aufhören würde. Ich hänge an ihren Lippen, dachte er.

Ich labere zu viel, sagte Moira, Sie gucken so komisch.

Nein, erzählen Sie weiter. Ich höre gern zu.

Sie schaute skeptisch und fuhr trotzdem fort: Und als Strafe für den Sohn habe ihm die Mutter Hausverbot verhängt, als er, Philip-Leander, sie, Moira, für eine blauäugige Deutsche verließ, ja, sie habe ihn einfach vor die Tür gesetzt, klasse. Weil weder der Sohn noch Moira Geld hatten, habe sie, die Schwiegermutter, für Moira ein Zimmer eingerichtet, wie für eine Tochter des Hauses, das Jugendzimmer ihres rausgeworfenen Sohnes. Und ab jetzt wohnst du hier und studierst weiter, mein Kind, hatte sie gesagt. Letztlich habe sie das aber nicht verkraftet. Dass Sie bei ihr wohnen?, fragte Viktor. Die Schwiegermutter habe nicht vertragen, dass sie sich gegen den eigenen Sohn gewandt habe, es nage an ihr, immer mehr, das könne Moira doch sehen. Es sei auch ein Fehler gewesen. Sie fand zuerst das Verhalten der Schwiegermutter »schwer in Ordnung«, aber jetzt könne man doch sehen, was sich abspiele. Wer konnte was sehen? Sie, Moira, konnte sehen, dass nichts, ganz und gar nichts in Ordnung war. Verstand denn der Doktor Weber das nicht? Beinahe hätte Viktor gefragt: Welcher Doktor Weber? Dass es mit der Frau schiefging, sei jetzt klar, sie sei eine todunglückliche Mutter, die sich nach ihrem blöden Sohn sehne, ja es sei vorauszusehen und verständlich, sie, Moira, könne das verstehen, hätte sie ein Kind, würde sie hundertprozentig zu ihm stehen, egal, was er für ein Verbrecher sei, das Gesetz des Blutes, hieße das, und sei in jedem Land gültig. Die Arme kratze sich dauernd und beschuldige Moira, dass sie eine ansteckende Hautkrankheit habe.

Jetzt können Sie mir attestieren, dass ich nichts habe, außer Reue und Bedauern und den Wunsch, schnellstens auszuziehen.

Das kann ich tun, sagte Viktor und lächelte väterlich.

Wollen Sie mehr hören?

Sehr gern.

Ich muss aber jetzt nach Hause. Sie wartet auf mich mit dem Mittagessen. Ich würde allerdings gern mit Ihnen weiterplaudern, einfach so, privat. Was meinen Sie, wollen wir nicht am Samstag zusammen essen gehen?

Viktor schluckte, spürte einen heißen Strahl in der Kehle, at-

mete tief ein und aus. Privat? Hm … Es geht nicht so gut, sagte
er errötend, meine Freundin kommt am Wochenende und wir
sind bei einem Freund eingeladen.

Kein Problem. Ich kann auch während der Woche, sagte Moira,
wie ist es heute Abend oder morgen? Und als sie seinen zögernden
Blick sah und wie er sich auf die Unterlippe biss, lachte sie: Ich will
Sie ja nicht fressen, nur mit Ihnen essen und plaudern, wir können
auch nur Kaffeetrinken, wenn Sie wünschen. Ihr »Wenn Sie wünschen« klang falsch unterwürfig, gar nicht so, als würde sie seinen
Wünschen entsprechen wollen. In Viktors Kopf duellierten die
Gedanken aber immer dumpfer. Moiras warme Stimme, Moiras
Blick, in dem er einen Ruf, eine Herausforderung oder auch nur
eine Bitte las, was war es denn, was ihn da anzog, ein spöttischer
und duldsamer Blick zugleich, ihre eigenartige Geschichte, alles
machte ihn neugierig, nein, viel mehr, diese Frau riss ihn aus
seiner Routine. Ach, warum sollte er nicht neue Freundschaften
eingehen? Warum sollte er nicht ein kleines Risiko eingehen? Ner-
vensägen kann man ja rauswerfen. Im Hintergrund dazu Klaras
genervte Stimme: Du kannst nie Nein sagen, Viktor! Ach, sagte er,
da kann ich nicht Nein sagen, dann gehen wir heute Nachmittag
Kaffeetrinken. Kennen Sie in diesem Ort ein schönes Café?

Cafés sind teuer und selten gut, sagte sie, ich komme zu Ihnen,
Sie kochen den Kaffee und ich backe einen schnellen Kuchen.
Viktor kratzte sich an den Nasenflügeln. Frau Sanderia, meine
Freundin Klara … ich möchte sie nicht eifersüchtig machen.

Ich doch auch nicht! Ich hoffe, ich lerne sie auch kennen.

Ich bin, begann er …

Ich auch.

15

Genau um vier klingelte Moira. Schließlich könnte sie auch für Klara eine Freundin werden, dachte er. Du Heuchler, lachte seine Schwester, du hast nur Lust auf Lust. Der Apfel fällt nicht weit vom Stamm, grinste der Großvater.

Er hatte schon den Tisch gedeckt. Sie lächelte: Sie sehen erstaunt aus, dass ich pünktlich bin. Hallo, Herr Weber, ich habe Ihnen einen Nusskuchen aus einer Fertigmischung gebacken, die schmecken ganz lecker. Und Schlagsahne bringe ich auch mit. Der Kuchen ist angeschnitten, weil ich meiner Schwiegermutti ein Stück dagelassen habe. Das nächste Mal, wenn ich mehr Zeit habe, bringe ich Ihnen einen echt selbstgebackenen Ananaskuchen nach einem Rezept meiner Mutter. Der gelingt mir fast immer. Finden Sie, dass ich Sie überfalle?, fragte sie.

Ich werde zurzeit ganz gern überfallen, war seine dumme Antwort.

Das habe ich mir gedacht, war ihre, wie er fand, freche Erwiderung. Schnell eine banalere, auf sie bestimmt abgedroschen wirkende Frage: Wo haben Sie so gut Deutsch gelernt?

Meine Eltern sind aus Tansania. Mein Vater hat Mathematik und Physik in Deutschland studiert, ist anschließend nach Tansania zurückgekehrt, er unterrichtet an der Universität in Daressalam. Ich habe in der Kindheit deutsche Kindermädchen gehabt, jedes Jahr ein neues. Sie gucken so erstaunt. Tansania ist zwar ein armes Land, aber es gibt auch dort eine Schicht besser situierter Leute, und in Deutschland findet man Studentinnen und Studenten, die sich ein Abenteuerjahr in Tansania wünschen.

Aus Tansania ragte in einer Schneekrone der Kilimandscharo hervor. Sobald die Praxis gut lief und genügend Geld da war, wollte er mit Leo auf diesen Gipfel steigen, und zwar bevor der ewige Schnee wegen der Klimaerwärmung eine Legende würde. Bergsteigen war nicht gerade Klaras Lieblingssport, sie würde aber mitfliegen können, an einem Strand ausruhen, und später würden sie zusammen eine Fotosafari machen. Ich kenne Ihr Land nicht, sagte er, aber mit einem Freund wollte ich immer den Kilimandscharo besteigen.

Na, dann warten Sie nicht ab, bis Sie achtzig werden. Fünftausendachthundertfünfundneunzig Meter sind kein Pappenstiel.

Und Sie, waren Sie schon da oben?

Auf dem Kilimandscharo? Nur in Gedanken.

Er goss den Kaffee ein, sie schnitt den Kuchen. Als sie ihre Gabel zum Mund führte, prustete sie los: Wir trinken Kaffee wie zwei alte Menschen.

Wieso zwei alte Menschen? Er wusste nicht, was er dazu sagen sollte. Er dachte, er hätte vielleicht den Tisch nicht decken sollen. Sie hätten die Teller auf den Knien halten können wie Studenten ohne Möbel. Wir sind schön gesittet und brav, sagte Moira, und lassen uns jetzt auf einen biederen Dialog ein. Ich frage Sie, ob Sie Geschwister haben, und dann fragen Sie mich das Gleiche, wir stellen unsere Sippschaft vor mit Alter, Beruf, falls vorhanden, charakterisieren kurz unsere Beziehung zu ihnen. Oder sollen wir die braven und künstlichen Präliminarien auslassen und zum Wesentlichen übergehen?

Hm ... der Kuchen schmeckt prima, sagte er, vielleicht sollte ich auch mal probieren, mit Fertigmischungen zu backen, wie heißt er?

Also doch Übergänge ... Sollen wir einander die üblichen Fragen stellen?

Hm ... Was für Fragen?

Harmlose. Wo-wann-wer-wie-Fragen. Ich fange an. Wer ist deine Verlobte?

Klara ist nicht meine Verlobte, fing er an, ich meine, wir sind nicht offiziell verlobt, richtige Verlobungen gibt's kaum noch. Aber wir wollen heiraten.

Du und sie?

Ja, wer sonst?

Nein, ich meine, sie will und du willst?

Ja, wir wollen. Es klingt, als übten wir eine Fremdsprache!

Ist es nicht so? Du bist dran, sagte sie.

Und Sie, sind Sie offiziell geschieden? Haben Sie einen Freund?

Ja, offiziell geschieden, ich habe keinen Freund, ich suche einen. Aber zurzeit noch keinen ernsthaften Freund, nur ab und zu einen zum Wohlfühlen, ich brauche einen kleinen Zickzack vor der nächsten geraden Linie. Viel Freiheit vor dem nächsten Käfig.

Haben Sie die Ehe als Käfig empfunden?, fragte Viktor.

Ein bisschen. Wie alle Paare irgendwann: am Anfang nicht, aber dann. Das Problem mit dem Käfig ist nicht, dass die Freiheit abhaut und einen hinter Gittern zurücklässt, sondern dass man schnell zum Kanarienvogel wird und sein Leben damit verbringt, zu schaukeln und Fressnapf und Trinkschale zu leeren. Ich glaube, ich kann meinen Ex gut verstehen. Er hat sich in einen freien Vogel verliebt, der noch keinen Ring am Fuß trug.

Waren Sie nicht eifersüchtig?

Doch. Am Anfang war es schlimm, ich hasste die dumme Kuh, aber nicht lange. Ich bin weder dickköpfig noch nachtragend. Und Gott hat mir eine Gnade erwiesen: Ich kann niemanden lieben, der mich nicht oder nicht mehr liebt. Da trenne ich den Faden ab. Schnapp! Sie machte die Geste, mit der Schere einen unsichtbaren Faden abzuscheiden.

Einfach so.

Der Vertraute wird zum Fremden. Eine Woche zuvor schnupperte ich noch seinen Geruch am Hals, und kaum hatte er die Tür hinter sich zugemacht, konnte ich ihn nicht mehr riechen. Logisch, oder? Nach zwei Monaten konnte ich mich freuen, dass diese Person, mein Ehemann, abgehauen war.

Ach.

Ich habe meine Liebe wie einen Rechtschreibfehler ausradiert und, Gott sei Dank, nichts dazugelernt. Ich bin an der Reihe: Warum bist du Hautarzt geworden?

Die Haut ist das Naheliegende am Menschen, ich hatte keine Lust, in den Magen der Leute zu gucken oder einen Blinddarm herauszuoperieren. Mich haben im Studium die inneren Organe erschreckt. Das Organ, das ich pflege, kann man anfassen und streicheln.

Ich habe eine Halbvegetarierin-Bekannte, erwiderte Moira, sie isst nur Tiere, die sie nicht streicheln kann, Fische, Schnecken, Ameisen kann sie runterschlucken.

Sie kann keine Tiere essen, zu denen sie eine Beziehung haben könnte.

Und du willst eine Beziehung zu deinen Patienten herstellen.

Nur im Rahmen meines Berufs!

Ich bin froh, dass ich aus dem Rahmen gesprungen bin. Ich fasse auch gern Menschen an, wenn auch nur flüchtig. Ich streiche gern die Wange oder das Haar der Leute, die ich kenne, vor allem der Kinder. So im Vorbeigehen, aber dann bist du nicht umsonst vorbeigegangen.

So gesehen …

Du tauschst ein paar Moleküle aus. Du sagst, ich Mensch gehöre zu dir Mensch, so meinte ich es vorher, so siehst du deinen Beruf.

Ja, in einem gewissen Sinn.

Dem Tastsinn. Dein Vorname ist doch Viktor, oder?

Ja. Ich glaube übrigens, Sie schon gesehen zu haben, als ich zum ersten Mal in die Praxis kam; Sie hatten einen Termin bei Doktor Gerlach.

Kann sein.

Es entstand ein Schweigen, das Moira nicht brach, sie wartete auf eine neue Frage, die er nicht fand, und sie schaute ihn amüsiert an. Dann brachte er schließlich hervor: Hm … Was ist Ihre Lieblingsfarbe?

Ich liebe alle Farben eines Gefühls, antwortete sie. Alle Farben der Natur und des Menschen. Ich mag die Farben deines Gesichts, die Farbe deiner Augen und deiner Lippen. Warum errötest du denn? Aber auch dieses Rötliche ist schön. Deine hohen Wangenknochen mag ich, ich mag grundsätzlich hohe Wangenknochen. Welche Jahreszeit hast du am liebsten?

Alle, ich könnte nicht in einem Land ohne Jahreszeiten leben. Ich liebe auch den Winter und den Regen.

Ach, du bist gut integriert, lachte Moira, ich meine, du passt gut in die Landschaft.

Wieso hatte er noch nicht an diese einfache, naheliegende und ungefährliche Frage gedacht: Was studieren Sie?, fragte er.

Film an der Filmhochschule Köln, nach dem Abi habe ich übrigens eine Ausbildung als Krankenschwester gemacht, aus reiner Ideologie, ein bisschen wie Philip eine ideologische Ehe eingegangen ist, leider ist die Ideologie eine sehr abstrakte Angelegenheit, die zwangsweise in der Bettpfanne der Kranken ersäuft. Ja, und ich wollte die Augen der Toten nicht mehr schließen. Ich trug zu viel Zärtlichkeit in mir.

Sie haben den Tod Ihrer Patienten nicht verkraftet?

Ihr Tod ging mir unter die Haut, vor allem am Ende des Winters war es besonders schrecklich, wenn jemand starb. Sie wollten noch einen Frühling erleben. Sie sagten es so: Ich will die Narzissen blühen sehen, die ich im Oktober gepflanzt habe, oder ich will es mindestens bis Juni schaffen. Ich habe blühende Wildkirschenzweige auf dem Weg zum Krankenhaus abgeschnitten oder Veilchen am Straßenrand gepflückt oder eine Tulpe, eine Osterglocke in einem Vorgarten gestohlen. Aber wenn die Blüten im Zimmer ankamen, waren sie futsch, sie blühten zwar noch, aber auch sie hatten angefangen zu verwesen, ich konnte meinen Sterbenden nur einen toten Frühling schenken. Der Frühling war ihr Vorwand, um im Leben zu verweilen …

Moira schwieg, und da Viktor nur ergriffen schaute:

… eine spanische Wand aus Blüten, verstehst du, und der Tod hielt manchmal auch barmherzig davor. Du findest mich sentimental und kitschig, ja, ich sehe es in deinen Augen.

Ich mache mich gar nicht lustig. Im Gegenteil.

Viktor fühlte in der Tat eine neue Nähe zu Moira, auch er hatte in seinem Klinikalltag Leute sterben sehen, und sein Ohnmachtsgefühl war sicher auch ein Grund gewesen, das Krankenhaus zu verlassen und jetzt eine Praxis zu eröffnen.

Was ich nicht sehe, macht mich nicht blind, murmelte Moira.

Was meinen Sie damit?

Ich wollte nicht abstumpfen, die Leichen hätten mich blind für die Schmerzen der Menschen gemacht. Ich hielt den Sterbenden die Hand, wenn keine Verwandten kamen, nahm ich Platz an ihren Betten und sprach und betete und wartete, bis sie starben. Und bald habe ich den Eindruck gewonnen, sie starben extra, während ich da war, also weil ich da war, und dann musste ich weg, bevor ich begann, mit der Todessichel herumzulaufen.

Hm. Jetzt drehen Sie Filme.

Noch lange nicht, ich lerne zurzeit zu filmen und Drehbücher zu schreiben, da ich aber Giselas Haus verlassen will, bräuchte ich einen Mann, der mich aushält, bis ich Erfolg habe. Kennst du einen?

Nein, aber ich werde mich umschauen, lachte Viktor. Nun, ein reicher Mann ohne goldenen Käfig ist eine »perle rare«. Haben Sie Sehnsucht nach Ihrem Land?

Meine Sehnsucht hält sich in Grenzen. Ich fliege ab und zu hin. Außerdem kenne ich hier andere Afrikaner, die nicht so privilegiert sind wie ich.

Was für welche?

Auch Illegale. Afrika ist ein zertrampeltes Schlachtfeld. Dort stinkt es nach geronnenem Blut. Ich selbst bin eine Luxusstudentin, empfinde ab und zu eine zerstörerische Wut. Gegen die Scheißkannibalen in den Regierungen dort und auch gegen eure Arroganz.

Bin ich vielleicht arrogant?

Du nicht, vielleicht nicht, ich glaube nicht. Das wird sich zeigen. Ich habe es auch anders erlebt. Schauen die Dänen auf die deutschen Ärzte herab, die emigrieren, weil sie dort tausend Euro mehr verdienen?

Wollen wir über Politik reden?

Als Mensch zwischen zwei Kulturen fällt man irgendwann in ein Loch der Unkultur. In einen Abort. Alle können sich nicht hochrappeln. Ich selbst brauche ein imaginäres Land, nicht Afrika, kein Land in Afrika, kein reales Land, Afrika macht mir Angst, wenn ich aber an Europa denke, muss ich gähnen, ich will mir mein Land selbst erschaffen. Deshalb möchte ich filmen.

Worüber möchten Sie gern Filme drehen?, fragte Viktor schnell.

Kannst du nicht aufhören mich zu siezen? Das Du verpflichtet dich doch nicht zur Ehe. Früher mochte ich das Sie lieber, weil es leichter zu konjugieren ist, so habe ich sogar die Kinder gesiezt. Das Du ist mir näher.

Näher woran, an wem?

Näher an Ihrer Haut, Herr Dermatologe.

Eben, sagte Viktor.

Keine Panik, Herr Doktor, ich suche in Ihnen nur den großen Bruder.

Ach wirklich?

Wirklich. Aber man sucht oft etwas und findet etwas ganz Anderes.

Sie lachten beide.

Hm. Also erzähl von deinem imaginären Land.

Mein neues Land ist eine deutsche Kolonie. Ich habe eine Kolonie der deutschen Sätze gegründet. Ich peitsche sie durch den Tag, bis sie in mein Buch passen, ich pfeife sie heran, lasse sie ausschwärmen, foltere sie zurecht, ich lösche sie aus, wenn sie brennen, anstatt zu wärmen, ich bearbeite sie, mein Herr, und sie arbeiten für mich.

Schreibst du Drehbücher oder Romane?

Drehromane. In jedem Satz ein Filmbild.

Da dreht sich einem der Kopf. Gibst du sie mir zu lesen?

Wenn du groß bist.

Ach.

Groß in meinem Herzen.

Ah.

Viktor lächelte, er hatte schon lang nicht so viel Gefallen gefunden an einem Austausch mit einem Mensch dieser Stadt, mit einem Menschen überhaupt.

Warum lächelst du?

Weil du lustig bist. Was machst du, wenn du nicht filmst oder an deinem Drehbuch schreibst?

Ich zupfe mir die Beine. Ich helfe im Haushalt meiner Exschwiegermutter und höre mir ihre Klagen an. Ich lese und gehe ein bisschen spazieren. Ich gebe es nicht gerne zu, da ich diese Grundstufenromantik hasse, aber ich liebe winterliche Landschaften, Teiche, Reiher, die langsam im Wasser schreiten, Wasser überhaupt, das Licht des Tages im Wasser. Ich mag auch Katzen, kleine Kinder, wenn sie nicht schreien, alte Leute, wenn sie nicht keifen. Sollen wir nicht etwas anderes als kalten Kaffee trinken? Wir könnten auch ein Abendessen vorbereiten,

Ich habe aber nichts im Haus.

Du kannst nicht kochen?

Nein, kann ich nicht. Ich mag nicht, wenn mir Dinge an den Fingern kleben, und ich kleckse überall und lasse alles anbrennen.

Ich könnte für dich kochen, wenn du willst. Ich koche sehr gern, auch für die alte Hexe. Ich habe auch gedacht, wenn ich keinen reichen Prinzen finde, könnte ich Köchin werden. Ich erwäge es ernsthaft. Denn mein imaginäres Land trägt derzeit keine Früchte. Also, was meinst du?

Nein, sagte Viktor, es wäre nicht normal, dass du für mich kochen würdest.

Wieso nicht normal?

Klara wäre argwöhnisch und eifersüchtig, wenn du für mich kochtest.

Kocht denn Klara gern?

Nein, sie ist wie ich, sie geht lieber außer Haus essen. Ich teste hier für sie Restaurants, wohin ich sie dann einladen will.

Ich kenne in Köln ein afrikanisches Restaurant. Sollen wir hin? Dann kannst du am Wochenende deine Klara dorthin führen.

Sie saßen im Restaurant und tranken, sie Campari, er Whiskey, als ihm bewusst wurde, dass er den Termin bei Doktor Hettsche verschwitzt hatte. Er hatte sich dem Kollegen vorstellen wollen, einem Allgemeinarzt, der im gleichen Viertel seine Praxis hatte, ein für eine gute Zusammenarbeit wichtiger Besuch. Er verschluckte sich und wurde knallrot, Moira erschrak, und als sie den Grund erfuhr, sagte sie: Jetzt hast du wegen mir deine erste Freiheitssünde begangen. Dann erklärten sie einander, was für sie Freiheit war. Und was Sünde war. Viktor betrieb fleißig Haarspalterei und pickte gleichzeitig die Kichererbsen aus seinem Couscous heraus. Wenn Freiheit das höchste menschliche Gut sei, könne kein Teil von ihr eine Sünde sein, wollte er sich rechtfertigen, vielleicht auch Moira beeindrucken, sie aber erwiderte: Freiheit ist die Sünde an sich, sollen wir draußen eine rauchen? Ich rauche nicht, sagte Viktor. Kein Problem, ich bringe es dir bei, man soll mindestens eine Zigarette am Tag rauchen, als homöopathische Dosis gegen die Krankheit der Intoleranz, die jeden Menschen irgendwann befällt.

Viktor rauchte nicht mit Moira. Als er aber draußen vor dem Restaurant in ihrem Rauch stand, inhalierte er eine Art Glück. Er dachte, nur am Anfang ihrer Liebe hatte er mit Klara solche Stunden verbracht, einen unseriösen, bindungsfreien Abend, frisch und flüchtig wie der April.

(Moira)

Ich erinnere mich an jedes Wort unserer ersten Gespräche. Falls ich das Drehbuch schreibe, werde ich aber einiges manipulieren und verfälschen, denn ich sehe ihn schon, den Zuschauer, der mir schreibt: Liebe Moira, ich will Sie sicher nicht beleidigen, ich bin aber ein sehr nüchterner Mensch und halte die ganze Situation und den Dialog für romantisch-unrealistisch-sentimental verklärt. Die edle, zivilisatorisch unbeschädigte Wilde erweckt den gutmütigen Weißen. Mein Gott, Lady, wir leben nicht mehr im achtzehnten Jahrhundert, schreiben keine Aufklärungsliteratur mehr ...

Ich mache aus Moira einen Inuk und du, Viktor, träumst von einer Expedition mit Leo nach Grönland. Nee, die Inuit können auch als unverdorbene Wilde gelten (als wäre noch irgendein Mensch auf der Welt zivilisatorisch unbeschädigt, die Korowai vielleicht, aus dem undurchdringlichen Dschungel von Neuguinea, aber gerade, weil sie noch unerreicht sind, kann keine Korowai-Moira deine Praxis besuchen). Was mache ich denn da? Soll Moira eine Engländerin, eine Berlinerin, eine Bayerin sein? Sicher kann in jeder Gegend ein freches Plappermaul versuchen, einen Arzt zu betören, einen braven Viktor, der nichts anderes möchte, als aus seinen Ängsten und seinem braven Dasein auszubrechen, und es aber noch nicht erfahren hat. Und niemand wird mehr meckern. Aber warum soll ich nicht schwarz sein und so handeln wie eine freche Bayerin? Ich schreibe dem Zuschauer zurück: Lieber Filmbesucher, ich will dich nicht beleidigen, aber auch das Pferd mit seinen Scheuklappen hat eine realistische Sicht auf die Landschaft. Das Problem besteht in den vielen Kästchen, die man dir, gebildeter Mensch, eingepflanzt hat, als du Goethe und Voltaire gelesen hast. Eines davon trägt sogar die Etikette: Kluge

Wilde/unaufgeklärter Europäer – Und hups! Schon hast du eine Geschichte entdeckt, die du da reinschieben kannst.

Ach Viktor, ich hab noch ein Problem, das mich daran hindern könnte, den Film zu realisieren. Vielleicht hätte ich selbst nur als Zuschauerin, als Beobachterin fungieren, als griechischer Chor auftreten müssen, der dein und Gerlachs Unglück in Versen beklagt, oder als personifiziertes Schicksal, aber als ich in deine Praxis kam, dich sah und deine Hände auf meinem Rücken spürte, wusste ich, dass ich vor allem eine Frau bin, die sich über beide Augen verliebt hat (ja, ich meine die Augen, nicht die Ohren) und sich ihrer Haut nicht mehr erwehren konnte. Ich war so blind wie mein eigenes Schicksal. Gut so.

16

Ein hellgrüner Schleier wehte durch den Wald. In den Vorgärten explodierte die Farbe Gelb. Die Spaziergänger suchten Blickkontakt. Viktors Schritt hatte sich verlangsamt, die Natur sträubte sich gegen das routinierte Joggen, man musste stehen bleiben, um sich schauen, so schön war das Festspiel Frühjahr. In Viktors Kopf piepsten Gedanken in verschiedenen Tonarten. Er hatte sich mit einer Halbwahrheit bei Doktor Hettsche telefonisch entschuldigt: Es würde ihm leidtun, aber es wäre unerwarteter Besuch gekommen und er habe den Termin völlig verschwitzt. Doktor Hettsche schlug vor, sich am nächsten Mittwoch zu treffen. Aus seiner Stimme war nicht herauszuhören, ob er böse oder eher amüsiert war.

Viktor hatte eine Woche lang Rücken, Gesäße, Handballen, Hälse, Beine, Füße angeschaut und angefasst, gewissenhaft schwitzende Falten, Augenlider, Kopfhaut, Mundwinkel, Achselhöhlen, Schleimhäute, Enddärme und Genitalien untersucht, Pickel, Bläschen, Flecken, Muttermale und Schuppenflechten unter die Lupe genommen, einen Lippenherpes, einige Hämorrhoiden, täglich Akne, mehrfach Haselnuss- und Birkenpollenallergien, Faulecken, eine Candidose, eine Gürtelrose, zwei Furunkel, einen Lidtumor, einen nicht pigmentierten Hautkrebs und eine Genitalwarze diagnostiziert, er hatte verschiedene pflegende Salben, Kompressen, Antibiotika, Kortisonpräparate und andere Tabletten verschrieben, zwei Patienten zum Chirurgen und die meisten getrost nach Hause geschickt, er hatte einmal Handball gespielt und täglich einen ruhigen Waldlauf absolviert, viermal beim Jugoslawen zu Mittag gegessen, fünfmal mit Klara telefoniert, einmal mit seinen Eltern und stündlich an Moira gedacht, als er am nächsten Mittwoch einen neuen Anruf von Doktor Gerlach erhielt.

Junger Mann, sagte dieser, ich verschiebe es seit Monaten, aber was sein muss, muss sein. Wir sind so weit.

Sie sind so weit?, wiederholte Viktor.

Wir machen ein Fest. Ich will das Wort Ruhestand Lügen strafen und wild feiern. Du bekommst eine schriftliche Einladung. Und glaube mir, du wirst nicht wenig überrascht sein. Es ist noch viel Zeit. Notier dir aber schon Samstag, den 27. Mai.

Ich weiß nicht, ob ich da sein werde. Ich wollte wieder ein Wochenende in Frankfurt verbringen.

Frankfurt bleibt dir auch am Wochenende davor oder danach erhalten. Du bekommst die Einladung, und dann kannst du neue Pläne schmieden.

Gut.

Am nächsten Tag fand Viktor bereits die Einladungskarte der Gerlachs in seinem Briefkasten. Eine elegante Karte: Herr Doktor Gert Gerlach feierte seine Pensionierung zu Hause. Er lud zu einem Büfett und einem Hauskonzert mit zwei Frankfurter Musikern, »die uns die Ehre geben«, und so weiter. Es wurde Viktor schwarz vor Augen und er musste den Namen von Klara mehrmals lesen. Den Namen des Pianisten kannte er nicht. Viktor lief im Zimmer auf und ab, warf immer wieder einen Blick auf die Karte und entschied, sich im Wald abzureagieren. Es gelang ihm, acht Kilometer zu joggen ohne Pause, er sah dabei weder die Frühlingspracht (sogar die Eichen trieben jetzt saftige Sprossen) noch die anderen Jogger und Spaziergänger, schwitzte, keuchte zu schwer, um auf das Zwitschern der Vögel zu achten, er lief, rannte, eine Wut im Bauch trieb ihn weiter, eine Wut, die sich nicht ausschwitzen ließ, er flitzte, es war die Flucht nach vorn des hinterrücks Getroffenen. Er brach auf einer Bank zusammen, als er seine verrückte Runde abgeschlossen hatte und versuchte, seinen Herzrhythmus zu beruhigen. Dem Gruß eines Passanten mit Hund (eines Patienten? Das Gesicht erinnerte ihn vage an jemanden) erwiderte er nur mit einem Nicken, unfähig, nur ein Wort zu ächzen.

Warum so sauer?, fragte er sich. Gerlachs wie Klara wollten dir eine nette Überraschung machen. Eine nette Überraschung. Die Wut zerrann langsam zu einem dickflüssigen Kummer. Wieso dramatisierte er jetzt die Sache? Vertrug er nicht, dass Klara ein Geheimnis daraus gemacht hatte? War er, der liebe Viktor, wie sein Vater, der gern alle Fäden in der Hand hielt und die anderen nach seinem Gusto lenken wollte? Hatte er die Leidenschaft für Ordnung von seiner Mutter geerbt, die keinem Geschirrtuch im Schrank erlaubte, aus den anderen hervorzugucken, und am liebsten ihre Kinder der Größe nach den Besuchern vorstellte? Zu Hause wollte er sofort Klara anrufen. Er würde fröhlich klingen, sich über die Überraschung freuen, sie fragen, ob sie jetzt wirklich hauptberuflich Sängerin werden oder weiter unterrichten wolle. Sein Interesse zeigen. Als er aber zum Hörer griff, klingelte das Telefon. Er wollte schon ihren Vornamen im freudigen, überraschten Ton ausrufen, als Tilo Jansen sich zu erkennen gab. Viktors Geist schwebte meilenweit von der Handballmannschaft entfernt. Tilo Jansen warf ihm vor, die Fete zu früh verlassen zu haben, eine spätere bombige Stimmung verpasst zu haben. Er schlug vor, ein Bier zusammen zu trinken, seine Frau habe heute Abend ihren Tangokurs. Tut mir leid, antwortete Viktor, ich warte auf einen Anruf. Tilo verabschiedete sich mit einem Scherz über Frauen und Liebeskummer, die Enttäuschung lag aber in seiner Stimme, und Viktor verstand, dass er vielleicht eine neue Freundschaft im Keim erstickt hatte. Er rief Klara nicht an, las noch einmal die Einladungskarte von Gerlachs und suchte im Internet nach dem Namen des Pianisten. Er fand eine belanglose Homepage. Ein Student. Nur ein paar öffentliche Konzerte, alles belanglos.

17

Er beschloss, schon am Wochenende darauf nach Königstein zu fahren, auch wenn Klara ihn nicht dazu ermutigt hatte. Königstein war knapp zwei Autostunden entfernt. Wieso hatte er Klaras unformuliertem Besuchsverbot gehorcht?

Er geriet in die aufschwingende Bewegung der Natur. Das fröstelnde Haar der Bäume, die ersten blühenden Büsche, der Schwarzdorn, der sich an jedem Weg ballte, frisches Gras und namenlose Pflanzen, die der Erden entsprangen und wuchsen, alles quellte-sprang-flog-schoss zu einem funkelnden neuen Leben empor. Auch er kam aus seinem Winter heraus, schloss die Tür hinter den Miasmen der Einsamkeit, den Sorgen der Praxis, die er ohne den Vater zu regeln suchte, der belastenden Freundschaft der Gerlachs, dem geheimnisvollen Besuch des sonderbaren Detektivs und auch hinter den wirren Gefühle Moira gegenüber. Jetzt schlug sein Herz im Takt des Befreiungsglücks, des Wiederkehrens und Wiedertreffens mit seiner Familie und Klara, der kapriziösen Klara, die er so vermisst hatte. Er fuhr zu schnell, das Blitzen eines Radars konnte aber kaum seine gute Laune mindern. Als er in Wiesbaden-Niedernhausen die Autobahn verließ, erblickte er ein junges, ziemlich heruntergekommenes Paar am Rand der Straße, das den Daumen hob. Er zögerte und hielt doch nicht an. Er sah im Rückspiegel, dass die Frau ihm den Stinkefinger zeigte, und ihr aufgerissener Mund formulierte unhörbar etwas wie »blöder Arsch«. Er würde sich das Glück nicht verderben lassen, er würde dieses Wochenende ganz und gar genießen, jede Minute. Er hatte mit Klara abgemacht, dass sie sich alle gegen Mittag bei seinen Eltern trafen, dann würden sie zu Klara fahren und den Abend genießen. Um zwölf war er in Königstein. Er fuhr die Straße hinauf, die zu dem Elternhaus führte. Jedes

Haus links und rechts der Straße, jeden Vorgarten, jede der alten Linden kannte er, diese Straße war er eine Kindheit und Jugend lang gegangen, um in die Grundschule zu gehen, später, um zum Bahnhof zu gelangen und zum Zug, der ihn nach Frankfurt-Höchst fuhr, zu seinem Gymnasium, und später nach Frankfurt zur Uni. Damals, noch bevor er seinen Studienplatz in Frankfurt bekam, war es für seine Familie und für ihn absolut klar gewesen, dass er nicht umziehen und weiter bei den Eltern wohnen würde. Ich gebe dir eher das Geld für einen Bausparvertrag, als es für eine teure Miete auszugeben, sagte sein Vater. Viktor winkte einem Mann zu, der seinen Wagen am Straßenrand wusch, mit dem war er in die Grundschule gegangen, der grüßte ihn mit dem Fensterleder zurück. Kurz darauf sah er Menschen, die schon im Garten grillten. Kinder spielten Fangen. Er fuhr an einem leeren Spielplatz entlang und sah einen Mann, der am unteren Ende der Rutsche saß, allein, mit hängendem Kopf, die Hände im Schoß. War das nicht sein Bruder Martin? Nein, aber er sah ihm ähnlich.

Vor dem Elternhaus hupte er zweimal kurz. Eine Gardine im Erdgeschoss wurde verschoben. Wenig später sprangen seine Mutter und Sophie nach draußen. Sophie war also auch gekommen, es war schön, beide in die Arme zu schließen. Er schloss auch die Augen und betete sekundenschnell: Ach Gott, mach bitte, dass alles im Leben meiner Familie und in meinem Leben in Ordnung bleibt. Er war schon seit drei Monaten nicht mehr in die Kirche gegangen. Er umarmte seine Mutter, als er den Vater in der Diele erblickte, groß und breit, vielleicht noch breiter als vor seiner Abreise, er erinnerte ihn an den Altkanzler Kohl. Er gab ihm die Hand, in der Familie küssten sich die Männer nicht, was Klara einmal ironische Kommentare entlockt hatte. In ihrer Familie knutschte jeder jeden ab, auch die, die sich nicht riechen konnten. Dies nicht zu tun glich einem Affront.

Er folgte den Eltern und Sophie zur sonnenüberfluteten Glasveranda, wo er Klara vermutete, eine Klara, die geduldig auf das Ende der Elternbegrüßung warten würde, um auf ihn zuzukommen. Es war nicht ihre Art sich vorzudrängen, ihm vor seinen Eltern um den Hals zu fallen. Klara war aber nicht zu erblicken. Er ließ seinen Blick nach draußen über die gemütlichen Gartenmöbel, die gepflegten Pflanzen schweifen, beglückwünschte seine Mutter zu der blumigen Pracht, sah auf die Apfelweinflasche, die ihn erwartete, ein Empfangsgruß für den verlorenen Sohn, wie seine Mutter, die hinter seinem Rücken stand, leise sagte, schaute nach draußen auf einen leeren Liegestuhl und fragte leise, ohne sich umzudrehen: Ist Klara noch nicht da? Und hörte: Sie kommt gleich, abgesagt hat sie nicht. Viktor spürte sofort wieder Freude in sich aufsteigen, ein warmes Gefühl der Erleichterung. Er drehte sich zu seiner Mutter hin, lächelte breit: Wie schön es ist, euch wiederzusehen!

Na, dann Prost, sagte der Vater, der Viktor ein Glas Apfelwein eingegossen hatte. Wie geht's der Praxis? Von Tag zu Tag besser, sagte Viktor und begann, über sein neues Leben in Köln, die Praxis, die Gerlachs zu erzählen. Er nähte mit Worten seine zwei Leben, das alte und das neue, aneinander, als gäbe es eine Wunde oder einen Bruch dazwischen, scheiden tut weh, hörte er seine Mutter früher singen, er erzählte weiter, würzte seine Erzählung mit einer gewissen Ironie, einem Humor, der, wie er wusste, seiner Schwester gefiel, seine Mutter beruhigte, jedes Wort aber ein Stich, um zwei Hautlappen zusammenzuflicken. Er sprach und im Hintergrund erklang eine fremde Stimme, die seinen neutralen Bericht dementierte, seinen Humor entlarvte und sagte, nichts, nichts ist so einfach, wie du es beschreibst. Er trank den Apfelwein, imprägnierte seine Zunge mit dem gelben, säuerlichen Geschmack, spürte einen Sonnenschein seine rechte Gesichtshälfte erwärmen, roch Fleischausdünstungen aus der Küche, sah die kräftigen, behaarten Finger des Vaters, die ihn an Gerlach erinnerten. Der Vater befragte jetzt Viktor über seine Freizeit und lachte auf, als er hörte, Viktor habe sich in einer Handballmannschaft eingeschrieben. Was daran lustig sei? Nichts, sagte der Vater, von mir aus kannst du Handball spielen, Sport ist gesund, mein Sohn, aber muss es unbedingt Handball

sein? Früher hast du doch Tennis gespielt? Du solltest dich auch in das kulturelle Leben der Stadt integrieren, Vernissagen besuchen, dich in einen Förderverein der Universität, der Bibliothek, weiß der Kuckuck was noch einschreiben. Nur so lernst du interessante Menschen kennen. Es folgte eine Tirade über die kulturellen Unterschiede zwischen jungen und alten Ärzten. Mediziner seiner Generation – so der Vater – zeigten wahrhaftes Interesse an der Malerei, der klassischen Musik, dem Theater, der Literatur. Heutige Uniabsolventen besuchten eher Messegelände, Alfa-Romeo-Treffen oder den Golfplatz, sie verdienten zwar weniger als früher, brächten aber auch weniger Idealismus an den Tag, hätten nur materialistische Einstellungen und so weiter. Traurig, traurig. Der Vater versuchte seine Pfeife wieder anzuzünden, er sagte mit einem Augenzwinkern zu seiner Frau, die ihm sein Paffen nicht verzieh, ich will jetzt eine »ansünden«, und Viktor lächelte müde. Er kannte die Scherze, die Ansichten und Leitmotive des Vaters zur Genüge, seine Wortspiele und seine Klagen gegen eine junge Generation von Gott- und kulturlosen Ärzten und beantwortete sie schon lange nicht mehr. Er seufzte und schlug die Augen nieder. Seine Mutter warf ihm einen beunruhigten Blick zu, fragte, ob alles in Ordnung sei, und er antwortete: Ordnung ist überall, Mutter, nur nicht immer die gleiche. Während sie peinlich berührt den Vater ansah, der mit den Achseln zuckte, erinnerte er sich, dass er damals sein Kinder-Schüler-Studentenzimmer immer in der Ordnung der Mutter gehalten hatte, vielleicht hätte er doch mit einem zu ihm gehörenden Durcheinander experimentieren müssen, er hätte dabei ein bisschen geübt, sich im heutigen Verwirrspiel zurechtzufinden. Während die Mutter ihn aufmerksam musterte, senkte er wieder den Blick und versuchte seine Ordnungs-Unordnungs-Gedanken für sich zu verfolgen, fragte aber plötzlich: Was macht Martin, hatte er keine Lust, heute vorbeizukommen? Niemand antwortete, da die Mutter gerade rief: Ich höre Klaras Moped!
Er stürzte nach draußen und seine Freundin hatte kaum Zeit,

ihren Helm auszuziehen, als er sie umarmte. Ach, hast du mir gefehlt!, sagte er und spürte ihre warme Haut unter dem Baumwoll-
T-Shirt, und wie sie sich versteifte, als hätte er ihr einen Vorwurf
gemacht, und vielleicht war es einer.

Die Frühjahrssonne hatte Klaras Haut schon leicht gebräunt.
Ihre ungeschminkten Augen glänzten, sie strahlte Freude und
Leichtigkeit aus, eine Jugendlichkeit, die ihm, glaubte er, abhan-
dengekommen war. Sie nahm ihn an die Hand, sie liefen zusammen ins Haus, wo der Vater die beiden bereits am Mittagstisch
erwartete. Er öffnete eine Flasche Weißwein, die Mutter brachte
den Spargel, Sophie den Schinken und die geschmolzene Butter.
Sie lenkte das Gespräch auf Gerlachs Einladung, Klara habe ihr
erzählt, dass sie bei dieser Fete singen würde. Und zwar sogar mit
einem prächtigen Honorar. Sie bezahlen dich?, fragte Viktor erstaunt. Warum nicht?, fragte Klara, hätte ich es ablehnen müssen?
Nein, nein, beeilte sich Viktor, ohne den leicht aggressiven Ton
seiner Freundin im nächsten Satz besänftigen zu können: Ich habe
vor, meine Stelle an der Schule aufzugeben und jetzt eben nur
noch Konzerte zu geben, wenn es geht, würde ich gern gleichzeitig mein Gesangsstudium zu Ende bringen. Du wusstest nicht,
dass Klara wieder studieren will?, fragte Sophie. Doch, sicher, behauptete Viktor, ich wusste, dass Klara mit dem Gedanken flirtet,
dass es definitiv entschieden ist, ist mir neu. Es ist auch ganz neu,
sagte Klara. Die Eltern folgten dem Gespräch mit gleichgültiger
Miene, Viktor wusste aber, jetzt stellen sie sich Fragen: Klaras Entscheidung ist sichtlich keine gemeinsame Entscheidung gewesen,
vielleicht war unser Sohn nicht informiert, vielleicht missbilligt
er Klaras neue Orientierung, und dies mit Recht. Sie hatte doch
eine sichere Stellung. Warum müssen junge Frauen immer so un-
zufrieden sein? Er spürte, dass die Eltern auf seiner Seite waren,
sonst hätten sie schon längst Partei für Klara ergriffen. Warum
aber dachte er »Partei ergreifen«, es gab keinen Streit, er hatte doch
nichts gegen Klaras Pläne geäußert, aber warum hatte sie nicht mit
ihm darüber gesprochen, ausführlicher und nicht so en passant,

und verblüffend war es, dass eigentlich die Gerlachs, die sie beide kaum kannten, am Ursprung der Entscheidung standen. Wie sonderbar. Er spürte den Blick der Mutter, und bevor sie das Wort ergriff, kam er ihr schnell zuvor: Ja, sagte er, es ist doch absolut okay, dann können uns vielleicht die Gerlachs helfen, dass du in Köln weiterkommst. Sicher kennen sie viele Leute. Du kannst bei Privatfeten wie jetzt bei ihnen auftreten. Er schaute zu seinem Vater: Du kannst dir kaum vorstellen, wie sehr der Doktor Gerlach von Klaras Talent begeistert war. Und zu Klara: Aber wir sollten uns umgehend erkundigen, ob du im nächsten Semester in Köln zu Ende studieren kannst. Okay, griff sein Vater auf, okay heißt auf Deutsch gut, schön, vortrefflich, richtig, prima und so weiter.

Erst am Nachmittag, als sie zusammen auf Klaras Bett lagen, erklärte sie, in Frankfurt bleiben zu wollen. Sie könne ihr Diplom da machen. Sie habe mit ihrer ehemaligen Professorin wieder Kontakt aufgenommen. Da sie schon sechs Semester hinter sich habe, könne sie in den auslaufenden Diplomstudiengang eingeordnet werden und sich später auf den Schwerpunkt Musiktheater legen.

Hast du das deinen Eltern schon erzählt?, fragte Viktor.

Die Antwort kam laut und wie aus der Pistole: Ihre Eltern gehe das schon gar nichts an. Es sei ihr Leben und ihr Entschluss. Klara kauerte jetzt mit trotziger Mine auf dem Bett: Nie hätten ihre Eltern wirklich an ihre Karriere als Sängerin geglaubt, sie hätten sich als die einzigen Musiker der Familie aufgespielt, und er, Viktor habe sich nicht die Bohne dafür interessiert, was sie sich damals ganz tief im Inneren gewünscht hätte. Sie klopfte sich fast boshaft auf die Brust, als sie »ganz tief im Inneren« sagte. Als sie das Studium aufgegeben habe, um diese verdammte Schullaufbahn einzuschlagen, sei sie von ihren Eltern und von ihm beeinflusst worden, sie sei verliebt gewesen und nicht bei Sinnen. In Viktor hinterließ die Vergangenheitsform »gewesen« ein lang nachhallendes Echo, das ihn daran hinderte, die Fortsetzung des anschwellenden Monologs ganz mitzukriegen: Singen sei ihre Berufung, für sie das einzig Wünschenswerte in ihrem Leben, sie habe sich selbst aus lauter Unsicherheit und Minderwertigkeitsgefühl verleugnet, und er, Viktor, ihr Freund, habe das nicht einmal verstanden. Aber, fing Viktor an und kam nicht weiter: Liebe man denn jemanden, den man so lenken will, ja sogar ablenken will?, hakte Klara nach. Er habe sich auf seine eigene Karriere, seine Wunschvorstellungen, sein eigenes Leben fixiert. Sie wisse ja, dass er sich so wünsche, dass sie zu ihm ziehe, und irgendwann würde sie das auch tun, aber zuerst müsse sie ihr Gesangsstudium zu Ende bringen. Er guckte ihr nicht in die Augen: Aber, sagte er, hast du dich schon angemeldet? Wir haben Ende April, ist es nicht schon zu spät? Du brauchst nicht zu hoffen, antwortete Klara, und die Ironie ihres Tons traf ihn bitter, ich habe mich angemeldet. Ich muss noch pro forma eine Prüfung im Juni machen.

Es wird mindestens drei Jahre dauern, bis du mit dem Studium fertig bist. Werden wir die ganze Zeit eine Wochenend-Ehe verbringen?

Oder gar keine, sagte Klara und betonte jede Silbe.

Er tauchte die Hände in ein T-Shirt, das auf dem Bett lag, achtlos hingeworfen, ein seidiges Top mit schmalen Trägern, er wickelte seinen Finger hinein und fixierte die blaue Grundfarbe des Stoffes. Er versuchte, das Motiv, das auf der Vorderseite des Shirts aufgedruckt war, zu erkennen – Wolken, Meeresschaum? Klara stand vor ihm: Sag doch mal was! Ich weiß nicht, was ich sagen soll. Ich verstehe das nicht, murmelte er, ich verstehe nicht, was ich falsch gemacht habe. Ich habe damals die Entscheidung nicht an deiner Stelle getroffen, schließlich warst du auch kein Kind. Hast du wohl, sagte Klara und mühte sich sichtbar, ihre Aggressivität zu mildern, mir selbst war nicht mehr klar, was ich wollte, du hast es mehr oder weniger ausgenutzt, vielleicht nicht bewusst, aber trotzdem. Du stellst mich als Egoisten und eigennützig dar, erwiderte Viktor traurig, und ich finde nicht, dass ich das verdient habe. Ach, hob Klara die Stimme, du bist ja auch der gute Viktor, der erfolgreiche Sohn der Familie. Frag dich ein einziges Mal (wie absurd sie »ein einziges Mal« betonte …), warum dein Bruder so abweisend ist und warum er heute nicht gekommen ist! Und Viktor hob endlich den Blick von Klaras Top und sah seine Freundin auf einmal in ganz neuem Licht: Als ein Ausrufezeichen, schwarz, dürr, empört. Er seufzte: Martin und ich sind sehr verschieden, wir haben kein enges Verhältnis zueinander. Es war schon in der Kindheit so. Ich bin ihm nicht böse deswegen. Ach lieber Viktor, lächelte Klara mit einem bösen Zug um die Lippen, er ist dir aber böse, dass du der bessere Sohn gewesen bist, der begabtere, der dem Papa gefiel, der ihn als nicht so tauglich ansieht. Dein Bruder, lieber Viktor, schlittert ständig am Rande der Depression, des Alkoholismus. Außerdem ist er schwul.

Sie schlüpfte schnell in ihre Hose, als schämte sie sich, nackt zu streiten, und auch Viktor, der sich zugedeckt hatte, stand auf und zog sich an, sitzend, gekrümmt.

Sag doch endlich was, sagte sie.

Ich gehe spazieren.

Er ging hinaus und hörte, wie sie ihm hinterherrief: Dann hau ab, du Heuchler, Feigling! Er hatte nicht mit diesem Ausbruch gerechnet. Er fühlte sich, als steckte er in einem vollgestopften Schrank. Er erstickte und – Klara hatte recht – er floh. Der ganze Beziehungskram und von Grund auf die gegenseitigen Fehler zu analysieren, stank ihm. Er musste raus. Draußen atmete er tief ein und aus, stieg ins Auto und fuhr in den Taunus. Dort ging er zwei Stunden an Obstbäumen und Feldern entlang. Die Kirschbäume blühten. Hundsveilchen wuchsen am Wegrand. Er sah die Knospen eines Ginsters. War es nicht viel zu früh für die Ginsterblüte? Pummelige Wolken zogen flott über seinem Kopf dahin, die Erde der Felder glänzte zwischen frischen Kornsprossen und strahlte einen warmen Duft aus, der ihn in die schönen Sonntage der Kindheit versetzte. Er sah, wie seine Eltern vor ihnen, den drei Kindern, Richtung Wald marschierten, mit einem Picknicksack auf dem Rücken. Meistens lief er mit seiner Schwester zusammen und Martin stapfte hinterher, die Hosentaschen voll kleiner Steine, die er gegen die Baumstämme schmiss. Er sah die Pirouette des kleinen Bruders, der sich um sich selbst drehte, bevor er mit großer Gewalt einen Stein warf und nur manchmal den Baum traf. So sinnlos war Viktor diese Beschäftigung erschienen! Wie bei Köln begegnete er nur Menschen mit Hunden. Als ein Schäferhund ihn ansprang, protestierte er heftig bei dessen Herrchen, der sich nicht entschuldigte und die übliche Floskel über den harmlosen, noch jungen Hund von sich gab. Er erreichte den Wald, drehte dort seinen Kreis, anscheinend hatte man die Wege anders markiert, er pflückte für Klara einige Veilchen, leider duftlose, blasse Hundsveilchen, kam erst bei Dämmerung wieder zurück. Die Wucht seiner Gefühle war in eine Art fatalistische Traurigkeit abgeflacht, die Blumen hatten sich in seiner Tasche in ein feuchtes, zerdrücktes Häufchen verwandelt und der Schmerz in eine Krämerladen-Philosophie: Es kommt, wie es kommt. Man sollte der Zeit Zeit lassen und so weiter. Klaras Beschuldigungen erschienen ihm aber nicht mehr so ungerecht: Als Älterer und Reiferer hätte er damals wirklich länger mit Klara über ihre wahren, tiefen Wünsche sprechen müssen, ihren Berufswechsel und ihre Zusage, nach Köln mitzuziehen, dies alles hatte er nicht als Opfer wahrgenommen, weil sie beide so verliebt waren. Jedoch selbst bei diesem Bekenntnis hoffte er weiter, Klara würde noch nachdenken, ihre Entscheidung, in Frankfurt zu bleiben, überprüfen. Und wenn nicht, dachte er, hat auch eine Wochenendbeziehung ihre Vorteile, und irgendwann heiraten wir und ziehen zusammen. Als er an einem Vorgarten unter einer japanischen Kirsche anhielt, blies ihm der Wind eine rosa Blüte in die Haare. Er legte sie vor Klaras korrigierte Hefte. Erst aber, als er sie umarmte und sagte, du hast recht, ich bin ein Idiot, deine Entscheidung ist richtig und ich bin sicher, du wirst eine große Sängerin, Klara, du hast zweifellos das Zeug dazu, erst dann stand sie auf und erwiderte seine Umarmung. Aber kurz danach beim Abendessen: Du glaubst doch nicht an das, was du eben gesagt hast. Du willst ja bloß deinen Frieden.

18

Das Telefon klingelte gleichzeitig mit seinem Wecker: Sieben Uhr. Frau Gerlach meldete sich. Ob sie ihn heute Nachmittag, es sei ja Mittwoch, zu Hause besuchen dürfte? Natürlich nur, wenn es ihm recht sei, ihr Mann spiele Golf und sie habe nichts zu tun. Viktor spürte eine neue Unsicherheit in Henrietta Gerlachs Stimme. Er gab sich Mühe, nicht unhöflich und nicht zu trocken zu wirken, als er fragte, worum es ging. Sie können es sich doch denken, lieber Viktor, seufzte sie, also, wie ist es, haben Sie heute Nachmittag etwas vor? Er verabscheute sich, als er antwortete, er sei ab drei Uhr zu Hause, müsse allerdings schon um siebzehn Uhr zu Doktor Hettsche, den er kennenlernen wollte. Wenn es ihr recht sei, könne sie gern vorbeikommen. Er biss sich auf die Lippe, »wenn es Ihnen recht ist«! Warum benahm er sich so unterwürfig? Auf der Wand gegenüber sah er runde Lichtkringel schillern, egal wohin er blickte, es flimmerte ihm vor den Augen. Frau Gerlach verabschiedete sich dankend, sie wirkte erleichtert, fast fröhlich. Viktor löste eine Tablette im Wasser auf, ließ das Wasser sehr lange im Glas herumkreisen, bevor er es schluckte, und legte sich wieder hin. Zum Frühstücken war es dann zu spät. Als er einem Patienten eine Blutprobe abnahm, schien ihm, dass die massive graue Gestalt von Frau Gerlach die Fensterscheiben verschleierte und ihm den Horizont versperrte.

Er hatte sich nach dem Mittagessen beim Italiener gerade die Zähne geputzt, als sie beim ihm klingelte. Sie war dünner geworden und stieg gebückt die Treppen hoch. Sie trug einen karierten Rock und Nylonstrümpfe. Der linke Strumpf saß schief. Sie begrüßte ihn mit einer atemlosen Stimme, machte einen überdrehten Eindruck. War es Einbildung oder optische Täuschung, er fand sie sogar kleiner, als hätte er sie vor zwei oder drei Wochen viel größer, aus der Kinderperspektive gesehen und erst jetzt, als Erwachsener, ihre wahre Größe wahrnehmen können. In seinem Unwillen, dieser Frau zu begegnen, hatte er zweifellos ihre Größe überschätzt. Eine harmlose ältere Dame besuchte ihn und würde bald wieder verschwinden. Sie setzte sich schüchtern hin, beide schwiegen, als er ein paar Salzstangen in ein Glas steckte, süße Plätzchen auf einen Teller legte und ihr Kaffee oder Cognac oder beides anbot, er habe, entschuldigte er sich, keine Zeit gehabt, Kuchen zu kaufen. Sie räusperte sich: Kaffee habe sie schon mit ihrem Mann getrunken und sie nehme jetzt gern ein Glas Cognac, das gebe Mut. Brauchen Sie Mut? Sie nahm prüfend eine Salzstange, als wüsste sie nicht, mit welchem Ende sie anfangen sollte, sagte, ah, hätte ich beinahe vergessen, und holte plötzlich aus ihrer Handtasche eine Flasche Martini hervor, sodass es wie ein Austausch aussah, als er die Gläser mit Henessy füllte und sie ihre Flasche auf den Tisch aufsetzte und leise sagte: Herr Fischer hat mich angerufen.

Herr Fischer?

Sie wissen, wer Herr Fischer ist, der Detektiv. Er hat Sie vor Kurzem besucht, sagte sie.

Ja, es stimmt, er wollte Ihre Telefonnummer von mir haben. Wie ich sehe, ist dieser Mann doch nicht die absolute Niete, wie ich glaubte. Er hat sie doch selbst herausgefunden.

Noch nie hatte Viktor bemerkt, dass Frau Gerlach schöne Augen hatte. War es die Gewichtsabnahme, die ihr Gesicht feiner machte? Grau und glänzend, hatten sie heute die sanfte Farbe eines Regentags. Sie knabberte jetzt Stück für Stück an ihrer Salzstange. Viktor hörte gebannt das Nagen und wartete auf das Ende der Salzstange. Ja, sagte sie endlich, Sie wissen also einiges.

Ich weiß von einer unbezahlten Rechnung. Nichts Schlimmes. Wer vergisst nicht, eine Rechnung zu bezahlen, leider kenne ich das selbst gut. Vor Kurzem noch …

Bemühen Sie sich nicht, lieber Viktor. Sie brauchen sich und mir nichts vorzumachen. Ich hatte übrigens die Arbeit von Herrn Fischer vergütet, seine offizielle Rechnung durchaus beglichen.

Seine offizielle Rechnung?

Er wollte von Ihnen, glauben Sie mir, keine Telefonnummer erfahren, die hat er längst, sondern mir damit einen Wink geben, eine Warnung zukommen lassen: Ich sollte erfahren, dass er bei Ihnen war, und mir Sorgen machen. Ein plumpes Manöver.

Ich verstehe überhaupt nichts mehr. Sie haben anscheinend noch eine Rechnung mit ihm offen, ich meine es jetzt im übertragenen Sinn, oder er mit Ihnen, aber was habe ich damit zu tun?

Frau Gerlach nahm jetzt einen Schluck Cognac, setzte wieder ihr Glas ab. Ihre Lippen glänzten. Sie streckte die Zunge, um sich die feuchten Mundwinkel abzulecken, und deutete eine Art Schwimmbewegung an, als sie weitersprach:

Ich habe lange überlegt, ob ich zu Ihnen kommen sollte oder nicht. Viktor, dieser Fischer erpresst mich. Er will hunderttausend Euro, die ich ihm unmöglich geben kann.

Sie sprach schneller: Nein, keine Angst, Viktor, ich will Sie jetzt nicht anpumpen. Ich kann diese Summe nicht von der Bank holen, wir besitzen zwar genug Wertpapiere, aber dafür bräuchte ich die Unterschrift meines Manns, und er stellt sich stur, als ob die Sache ihn nicht beträfe. Ich verstehe nicht, was in ihm vorgeht. Vielleicht könnte ich mir diese Summe auch privat leihen, ich habe nämlich einen reichen Bruder, aber dieser Bruder hasst meinen Mann, der auch alles dafür getan hat, gehasst zu werden, mir wäre das sehr peinlich.

Eine Erpressung, sagte Viktor. Darf ich erfahren, worum es geht? Herr Fischer hatte doch ihren Mann überwacht?

Ich hatte ihn leider beauftragt. Mein Mann, ach Viktor, Sie haben es sicher schon gehört, mein Mann ist ein läufiger Hund – gewesen. Jetzt noch laut, aber im Grunde nur noch ein Häufchen Elend.

Ihr Mann, versuchte er zu lindern, mochte Frauen, vielleicht zu sehr, und er war nicht der treueste Ehemann der Welt.

Seine Abenteuer will ich jetzt im Nachhinein nicht zählen. Er gab sich mit Flittchen ab, mit verheirateten Damen der höheren Gesellschaft, mit seinen Auszubildenden, mit einer Cousine von mir. Die einzige Frau, die er, Gott sei Dank, weder begehrt noch konsumiert hat, ist seine Tochter. Er verschlang allerdings ihre Freundinnen mit den Augen, was einer heranwachsenden Tochter fürchterlich peinlich ist, wie Sie sich denken können. Bald kamen nur noch die Hässlichsten ins Haus, denen er den Eindruck vermittelte, dass auch sie liebenswert seien.

Sie nahm drei Salzstangen aus der Schale und zerbrach sie in der Mitte.

Ich konnte damit leben. Er brauchte diese Bestätigung, wollte an seinen Charme glauben, musste seine Verführungskünste immer wieder ausprobieren. Mein Mann ist kein Einzelfall. Mein Gott, diese Banalität …

Viktor schaute verzweifelt auf die sich bewegenden roten Lippen der Frau, die Silben mahlte, die er nur noch schlecht verstand, es ist alles so trivial, murmelte sie.

Er hörte Triade, Trial, wagte nicht nachzufragen, sie war in Fahrt gekommen, nicht zu bremsen, das sah er doch: Ach, sagte sie, mein Leben habe ich nicht als Einzelfall gesehen. Die Seitensprünge meines Mannes wollte ich nicht dramatisieren.

Und Fischer?

Sie betrachtete Viktor, beunruhigt wie eine Schülerin, die nach dem Vortrag die Beurteilung des Lehrers erwartet.

Fischer ist ein übler Mensch. Er ist auf die schiefe Bahn geraten. Viktor, ich wollte Ihnen jetzt nur sagen, dass ich mich und die Liebeslaunen meines Manns nie so wichtig genommen habe. Außerdem verliebte er sich, falls man von Verlieben sprechen kann, in Verkäuferinnen, hübsche Putzhilfen, Friseusen, Arzthelferinnen, alles junge Frauen, die ihn bedienten. Gibt es einen Namen für die männliche Liebe von Akademikern zu Dienerinnen? Kann man vom Soubrettenkomplex sprechen? Nein, ich machte mir keine Sorgen, auch wenn es mich verletzte oder mir nur peinlich war, wenn er vor meinen Augen der Kellnerin auf den Busen schielte und ihr über der Scheckkarte einen Blick zuwarf, der vor lauter Anbetung glasig wurde. Diese Frauen waren keine ernst zu nehmende Konkurrenz, und ein Mann, der die Schönheit der Frauen nicht mehr wahrnimmt, ist ein toter Mann, sagte ich mir, und außerdem war das Ganze ein Spielchen, ja, er spielte gern, merkte nicht, wie demütigend es war. Ich konnte meinen lebenshungrigen Gert sogar verstehen. Ich bin nie hübsch gewesen, mein Verstand stört meinen Mann mehr, als er ihm dient.

Hum, unterbrach Viktor, aber Fischer ...

Alles ging bis zu dem Tag gut, als ich Gert in Gesellschaft einer eleganten Frau meines Alters erblickte, an einem Samstag, an dem ich ihn auf dem Golfplatz wähnte und selbst in Köln flanierte. Ich folgte den beiden und sah zu, wie er mit dieser Frau in ein Haus eintrat. Als er mir am Abend frech von seinem herrlichen Golfnachmittag erzählte, konnte ich mich noch beherrschen und verließ zähneknirschend das Zimmer, um meinen Ärger, ja meine Empörung nicht zu zeigen. Und ich wollte sie nicht zeigen. Tief verletzt war ich nicht, auch nicht tief beunruhigt, nur ärgerlich, der Sache überdrüssig. Auch dieses Abenteuer würde vorbeigehen, dachte ich. Bis zu dem Tag, an dem einer seiner Golfpartner anrief und mich fragte, warum Gert nur noch so selten auf dem Golfplatz erschien. Er habe ihn dort seit Monaten nicht mehr gesehen, ob vielleicht etwas passiert sei? Ich erfand aus dem Stegreif einige fromme Lügen.

Und Fischer?, seufzte Viktor.

Gerts neue Liebe dauerte also Monate an. Da habe ich diesen schmierigen Typ, den Detektiv Fischer, eingesetzt. Ich wollte wissen, wer diese Frau war, mit der mein Mann jeden Samstagnachmittag verbrachte und sicher auch den Mittwochnachmittag.

Frau Gerlach räusperte sich, schaute an Viktor vorbei, der ihr, ohne sie zu fragen, ein zweites Glas Cognac einschenkte. Sie saß mit geneigtem Kopf, die Hände gekreuzt im Schoß, und sprach nicht sofort weiter. Als sie mit einer brüsken Bewegung das Gesicht hob und ihr Haar nach hinten warf, traf ihn ein verzweifelter Blick. Es dauerte einige Wochen, sagte sie, bis dieser Fischer etwas erfuhr, allerdings waren seine Recherchen gründlich. Die neue Frau im Leben meines Manns hieß Carolin Leitner und hatte zur gleichen Zeit wie mein Mann Medizin studiert, war wenige Jahre jünger als er. Ich wusste, dass Gert während seiner Studienjahre in eine Kommilitonin verliebt gewesen war und mit ihr eine lange Beziehung gehabt hatte. Irgendwann wechselte mein Mann den Studienplatz, und die beiden verloren sich aus den Augen. Ich habe nie erfahren, warum Gert Heidelberg verließ, wo er sein Studium begonnen hatte. Er ist dann für ein Studienjahr nach Amerika gegangen, später nach Montpellier in Frankreich und dann ist er nach Hamburg zurückgekommen, wo er seine Doktorarbeit geschrieben hat, bevor er sich in Köln niederließ. Ich dachte, sie habe ihn verlassen und dass er deshalb ins Ausland hatte wollen. Sie wissen, Viktor, dass eine erste große Liebe oder das, was man für eine große Liebe hält, einen für das Leben prägt? Sie wissen das?

Der dringende Ton von Frau Gerlach zwang Viktor, sie jetzt wieder anzusehen. Ihr Blick glänzte, er fürchtete, sie würde in Tränen ausbrechen und er müsse sie dann in die Arme nehmen und trösten, ihr fettiges Haar streicheln, ihren Atem an seinem Hals spüren. Er konnte sich gut an die Fotos in der grauen Mappe entsinnen, sah Carolin Leitner, die Frau, die »eine Spur zu schrill« an Gerlachs Arm lachte. Er lief zum Fenster, beneidete einen Jungen, der auf dem Bürgersteig rennend eine Dose kickte. Nur noch einmal zehn Jahre alt sein.

Sie denken, sagte Henrietta, diese Frau Gerlach, zu viel Pathos, Sie finden mich lächerlich.

Er spürte ihren Blick in seinem Rücken, dass sie jetzt beobachtete, wie er sich an den Nacken fasste und den Kopf nach hinten warf. Er hörte, wie sie an einem Stück Salzstange kaute und schluckte, und drehte sich wieder zu ihr.

Ach was, ich verstehe, was für ein Schock diese Offenbarungen für Sie gewesen sein müssen. Das ist aber lange her. Was will dieser Detektiv jetzt von Ihnen und warum ist er zu mir gekommen?

Sie zupfte einen Fetzten Haut von ihrem linken Ringfinger, bevor sie weitererzählte.

(Moira)

»Was findest du an diesem Mädchen?, fragte Gerts Mutter. Etwas, was du nicht sehen kannst, Mutter, weil du es nicht besitzt.« Henrietta war damals bei Gerts Mutter das Geschenk einer idealen Identität gemacht worden. Sie wuchs zu einer Frau heran, deren hervorragende Eigenschaften man nicht einmal benennen konnte oder durfte, so unfähig war die oberflächliche Mutter, das Besondere in der jungen Henrietta zu sehen, geschweige denn, es anzuerkennen. Gert bezeichnete seine Freundin nicht als ein solides, loyales, ungekünsteltes, liebevolles Mädchen, was nur banal, nur enttäuschend gewesen wäre, nein, ihr Wert verweigerte sich jeder sprachlichen Abbildung, dieses *etwas* blieb undefiniert und verlieh Henrietta eine Aura, die keine andere besitzen konnte. Aus dieser Negation, »was du nicht sehen kannst, Mutter« schöpfte sie ihre Selbstachtung und eine Art sakrale Bedeutung im Leben ihres Mannes. Und dann, weil ihr Mann ernsthaft liiert war, wurde ihr Anspruch plötzlich für nichtig erklärt. Nach so vielen Jahren der Geduld hatte sie ihr Selbstvertrauen auf einmal verloren und einen Detektiv beauftragt. Sie hatte das Wesentliche verloren: ihr Selbstwertgefühl. Und es kam schlimmer. Im Laufe der Jahre nistete sich diese Gewissheit unausrottbar in Henriettas Gehirn ein: Ihr Lebensgefühl war eine geplatzte Luftblase. Ihre Ehe ein einziges Missverständnis. Die Liebeserklärung von damals war nur eine Provokation gegenüber einer Mutter, die Gert sehr gern verspottete, gewesen. Sie selbst, Henrietta, war ein Mittel zum Zweck, ein Instrument, ein Nichts. Sie war nie geliebt worden und würde einsam sterben. Inzwischen, Viktor, wissen wir es besser: Im letzten Punkt irrte sie sich.

Ich habe mehrmals versucht, Henriettas Worte im richtigen Ton vor dem Spiegel zu sprechen: »Sie wissen, Viktor, dass eine erste große Liebe oder das, was man für eine große Liebe hält, einen für das Leben prägt? Sie wissen das?« Henrietta hatte sich in diesem Satz mit Carolin Leitner und Millionen Liebenden eingebunden und damit ihre Einmaligkeit aufgegeben. Sie kämpfte nicht mehr um diese Prägung auf ihrer Haut, sie kämpfte um ihren Mann.

18 *(Fortsetzung)*

Es war vor ungefähr zehn Jahren. Diese Niete – in dieser Hinsicht hatten Sie recht, Viktor – hat Carolin Leitner so ungeschickt beschattet, dass sie auch ihn in flagranti ertappte. Er gestand es mir damals nicht und schickte ganz naiv seine Rechnung. Frau Leitner hatte wohl seit Tagen beobachtet, dass der Idiot hinter ihr her schlich. Ein Nachbar, den er ganz plump gefragt hatte, hatte sie gewarnt. Eines Tages drehte sie sich auf der Straße um, ging schnurstracks auf ihn zu und fasste ihn an der Jacke. Sie war fürchterlich aggressiv und drohte, ihn als Stalker anzuzeigen. Er sah sich gezwungen, ihr seine Visitenkarte zu zeigen, gestand den Auftrag, schlicht und einfach: Er verriet mich.

Frau Gerlach ließ die letzten Worte auf Viktor einwirken.

Und das haben Sie von ihr erfahren?

Nein. Carolin hat es meinem Mann erzählt, der mich damit sofort konfrontierte. Ich schmiss ihm Fischers Dossier vor die Füße. Der Gedanke, dass er seit Wochen beschattet worden war, versetzte ihn in Rage. Gert besaß schon immer die Begabung, mich in die Rolle der Bösen zu drängen, obwohl oder gerade, wenn er der Schuldige war. Man kommt sich gemein vor, das eigene Vergehen – einen Detektiv auf die Spuren des eigenen Manns zu schicken! – erscheint schlimmer als das des betrügenden Schurken. Wir haben einander wie Landsknechte die ordinärsten Ausdrücke an den Kopf geworfen. Schließlich aber, als ich sagte, ich würde gehen und mich scheiden lassen, brach er zusammen und, lieber Viktor, so habe ich meinen Mann nie erlebt: Er weinte, schluchzte so schrecklich, dass ich Angst bekam. Einen solchen Zusammenbruch hätte ich bei ihm nie für möglich gehalten, es war, als befreie er sich von einer tonnenschweren Last. Er ist ein hervorragender Schauspieler, doch klang es aufrichtig, als er sagte: Ich bin verloren. Frau Gerlach streckte wieder die Arme zu Viktor hin, als sie fortfuhr:

Und was glauben Sie, was ich dann machte? Ich weinte mit, bereute, tröstete, mein Gott, wie konnte ich in diesen Eifersuchtswahn geraten, ich wusste doch, dass er mich liebte, dass er mich brauchte, Libido und Liebe waren doch zweierlei, was wogen seine kleinen Vergnügungen im Vergleich zu unserer Ehe? Kennen Sie das, Viktor? Kaum ist man sein Gift losgeworden, kaum sieht man den Schuldigen zu seinen Füßen liegen, ergeben und ausblutend, schon bereut man seine Strenge, spürt die Übertreibung oder das, was man jetzt dafür hält, die Empörung schmilzt zusammen, man schämt sich, dass man einen geliebten Mensch gedemütigt hat, als sei man damit sich selbst untreu geworden. Wir weinten zu zweit, und fast hätte ich ihn um Verzeihung gebeten, als er mich auf einmal all meiner Illusionen beraubte.

Viktor schaute fasziniert auf diese Frau. Verzweifelt, exaltiert. Wie kann man so tief sinken, dass man sich an einen solchen Schuft klammert? Wie groß muss ihre Angst vor der Einsamkeit sein?

So schnell hatten Sie ihm verziehen?, fragte er.

Warum nicht? Ich hatte diese Liebschaft überschätzt, dachte ich wieder ...

Viktor spürte das Zittern seiner Lippen oder wie die Welt an der Spitze seiner Lippen bebte, als er ein schwaches Lächeln wagte: Diese Seitensprünge sind aber schon Symptome einer kranken Beziehung, oder?

Frau Gerlach stand auf und näherte sich ihm, berührte ihn zaghaft an der Schulter. Ihr Gesicht glühte: Ach, Viktor, nein, so einfach ist eine Ehe nicht. Und ...

Ihr panischer Blick.

Manchmal sah ich diese Sachen bestimmt mit der Verbitterung einer älteren, zigfach betrogenen Frau. Aber es gab auch Augenblicke ...

Wie ging es weiter?, fragte Viktor und bemühte sich um einen ruhigen Ton.

Frau Gerlach hatte sich wieder hingesetzt. Sie seufzte: Ich hatte mich auf der ganzen Linie geirrt. Er weinte nicht wegen mir und meiner Drohung, ihn zu verlassen. Er wollte zwar diese Frau loswerden ...

Na dann, wo lag der Haken? Das war doch genau das, was sie hofften?

Ja, aber Carolin Leitner bestand darauf, dass er mich verließ.

Anscheinend hat Ihr Mann ihr nicht nachgegeben.

Nein, sie hat ihn daraufhin bedroht und sich dann gerächt.

Frau Gerlach senkte den Kopf. Die Muskeln ihres Gesichts verhärteten sich, als sie weitersprach:

Carolin war also die Kommilitonin, mit der er eine Liebschaft gehabt hatte, damals, als Student. Er hatte sie nach dem Physikum verlassen, als er ins Ausland ging und nie mehr von sich hören ließ. Als sie ihn in Köln wieder traf, wollte sie ihn nicht noch einmal verlieren. Sie waren beide inzwischen fast fünfzig.

Womit hat sie ihn bedroht? Was war das für eine Rache?

Sie wollte, sollte er sie verlassen, ein Geheimnis ausplaudern, ein Geheimnis, das sie mit ihm seit der Jugend verband. Habe ich Ihnen gesagt, dass diese Frau ihr Arztdiplom nie erlangt hat? Zwei Jahre nach der Trennung von Gert hat sie ihr Studium hingeschmissen, hat in den Niederlanden eine Physiotherapieausbildung absolviert, ist dort Physiotherapeutin geworden, und irgendwann hat sie eine Praxis in Köln aufgemacht. Sie hatte gehofft, Gert werde sich nach seinem Jahr in Amerika melden, aber aus den Augen, aus dem Sinn. Er meldete sich nie wieder. Er empfing Briefe, die seine Eltern ihm nachschickten, ließ sie aber unbeantwortet. Sie hat nie geheiratet, und später mit vierzig, fünfundvierzig, wurde sie krank, depressiv, hat aufgehört zu arbeiten, wohnte in Köln im Haus ihrer Eltern.

Hat sie damals ihr Studium aus Liebeskummer geschmissen?

Klaras Worte in Paris fuhren ihm durch den Kopf: Für dich

schmeiße ich mit Begeisterung alles, was bis jetzt mein Leben ausmachte, weg. Ein neues Leben fängt an! Zu zweit, sagte Viktor, wir fahren nach Hause. Sie lagen in einem kleinen Hotelzimmer im zwanzigsten Arrondissement, wie im Film: Die verliebte Straßensängerin, der verliebte Student, unschuldig, glücklich, naiv.

Sie nehmen sich unsere Geschichte sehr zu Herzen, Viktor, sagte Frau Gerlach, ich sehe es Ihnen an. Vielleicht war diese Leitner auch nicht fleißig oder nicht intelligent genug, vielleicht fraß ihr das Brotverdienen zu viel Zeit und Energie. Sie musste arbeiten. Sie hatte einen Job im Sekretariat der medizinischen Fakultät und finanzierte damit ihr Studium. Als Gert sie in Köln wieder traf, hat er sich, sagte er, schuldig gefühlt, obwohl Schuldgefühle bei ihm rar sind. Sie war kein reiches Nesthäkchen wie er, der aus einer sehr wohlhabenden Arztfamilie kommt, ebenso wie Sie, lieber Viktor.

Nun, Sie sprachen von einem Geheimnis.

Frau Gerlach atmete tief, bevor sie den Sprung ins kalte Wasser wagte. Sie presste die Knie enger zusammen, umarmte sie und beugte den Rücken:

Gert hat vor fünfunddreißig Jahren sein Physikum gefälscht, sagte sie Richtung Teppich. Er war schon zweimal durchgefallen. Diese Carolin verfügte im Sekretariat über Unterlagen und Stempel, sie hat ihm geholfen. Ohne diese Fälschung wäre er nie Arzt geworden.

Viktor streckte sich, schüttelte den Kopf, wagte ein »ach, so was«, das nicht dramatisch klingen sollte. Henrietta hob wieder das Gesicht und Viktor meinte zu beobachten, dass ihr grauer Teint sich belebt hatte. Diese Art zu erröten stand ihr gut. Er wiederholte jetzt für sich ihre Worte, das Physikum gefälscht, wehrte sich schwer gegen einen Lachanfall. Er sagte hinter der Hand:

Das Physikum gefälscht und weiterstudiert. Sie hat ihm tatsächlich geholfen?

Sie hat die Formulare selbst ausgefüllt und gestempelt, seine eigene Leistung war, die Unterschrift des Professors zu fälschen, das konnte er besser.

Es folgten zwei Seufzer und ein längeres Schweigen, in dem Viktor die schnelle Atmung von Frau Gerlach hörte. Bei jedem Atemzug wogte ihre Goldkette auf der Brust.

Viktor, sagte Frau Gerlach, als der Detektiv Sie besucht hat, wollte er Ihnen noch nichts verraten, er wollte nur mir damit signalisieren, dass Sie der Erste sein würden, den er unterrichten wollte, falls ich nicht bezahle. Er geht davon aus, dass Sie danach die Sache weitertratschen, vielleicht sogar der Ärztekammer melden. Falls Sie nichts unternehmen, würde er zur Staatsanwaltschaft gehen und auf jeden Fall Gerts Betrug der Ärztekammer melden.

Und Sie haben es vorgezogen, direkt zu mir zu kommen.

Eine Flucht nach vorn. Ich vertraue Ihnen, ich vertraue Ihrer Diskretion, Ihrem Mitgefühl.

Danke, Frau Gerlach.

Das Physikum, fuhr sie fort, ist eine blöde Prüfung, die nichts über die Qualität eines zukünftigen Arztes aussagt. Das wissen Sie doch. Mein Mann hat dann an anderen Fakultäten im Ausland und Inland erfolgreich weiterstudiert. Er hat seinen Beruf sehr gewissenhaft ausgeübt. Er hat niemandem geschadet, wahrscheinlich weniger falsche Diagnosen gestellt als andere. Gerade dieser Makel in seinem Lebenslauf hat ihn angespornt, hart zu arbeiten, sich immer weiterzubilden, kurz gesagt, ein hervorragender Arzt zu werden, Viktor, ganz abgesehen von den juristischen Folgen, die mir nicht klar sind, aber jetzt, nach so vielen Jahren, wahrscheinlich unerheblich sind, mein Mann verdient diese Schmach nicht, die Aberkennung seines Arztdiploms und die Schande, die eine Veröffentlichung seiner Tat mit sich brächte. Ich sehe schon die Titel in der Zeitung und das Grinsen der Kollegen.

Er ist doch krank, warf Viktor ein, ob er den ganzen Rummel mitkriegen wird?

Der erschrockene Blick von Henrietta ließ ihn sofort diese Bemerkung bereuen.

Noch ist er bei Sinnen, und *ich* werde diesen Rummel, wie Sie sagen, auf jeden Fall mitkriegen.

Sie lieben Ihren Mann sehr, sagte Viktor.

Ob er Klara von dieser Geschichte erzählen könnte? Wie zügelt man seine Zunge bei einem solchen lächerlichen Geheimnis, wenn sich die Gelegenheit ergibt, mit Klara eine Art Komplizenschaft einzugehen, die eigenen Sorgen mit den viel schlimmeren Bekümmernissen anderer zu überdecken, Gerlach auch mit anderen Augen zu sehen. Wie würde Klara reagieren, die den Alten so sympathisch fand, dessen Verehrung sie so genoss, ach, wer weiß, ob sie ihn nicht noch mehr mögen würde, sogar für diese Fälschung bewundern, das passte gut zu ihr. Allerdings würde sie sein Verhalten der ausgebeuteten Carolin Leitner gegenüber nicht so gutheißen. Sollte sie aber Gerlachs Schandtat selbst weiterplaudern … Es wäre aber amüsant, diesen Klatsch mit ihr zu teilen. Wie sie sich beide vor Lachen kugeln würden, ach, Gerlach ein Fälscher, Gerlach kein echter Arzt, aber doch ein hervorragender falscher Arzt!

Henrietta Gerlach hatte das Gesicht zum Fenster gewandt.

Sie behalten es für sich, nicht wahr?

Selbstverständlich!

Ihr männliches Profil, die bebenden Lippen, die fahle Haut, das schlaffe Kinn, ihr zerknitterter Hals. Viktor sah auf einmal Klara in Gerlachs Bett, ihren straffen Körper mit dem Muttermal unter der linken Brust, mit der Scham, die sie bis auf einen schmalen Streifen rasierte, die rosa Innenschenkel, einen Teil von Klaras Körper, der ihn sehr berührte, weil die Haut da etwas rauer, an der Seite empfindlicher war als vorn, ihre Nacktheit schien an dieser Stelle ihren höchsten Punkt zu erreichen, er sah, wie Hände (Gerlachs Hände) diese Schenkel umfassten, wie er mit geschickter Drehung Klaras Körper zwang, sich auf den Bauch zu legen, wie er die linke Hand unter ihre Scham gleiten ließ und damit ihr Gesäß und ihre Schenkel leicht hob, wie er den Kopf in das Dreieck einschob und die Innenseite der Schenkel leckte, er sah ihn, und sah sich an der Tür, wie er die Arme über der Brust kreuzte und zu Gerlach sagte: Ich weiß, was du mit dreiundzwanzig Jahren getan hast.

Viktor stand mit weichen Knien auf und ging wieder ans Fenster.

Ach, kommen Sie mir nicht wieder mit der Liebe, zischte Frau Gerlach hinter seinem Rücken.

Aber, stotterte Viktor, der sich nicht mehr erinnerte, von Liebe gesprochen zu haben.

Ich weiß nicht, ob ich meinen Mann noch liebe. Ja, ich liebe ihn, nein ich liebe ihn nicht, ich kann seit einer Ewigkeit nicht mehr sagen, was dieses Wort bedeutet. Sehen Sie das so: Ich gehöre zu ihm. Auch ich würde diese Schande nicht überleben. Von mir aus können Sie das auch Liebe nennen oder die Stärke der Gewohnheit oder Leibeigenschaft oder Sklaverei oder Zusammengewachsensein oder gegenseitige Schmarotzerei, man hat so sehr voneinander gelebt, ja, und warum nicht Solidarität? Oder ein »Mitgehangen-Mitgefangen«. Viktor, der Gedanke seines Sturzes lässt mich aufschreien. Es würde ihn umbringen, ich kann das nicht ertragen.

Sie hatte die Hände zu Fäusten geballt und presste sie gegen ihren Mund. Viktor sah, dass ein bisschen Spucke an ihrem Ehering glänzte.

Er räusperte sich: Wieso ist Fischer erst jetzt zu Ihnen gekommen?

Carolin Leitner ist vor einigen Monaten an Krebs gestorben. Erst nach ihrem Tod hat Ludo Fischer Papiere oder ein Tagebuch gefunden. Stellen Sie sich das vor: Fischer und die Leitner hatten sich schließlich angefreundet, sind ein Paar geworden, haben sogar geheiratet. Jahre nach der Trennung wiegte sich Gert längst in Sicherheit. Wir haben gedacht, dass sie ihre Drohung nie wahr machen würde. In der Tat hat die Leitner meinen Mann wirklich sehr geliebt. Sie wollte sein Leben und seine Karriere doch nicht verpfuschen. Dass Ludo Fischer sich für sie interessierte, hatte vielleicht ihren Groll auch besänftigt. Sie war glücklicher. Dem Fischer hat sie aber mit Recht nicht vertraut, sie hat ihm die Fälschung vermutlich verheimlicht.

Es entstand wieder ein Schweigen, in dem Henrietta Gerlach mit leerem Blick vor sich hin guckte und Viktor die Fragen, die sich bei ihm tummelten, zu ordnen versuchte.

Frau Gerlach, was erwarten Sie von mir?

Sie sagten es eben, ich wollte dem Erpresser Fischer zuvorkommen. Ich wollte, dass Sie es aus meinem Mund erfahren. Dass Sie mir helfen. Ach, ich konnte nicht mehr damit allein bleiben.

Wussten Sie es bereits?

Was denn?

Wussten Sie vor der Carolin-Episode, dass Ihr Mann sein Physikum gefälscht hat?

Nein, er hat mir dann erst alles gestanden.

Also so lange hat er Sie angelogen und betrogen.

Was wollen Sie damit sagen?

Nichts.

Ja. Auch damit hat er mich betrogen. Das Leben dieses Mannes besteht aus vielen dunklen und hellen Tasten. Aber er hat Carolin Leitner nicht nachgegeben, er hat mich nicht verlassen.

Sie stand auf und begann hin und her zu gehen. Sie stieß ein saures kleines Lachen aus und sprach trocken und schnell.

Ein Engel hätte mich gelangweilt. Mein Mann war nie mittelmäßig, lieber Viktor. Und das mit der Fälschung ist mir egal. Von mir aus kann er auch alle anderen Prüfungen gefälscht haben.

Sie nahm ihre Handtasche und ging zur Haustür. Mittelmäßig, dachte Viktor, ob Klara mich als mittelmäßig eingestuft hat?

Er reichte Henrietta ihren Mantel, und als sie ihn zuknöpfte, streichelte er ihr leicht über die Schulter. Sie drehte sich um, hob den Kopf zu ihm, schweigend. Ihre grauen Augen, aus denen er so viel Schamgefühl und eine Art Flehen herauslas, hatten einen violetten Schimmer angenommen: Nein, beantwortete er die stumme Frage, ich verrate es niemandem, versprochen, auch Klara nicht. Und ich überlege, was wir machen können.

Danke. Eine Sekunde lang hatte Viktor das Gefühl, sie wolle ihn umarmen. Er bückte sich herab, aber sie hatte sich schon umgedreht.

Sie stapfte einige Stufen hinunter und wandte sich wieder zu ihm: Viktor, ich weiß nicht, wohin mein Mann damals das Dossier des Detektivs geräumt hat, falls er es nicht weggeworfen hat. Sie haben es nicht zufällig in der Praxis gefunden? Nein, sagte Viktor und hätte nicht sagen können, warum er log. Sie stieg jetzt einige Stufen rückwärts hinunter, sich an der Rampe haltend, als könnte sie sich nicht von Viktors Anblick lösen. Auf Wiedersehen, Henrietta, sagte er. Bis bald. Sie öffnete den Mund, als würde sie die zu ihr hinunterfließenden Worte inhalieren.

19

Auf Wiedersehen, Henrietta, hatte der junge Spund gesagt. Was nahm er sich heraus, der kleine Mann, der ihr Sohn sein könnte? Henrietta! Dieser Vorname hatte ihr nie gefallen, noch weniger dessen Sinngehalt »Heim«, »Haus«, »Herrschaft«. In Viktors Mund verfärbte sich aber der Klang des Wortes und ebenfalls seine Bedeutung. Da spielten die Buchstaben eine Farandole auf der Zunge. Die drei Silben rollten zart wie Spitze. Dieser Mann hatte das Talent, das Besondere herauszuheben. Seine Stimme holte Unbekanntes und Wertvolles aus dem Unterschlupf. Den Ursinn ihres Namens mochte Henrietta nicht, er passte nur halb zu ihr. Ja, sie hielt gern die Zügel in der Hand, sie besorgte konsequent ihren Haushalt, hatte früher auch die Praxis geleitet, zwei Helferinnen im Schlepptau; trotz seines Rekords an Seitensprüngen stand ihr Mann, glaubten manche (die Naiven), unter ihrer Fuchtel, vielleicht war sie der Kopf der Familie, aber Gert war deren pulsierendes Herz. Alles drehte sich um ihn, sie war das Fundament, er war die Bronzestatue. Und wer schaut schon zum banalen Sockel des Denkmals? Beherrschen konnte sie nur sich selbst, und das immer weniger.

Sie fühlte sich leicht wie ein Kind nach der Beichte. Die Enthüllung der Sünden ihres Mannes hatte sie halb befreit. Viktor würde auf jeden Fall helfen. Wie gern sie in die welkenden Blüten einer japanischen Kirsche auf dem Gehsteig trat. Wie freundlich ihr Blick die jungen Mädchen in Röcken streifte und die zwei Kinder, die abwechselnd an einem gemeinsamen Eis leckten. In ihrer imaginären Sammlung frankierte Henrietta eine Sondermarke: Eine elegante, schlanke Henrietta trug mit Schwung einen breiten Strohhut, ein leichtes Kleid, Stöckelschuhe. Sie bekam die Chance eines neuen Treffens mit Viktor. Es geschah bei einer

Fete, denn beide hielten ein Sektglas, sie hatten den anderen den Rücken zugewandt und unterhielten sich verschwörerisch über eine Taktik, den Detektiv zu beseitigen.

Sie trat auf einen Kaugummi und versuchte vergeblich, ihn von der Sohle zu streifen. Der spöttische Blick eines Passanten zog sie sofort nach unten. Sie befand sich jetzt allein mit ihrem Sektglas in einer tiefen Grube, sie würde nie mehr nach oben klettern können. Erdige Wände glitzerten um sie, kleine glänzenden Flocken bewegten sich heraus, Maden. Ein dicker Typ im Monteuranzug holte sie in die Realität zurück. Er kam aus einem Coffeeshop und hielt einen Pappbecher in der Hand. Sie lief ihm direkt gegen die Brust. Sie sagten gleichzeitig »sorry«, den Fleck auf ihrer Jacke versuchte sie mit einem Papiertaschentuch zu entfernen. Verdammte Mode des Coffee to go.

Wo hatte sie den Wagen geparkt? Sie ging um die Ecke und flanierte an Schaufenstern entlang, schaute nach Kleidern, als hätte sie keine anderen Sorgen. Sie hatte auf einmal Lust, ein sehr schickes Kleid für das Pensionierungsfest ihres Manns zu kaufen, sie wollte nicht wie eine besiegte ältere Frau aussehen. Hätte Viktor sie begleitet, würde er sie jetzt sicher gut beraten. Alle Boutiquen machten hier auf jung und billig. Es wurde immer schwerer, Kleider für ihr Alter zu finden.

Sie betrat doch noch ein elegantes Geschäft, ließ ein paar Bügel die Stange entlanggleiten. Ein blumiger Leinenstoff gefiel ihr gut, nur gehörte er zu einem Trägerkleid, das gar nicht zu ihren blassen, schwabbeligen Oberarmen passte. Schon stakste eine Verkäuferin auf sie zu, ein dünnes Mädchen mit dunklem Lippenstift, und fragte, für sie zu nah und zu laut, ob es behilflich sein könne. Ein Kleid? Größe vierundvierzig? Hm … Ein einfaches Sommerkleid? Ein Kleid für einen besonderen Anlass? Eine Fete? Ein Hauskonzert? Also etwas Schickes. Die Verkäuferin wendete ihren Blick von dem Kaffeefleck mit den Papierfusseln ab. Wieselflink holte sie ein schwarz-weißes Musselinkleid hervor, ein Abendkleid, das viele Falten warf. Das Mädchen verschwand fast hinter dem langen Kleid, das es hochhielt. Ihr Kopf schaute schief hinter dem Stoff hervor. Sie lächelte: Probieren Sie es doch an. In der Umkleidekabine hätte Henrietta am liebsten die Augen geschlossen. Sie beobachtete, wie der Strumpfhosengummi ihren Bauch einschnitt, wie die Speckröllchen darüberquollen, wie die Orangenhaut an den Schenkeln sogar unter dem Nylon der Strumpfhosen noch sichtbar war wie auch die erschlafften Brüsten in dem etwas ausgeleierten BH, die Spitze des Dekolletés, die bräunliche Spalte zwischen den Brüsten, da, wo die Haut dunkel, grobkörnig an gerupfte Hühner erinnerte. Als sie in das Kleid hineingeschlüpft war und sich aus der Kabine traute, schrie die Verkäuferin mit routinierter Begeisterung auf, wie elegant es sei, wie vorteilhaft es sitze, Henrietta hasste das Wort vorteilhaft, das sie mit trügerisch gleichsetzte. Sie solle es sich nur mit anderen Schuhen vorstellen, piepste das Mädchen, weiße oder schwarze Sandalen mit Absätzen, hohe Absätze wären klasse, aber auch kleinere, und sogar Ballerinas könne man sich vorstellen, und das Dekolleté? Aber nein, es sei gar nicht zu tief, sie könnte darauf eine längere Kette tragen, schwarzer Modeschmuck wäre schön, alles sei möglich, warum nicht auch ein hübscher weißer Schal, Moment mal, da hätte sie auch … Henrietta sah den dunklen Mund der Verkäuferin auf- und zuklappen und überlegte sich, wie oft sie Kleider in einem Geschäft anprobiert hatte, wie oft eine hofierende Fachverkäuferin sie beraten, ihr zugesichert hatte, dass das anprobierte Teil sie wunderbar kleide, und wie dann Gert zu Hause aufgelacht hatte, am Anfang nur belustigt, später spöttisch, ob sie wohl alle Tassen im Schrank hätte, eine solche Farbe, ein solcher Schnitt und so weiter. Und wie oft sie sich kleinlaut im Spiegel angeschaut und verflucht hatte, auf die Verkäuferin gehört zu haben, oh ja, prustete Gert, die Bluse passe wie die Faust aufs Auge, entstellt sei sie von diesem lächerlich violetten Muster. Sie wollte jetzt einfach bei ihrer alten schwarzen Hose bleiben, vielleicht eine dezente Seidenbluse dazu, die bekäme sie im Kaufhaus, damit konnte man nichts falsch machen. Sie sollte schnell in der Kabine verschwinden, schnell in ihre alten Klamotten schlüpfen, da fühlte sie sich zu Hause, keine neuen Experimente wagen, für einen einzigen Abend nicht so viel Geld ausgeben. Und doch hielt sie etwas zurück, nicht das aufdringliche Gehabe der Verkäuferin, die zurückkam und ihr mit einem weißen Musselinschal zuwedelte, schließlich machte das Mädchen nur seine Arbeit, ein Kind noch, mit dem sie Milde walten lassen sollte, nein, es war eine wedelnde Erinnerung, die aus dem Abgrund heraufstieg und mit dem schwarz-weißen Abendkleid um sie flatterte. Eine Rückblende auf ihr damaliges Wagnis. Ein junger Gert stand vor ihr. Sie trafen sich bei der Party eines befreundeten Pärchens, er, weißes Hemd, dunkle Jacke, schlecht rasiert, damals war ein Drei-Tage-Bart nicht Mode, sondern nur schlampig, der Mann war anziehend und abstoßend zugleich, ein Künstler vielleicht, die strenge junge Henrietta, dreiundzwanzig und noch Jungfrau, ein genügsames Mädchen mit einem nüchternen Blick für die bescheidenen Vergnügen und großen Kümmernisse des Lebens. Er roch nach Zigarillos, ließ seinen Blick über die Pin-ups des Abends streifen, die rustikale Henrietta lief durch das Leben wie durch ein Kaufhaus, sie erkannte sofort, was Nippes war, ließ sich nicht beeinflussen, war streng mit sich selbst und anderen und interessierte sich so wenig für Männer, dass manche Kolleginnen sie für lesbisch hielten. Sie hatte eine gewisse spröde Schönheit, die nicht unmittelbar erkennbar war, regelmäßige Züge, sie versuchte gar nicht, attraktiv zu sein. Als sie Gert Gerlach zum ersten Mal traf, stand sie unbeholfen vor ihm, sie freute sich, dass sie ausnahmsweise etwas Neues und Hübsches trug, einen kurzen schwarzen Rock, der ihre langen Beine zur Geltung brachte, und einen anschmiegsamen Kaschmirpulli. Sie, die Unerfahrene, wusste sofort, dass sie ihn wollte, er aber bemerkte sie nicht einmal. Im Bad traf sie auf eine junge Frau, die sich schminkte. Ach, ich habe meinen Lippenstift vergessen, dürfte ich deinen benützen?, fragte Henrietta, die ihre eigene Unverschämtheit erröten ließ. Das Mädchen reichte ihn ihr zögernd, ein bisschen schockiert vielleicht, traute sich aber nicht, Nein zu sagen. (Sie würde anschließend aus Angst vor Herpes und anderen Krankheiten den Lippenstift wegwerfen.) Henrietta bemalte sich die Lippen, was sie praktisch nie machte. Sie befreite auch ihr brünettes Haar aus der Pferdeschwanzspange und kämmte es vor dem fragenden Blick der Unbekannten mit nassen Fingern, schüttelte den Kopf, um es wild aussehen zu lassen. Ich benütze Tricks, dachte sie, ich will einen Mann angeln, welche Schande, ich benehme mich wie ein Flittchen. Das Wort hatte ihr gut gefallen. Wie ein Flittchen. Sie, die ihre Ausbildung in einer Bank erfolgreich zu Ende gebracht hatte, einen soliden Ruf genoss. Wie ein Flittchen. Gert stand am Büffet und sie ging mit einem Glas zu ihm, fragte, ob er ein Freund von Mario (dem Gastgeber) oder von seiner Freundin sei. Sie trank nicht, um ihren Lippenstift nicht wegzuwischen, entfernte sich aber wieder, als er nur einsilbig reagierte, stellte sich mit ihrem Glas allein in eine Ecke und suchte hartnäckig den ganzen Abend Blickkontakt mit ihm, bis er es endlich merkte und sie mit einem leicht spöttischen Lächeln zum Tanzen aufforderte. Der gewiefte Don Juan spürte schnell ihre Ergebenheit, sah, wie ihre Wangen erröteten, wie ihr Körper immer biegsamer und wärmer wurde, ihre Augen ausdruckslos oder gesenkt: Ich schwitze, ich schmelze, ich benehme mich schlecht, er weiß, was durch ihn in mir passiert. Er beugte sich über ihre geschminkten Lippen, sie spürte eine kraulende Hand unter dem Pulli, die sie auf und ab streichelte, seine Stimme (er brabbelte irgendetwas über die Musik, sie vertraute ihm an, sie spiele Akkordeon, eigentlich Bandoneon) und diese schmeichelnden Finger, die immer tiefer sanken, ließen sie erschaudern. Sie schnappten Luft auf dem Balkon, sie gingen auf den Flur, sie gingen ins Treppenhaus, sie gingen in irgendein Schlafzimmer, er sagte, wollen wir, sie sagte, ja wir wollen, sie nahm alles sehr bewusst wahr, was sie taten, als ihr Höschen auf den Boden fiel und sie darauf stieg, wurde sie so schwach, dass sie fürchtete, in Ohnmacht zu fallen,

aber nein, sie fiel nicht in Ohnmacht und erlebte (sie sagte es
sich: Ja, ich erlebe es), dass er ihr den Rock hochschob, es erfüllte sie mit Angst und Lust, dass er sie nur halb nackt nahm, gierig
und ohne jede Vorsichtsmaßnahme, sie küsste ihn bis zum Atem-
verlust, sie verwischte mit dem geliehenen Lippenstift eine brave
und langweilige Jugend, und zum ersten Mal in ihrem Leben
zerschmolz ihr ungeliebtes Ich zu einem lustvollen Du, herrlich,
so also fühlte sich Liebe an, hart und verrückt, die ganzen Ver-
gleiche, das mit dem Feuerfangen, das war alles wahr, der Bauch
brannte, das ganze Gesicht brannte von dem dreitägigen Bart,
man klebte aneinander, man fügte sich ineinander, um etwas
Drittes zu erzeugen, nein kein Kind, bitte noch kein Kind, aber
wenn schon, ist es mir egal, ein neuer Körper wächst, ein leben-
diges Wesen, das zu ihren beiden Wesen gehörte, das aus ihrem
Geschlecht erwuchs und sich vor Glück spreizte, er beugte sie
über das Bett, er drang in sie ein und wunderte sich nicht wenig:
Sie schrie vor Schmerz.

Henrietta musste zugeben, das Kleid war schön, Schnitt und
Farben schmeichelten ihr. Sie würde dieses Mal den Kauf sicher nicht bereuen. Sie schaute auf das Preisetikett und ihr Herz
hüpfte schneller bei dem Gedanken an Fischers Erpressung, sie
beschloss, sofort dagegen anzugehen: Ja, ich nehme das Kleid.

Auf Wiedersehen Henrietta. Viktors Stimme begleitete sie wieder. Wie naiv und doch liebenswürdig dieser junge Mann war,
wie gut er zuhören konnte. Sie schlenderte die Straße entlang, die
Autoschlüssel in der Hand, und drückte auf die Automatik, bis
es bei ihrem Auto blinkte. Ein Knöllchen. Sie war zu lange bei
Viktor geblieben oder zu lange in der Boutique. Sie bereute weder
das eine noch das andere. Das Knöllchen war ein Beweisstück
ihrer kleinen Augenblicke des Glücks. Viktor. Warum hatte sie
übrigens die Rolle der blasierten Ernüchterten gespielt? Kommen
Sie mir nicht wieder mit der Liebe … das Leben ist schwarz-weiß,
lieber Viktor. So ein Blödsinn. Wollte sie ihn mit ihrer Pseudo-

Menschenkenntnis beeindrucken? Fix-und-fertig-Gedanken, Gedanken to go.

Sie nahm das Knöllchen von der Windschutzscheibe und steckte es in das Handschuhfach wie in eine Schatulle.

(Moira)

An diesem Punkt der Geschichte angelangt, lässt du nichts mehr von dir hören. Du arbeitest viel. Du hast dich endlich mit Doktor Hettsche getroffen und dich mit ihm über eine Apparategemeinschaft ausgetauscht. Der sachliche und freundliche Doktor Hettsche spricht über Patientenzahlen, über die Zukunft, nicht über die Vergangenheit, Doktor Gerlachs Name wird nur kurz erwähnt, eine Knappheit, die dir als gewollt erscheint. Doktor Hettsche beschreibt die Bevölkerung eures Viertels als treue Patienten, veraltet und verarmt, geprägt von Sozialproblemen und psychosomatischen Erkrankungen. Ihr trennt euch nach anderthalb Stunde und du gehst erleichtert und ermuntert aus der Praxis des Kollegen (wie sehr du noch der Stärkung der Älteren bedarfst!), Arzt bis in die Fingerspitzen. Das Private und Henriettas Besuch werden einen gesegneten Augenblick lang ausgeblendet. Genieß sie, Viktor, diese Leichtigkeit des Mannes, der in seiner Berufswelt friedlich aufgeht, sie wird nicht von Dauer sein. Gerlachs Dramen bringen dich nicht aus der Fassung, sie betreffen dich nicht, glaubst du. Du bist fair und wirst das sündhafte Geheimnis des Älteren für dich behalten, auch wenn es dir schwer fällt, mit Klara eine neue Art Komplizenschaft der Eingeweihten nicht einzugehen.

Ich indessen (dies als Nebenhandlung, das Leben besteht nun mal aus Nebenhandlungen) entscheide, die Mütter dieser Welt mit ihren Söhnen zu versöhnen und fange mit meiner Schwiegi an. Ich warte nicht auf ihre Genehmigung, um meinen Ex und seinen Stiefsohn einzuladen, und backe einen super Fertigmischung-Kuchen mit Zitrone. Die Frau, mit der Philip-Leander jetzt lebt, hat nämlich ein Kind aus einer früheren Beziehung, Vater unbekannt, auch dies gefällt Frau Hirsch nicht. Es schellte und als ich öffnete wurde ich von einem Maschinengewehr ins Visier genommen und eine schrille dünne Stimme brüllte: Trtrtrtrtrtr, du bist tot! Schüüü, surrte mein Ex. Der süße Ekel meiner Rivalin muss fünf Jahre alt sein. Ich bin unsterblich, sagte ich ihm und gab dem Ex einen Kuss auf die Wange (es zwickte doch in der Herzgegend, als ich seinen Geruch erkannte), kommt rein. Selbstverständlich hätte ich Philip mit seiner Frau einladen können, ich mag es aber nicht, meine Großzügigkeit zu dick aufzutragen, und rein filmisch gesehen, ist sein Auftritt mit dem jungen Terroristen aufregend genug. Gisela ist reif für eine Begegnung mit ihrem Sohn, ich spüre es schon allein an ihrer Art, sich die Unterarme blutig zu kratzen, sie hat noch keinen Enkel, und das Ekelkind könnte einen Anfang machen. Dies alles habe ich mir sorgfältig überlegt, und ich sage jetzt zu Patrick: Bei uns werden Waffen an der Garderobe abgegeben. Philips Mama liebt den Frieden über alles. Alles klar? Klaro!, antwortet der Killer. Sind alle Neger unsterblich? Sicher hast du bemerkt, dass der Ex noch kein Wort gesprochen oder höchstens vor seinem Chüüüü ein ebenfalls lautmalerisches Hallo ausgehaucht hat, das man ihm nur von den Lippen lesen konnte. Er betrachtet sich im Garderobenspiegel, als bräuchte er dieses Kontemplationsminütchen, um sich in dem vertrauten Rahmen wieder zurechtzufinden. Ich rufe Gisela, kündige Besuch an und lasse sie alle drei verlegen (Philip), stutzig (der Junge), erschrocken (Gisela) stehen. Kaffee, Limo und Kuchen stehen auf dem Tisch! Ich wünsche einen guten Appetit.

Die Zofe geht in deinem Wald spazieren, insgeheim hoffend, dir zufällig zu begegnen, als glaubte sie an Zufall. Frische Bäume kritzeln schaudernd unsere Geschichte in den Himmel. Ich trinke gierig ihre grüne Tinte, stille auch meinen Durst am blauen Wind, an neuen Blumen. Der Wind zupft sanft an noch nackten Lärchen wie an gigantischen Zithern. Aber, Viktor, die grüngelbe Melodie des Scharbockskrauts, das früher den Skorbut der Matrosen heilte, schwächt meine Nostalgie nach Liebe nicht ab.

Und es bleibt nicht bei der Nostalgie. Ohne dich hat sich die Welt nicht entvölkert, nein, ich erlebe keinen Untergang der Titanic, das Leben ist aber zum Comicstrip geworden, ein farbiger Zirkus ohne Ende. Da hüpfen kleine komischen Figuren herum und drücken sich onomatopoetisch aus, und ich nehme vor ihren kreischenden Gebärden Reißaus, stehle mich plump von Bild zu Bild davon und suche nach einem dreidimensionalem DU. Bist du schon am Vulkan? Macht dir die Höhe nicht zu schaffen?

20

Nach und nach streckte also der Wald all seine Blätter in die Luft, auch die der ältesten Eichen zeichneten sich jetzt im klaren Himmel ab. Kaum angekommen, neigte sich der Frühling seinem Ende zu. Bald verloren die Büsche ihr leuchtendes Grün, sie verdunkelten sich, Rosenknospen schwollen an, Brennnesseln wuchsen, die Schatten der Bäume verdichteten sich, Insekten sirrten überall, die Patienten kamen mit glänzenden Gesichtern und schwitzender Haut in die Praxis, einige mit tieferen Ringen um die Augen, im Wartezimmer saßen Aknepatienten in breiten hängenden Shorts und Aknepatientinnen leicht geschürzt. Alte und Dicke keuchten, jeder zweite klagte sofort nach dem Gruß: Herr Doktor, es ist zu warm für die Jahreszeit. Manche rieben ihre Hände an den Hosen, bevor sie ihm die Hand reichten, ihre Achseln und Haare rochen stärker, es störte Viktor aber nicht, er tauchte gern in diese sommerlichen Ausdünstungen ein und streichelte und betastete die Haut seiner Patienten ohne Ekel. Bei zwei jungen Leuten entdeckte er Zecken, bei dem einem war die Borreliose schon am Werk. Eine Erzieherin des Kinderheims brachte ihm einen achtjährigen Jungen, der unter einem fortgeschrittenen Ausschlag litt. Der Junge trug außerdem frische Narben am ganzen Körper. Als Viktor die Gummihandschuhe abstreifte und in den Treteimer warf, sackten sie wie eine tote Qualle zusammen und er kämpfte, den Fuß auf dem Pedal des Abfalleimers, mit den Tränen. Die Erzieherin betrachtete ihn neugierig. Für Viktor war die Grausamkeit von Eltern, die Grausamkeit schlechthin ein Rätsel. Dass gerade das Wesen des Menschen sich dem menschlichen Verstand entzog, brachte ihn zum Verzweifeln. In solchen Augenblicken sehnte er sich sehr nach Klara und auch nach seinem Freund Leo, nach dessen Witzen, und wünschte sich eine kleine Flucht mit ihm irgendwohin in die Natur.

Die längst nicht mehr täglichen Telefonate mit Klara wurden noch seltener. Es gelang beiden aber immer wieder, den lockeren Ton zu finden, wenn sie von seinen Eltern oder Geschwistern oder von Klaras Kollegen sprachen, er fragte nach ihren Gesangsfortschritten, wie sie sich für die Aufnahmeprüfung vorbereite. Ich arbeite zurzeit privat bei einer Professorin, die viel von mir hält und mir einen freundlichen Preis macht. Wir proben die Lieder, die ich bei Gerlachs vortragen werde. Du, ich glaube, es wird ein schönes Programm. Und zu Hause?, fragte er, begleitest du dich selbst oder hast du jemanden, der am Klavier sitzt? Ja, einen ehemaligen Kommilitonen, der Florian, Florian Lieske, den kennst du nicht, er wird mich auch bei Gerlachs begleiten. Viktor fand den Vornamen Florian lächerlich, ein Jünglingsname, ein mit Blümchen gekröntes Haupt stellte er sich vor, ein zartes Aussehen, einer, der mit langen weißen Händen auf den Tasten klimperte und der Sängerin schmachtende Blicke zuwarf. Sie fragte nicht wie früher nach seinen eigenen Beschäftigungen, als müsste sie, dachte er, seine Angelegenheiten in Klammern setzen, um ihr neues Bühnenleben wieder zum Erblühen zu bringen, er ließ sie gern erzählen und, seitdem er nicht mehr klagte, wie sehr er sie vermisse – schwieg er aus reiner Taktik, da sie diese Klage allein schon als Bedrängnis empfand, oder weil er sie nicht mehr vermisste?, fragte er sich zum ersten Mal erschrocken –, zeigte sie sich selbst freundlicher und verfiel manchmal sogar wie früher in alberne Zärtlichkeiten, sie sagte, sie freue sich, ihn bald wieder zu sehen, und nannte ihn wieder »mein Däumling«. Eine leichte süß-saure Ironie verlieh aber dem Kosewort einen eigenartigen Nachgeschmack. Es strahlte ein bitteres Gift in Viktors Kopf aus, das ihn momentan zusammenschrumpfen ließ. Es gab auch Gespräche, die ihn jeder Illusion beraubten. Von seinen Träumen von einem baldigen gemeinsamen Leben, den Visionen des jungen Paares mit zwei Kindern konnte er sich verabschieden, und doch liebte er sie noch, er wusste, diese Liebe hatte nichts mit seinen Plänen zu tun, auch wenn Klara ihm vor Kurzem am Telefon wieder vorgeworfen hatte, sie zu instrumentalisieren, sie zur Zierde seines eigenen Lebens machen zu wollen, zur Partnerin seiner Lebenseinstellung. Die Liebe, wiederholte sie, sei etwas anderes, etwas, was er noch kennenlernen müsse. Viktor war ein schlechter Verteidiger in eigener Sache. Er bat sie jedoch, wieder »chronologisch zu denken«: Das stimme ja, dass er sie zur Partnerin seines Lebens auserkoren habe. Ein normaler Weg, wenn man sich verliebt, ganz ohne Hinter- oder Zukunftsgedanken, auch sie habe sich in ihn verliebt und gewünscht, mit ihm zusammenzuleben, oder vielleicht nicht? Er hätte das Wort »normal« nicht aussprechen dürfen, das ein Leitmotiv ihrer Eltern war, die den Töchtern eine normale Existenz anstatt eines prekären Künstlerlebens wünschten. »Normal« schürte alten Groll wieder, und sie sagte empört: Ein normaler Weg! Das kann ich nicht mehr hören, kleinbürgerlich lieb, und ja, es tut mir leid, Viktor, aber kleinbürgerlich lieb bist du. Er versuchte, seine Verstörung zu kaschieren, führte schon wieder an, er habe sie nicht gebeten, ihre musikalische Laufbahn aufzugeben, im Grunde genommen, als sie sich in Paris in der Metro getroffen hatten, hatte sie doch schon … und … Und auf einmal hatte er diese Wiederholungen satt und gab klein bei: Ich bin einige Jahre älter als du, ich hätte spüren müssen, dass … Ja, Klaras Liebe zu ihm fiel mit ihrem Verzicht auf ihr Musikstudium zusammen, in ihrem Kopf entstand eine ungerechte Bedeutungsverschiebung, sie dachte, sie habe für ihn die Gesangskarriere »geopfert«. Wer ist so großzügig, dass er dem Partner sein Opfer verzeiht? Ich will dich wieder glücklich sehen, sagte er. Viktor, hörte er nach einer Weile, hör bitte einfach auf, lieb zu sein, ich kann es nicht mehr ertragen. Sie legte auf.

Bei den weiteren Telefonaten sprachen sie über das Wetter und andere so interessante Dinge.

Nach der Sprechstunde klopfte Marion an seine Tür und bat um eine Unterredung. Ich weiß, sagte er lächelnd, was Sie fragen wollen. Ja, Marion, ich kann Ihnen einen unbefristeten Vertrag aufsetzen. Ich wollte es Ihnen heute Abend mitteilen.

Das Mädchen wurde krebsrot. Tränen trübten plötzlich den blauen Blick: Ach, sagte sie, das kommt zu spät, ich habe mich woanders beworben, wie Sie es mir selbst geraten haben, und hatte ein gutes Vorstellungsgespräch bei einem anderen Hautarzt in Köln. Ich habe ihm gestern zugesagt und kann jetzt nicht zurück. Schade.

Sie schauten sich eine kurze Weile an und Viktor fragte sich, ob das Mädchen jetzt erwarte, er würde sie bitten, bei dem neuen Arzt abzusagen. Vielleicht hatte sie noch keinen Vertrag unterzeichnet? Er würde sie aber nicht bitten, und er wusste sofort warum. Wann wollen Sie dort anfangen?, fragte er. Im Juni. Meine letzten Urlaubstage möchte ich schon nächste Woche nehmen, nur wenn es geht, sonst … Aber sicher, Marion, wir werden Sie aber sehr vermissen. Ich hätte mir denken können, dass Sie schnell eine neue Anstellung bekommen, Sie haben ja bei der Prüfung bestens abgeschnitten. Er stand auf und umarmte sie. Ich freue mich für Sie und, wissen Sie, es ist in Ihrem Alter immer gut, nicht bei einer einzigen Erfahrung stecken zu bleiben, sondern mehrmals die Anstellung zu wechseln.

Sollte er jetzt sofort oder erst morgen bei Moira anrufen?

Er untersuchte ein Kleinkind, das unter Schuppen und roten Flecken am Rückenansatz und an den Ellbogen litt, der Junge versuchte sich überall zu kratzen und weinte, und Viktor nahm ihn in die Arme und tröstete ihn, nachdem er ihn eingecremt hatte und der begeisterten Mutter zurückgab (sie würde in der Krippe des Sohnes das Talent des neuen Doktors rühmen, ein so guter Arzt, ein warmherziger Mensch, ein Papa bestimmt), er ließ die kleine Rotznase an seinem Hals ruhen und blies leicht auf die verdickte Haut der Ellbogen, sang ein erfundenes Potpourri, und das Kleinkind beruhigte sich, die Salbe wirkte und der Seifengeruch an Viktors Hals oder die Zärtlichkeit seiner Stimme. Viktor verbarg seine plötzliche Trauer vor der Mutter, indem er die Stirn des Kindes gegen seine geschlossenen Augen drückte, lange würde Klara sich gegen eine Schwangerschaft wehren. War sein Wunsch nach einem Kind auch eine »Instrumentalisierung« seiner Freundin?

Er träumte in der Nacht darauf, dass er eine Ausstellung organisierte. Er hängte die Gemälde eines geistig und körperlich behinderten Kindes auf, eines spanischen Kindes, das hinter ihm trottete und mit fiebrigen Augen jeder seiner Gesten folgte. Viktor freute sich, dass sein Vater die Ausstellung besuchen würde, so könnte dieser auch sehen, wie sehr sich der Sohn seine Ratschläge zu Herzen nahm und selbst begann, ein Stück Kultur zu fördern. Niemand kam aber zur Ausstellung, niemand, auch der Vater nicht, der Raum blieb leer wie ein verlassener Fabrikraum. Er war allein mit dem Kind, dem spanischen Mädchen, das politisch unkorrekt wie ein Affe aussah.

Lange nicht von dir gehört, sagte Moira am Telefon, und ich glaubte, wir seien Freunde. Eine Freundschaft schließt man nicht innerhalb eines Nachmittags, stotterte Viktor, na ja, vielleicht doch, mein Leben ist gerade chaotisch. Deins vielleicht, meins spielt sich zurzeit nur im Kopf und in meinem Notizbuch ab. Das trifft sich gut, sagte Viktor, ich möchte Ihnen etwas vorschlagen, wollen Sie bei mir als Arzthelferin anfangen? Ich habe eine Stelle frei. Siezt du mich jetzt nur bei Fragesätzen oder grundsätzlich?, fragte sie, und Arzthelferin, schaffe ich das überhaupt? Ich bin Krankenschwester gewesen, nicht ganz dasselbe wie Arzthelferin. Meine bewährte Assistentin, Silvia, sagte er, wird Ihnen alles erklären und Marion, die uns demnächst verlässt, kann Ihnen noch diese Woche helfen, falls Sie sofort hier zur Probe anfangen können. Ich denke, Moira, Sie haben eine schnelle Auffassungsgabe. Ich fasse alles Mögliche auf, sagte Moira, bin ein Schwamm, aber ich muss mein Diplom zu Ende bringen, das Drehbuch, das weißt du doch. Ja, dann sind Sie gerade hier in der Praxis am Ort des Geschehens, Moira. Hm, das stimmt, aber es gibt noch eine Hürde: Ich bin in dich verliebt, derartige Gefühlswallungen schaffen ein ungesundes Betriebsklima. Selbstverständlich könnte ich täglich versuchen, meine Liebe bis sieben Uhr abends einzukapseln. Erdrosselte Gefühle, sagt man, verfärben sich dunkel und sterben ab. Prima Idee, lachte Viktor. Kommen Sie bitte am Freitag um neunzehn Uhr. Ich werde Sie Silvia vorstellen. Du hast einen Hang zum Risiko, versetzte Moira. Überhaupt nicht, sagte Viktor, ich nutzte Gelegenheiten, die sich anbieten.

Das gefällt mir, Sir.

Ich meinte damit nur, liebe Moira, dass eine Stelle frei wird, und da ich einen Menschen kenne, der eine Arbeit sucht und ähnliche Kompetenzen aufweist, liegt die Angelegenheit auf der Hand, falls diese Person ...

Ich träumte immer von einem Chef, der sich so umständlich ausdrückt, unterbrach Moira, so was stimuliert mich total. Wir müssen aber die finanzielle Seite der Angelegenheit besprechen, kannst du mir einen oder besser zwei Monatslöhne vorschießen? Dann könnte ich schon eine Wohnung suchen und die alte Hexe verlassen. Die hat sich mit ihrem Sohn versöhnt, ich kann guten Gewissens diese Hirsche unter sich lassen.

Sie fürchten sich vor nichts, sagte Viktor. Sie sind zuerst nur auf Probe bei uns. Schön, erwiderte Moira, dann probe ich mal morgen das Siezen mit dir. Vielen Dank, Herr Doktor Weber. Ich freue mich auf morgen ... Muss Ihre bewährte Assistentin unbedingt dabei sein?

21

Henrietta fuhr zum Golfplatz. Sie wollte ihn wieder überraschen. Wer weiß, mit wem er sonst nach Hause käme, mit den Nachbarn, mit denen er auch hinfuhr, die aber meistens länger blieben als er, vielleicht hatte er sich mit der Schwarzen verabredet. Sie, Henrietta, sollte ihn doch immer dorthin begleiten, auch wenn sie diesen Sport idiotisch fand. Was hatte der harte Ball so Magisches an sich und inwiefern lohnten sich die Mühe und die langjährige Übung, die man brauchte, um das weiße Ding in das winzige Loch zu bekommen? Sie spielte auch kein Tennis, kleinkariert oder pervers fand sie sowieso jedes Spiel auf einem eingezäunten Grundstück. Das komme von den Erzählungen ihres Vaters, des Gefängniswärters, der ihr die Ballspiele und Laufrunden der Gefangenen hinter den Mauern in düsteren Farben beschrieb, behauptete ihr Mann damals. Sie verabscheute auch Gesellschaftsspiele. Bornierte Leute mögen keine Spielregeln, alles, was beschränkt und begrenzt, hält ihnen einen Spiegel vor, spottete der heutige Gert. Sie überhörte einfach seine boshaften Erörterungen über die Übereinstimmung »einer eingequetschten Seele« mit den eingeengten Plätzen, über ihr »Stolpern in eigenen Fesseln«, über ihre Unfähigkeit, Probleme einzuschätzen, (»eine blinde Stute kann ja keine Barriere überspringen«), über ihre »Schlechter-Verlierer-Mentalität«, die bei allen humorlosen Menschen zu beobachten sei. Zufallsspiele wie Roulette gefielen ihr besser, und früher waren sie beide gern ins Casino gegangen und hatten sich gegenseitig über ihre Verluste getröstet.

Ob Gert noch in der Lage war, ein Loch zu treffen? Die Spielregeln respektieren, sich an die Etikette halten, sich zielstrebig auf den gezeichneten Wegen bewegen, konnte er das noch? Oder suchte er mit anderen Golfern Streit? Ob er vielleicht jetzt nur noch am Grün herumirrte oder nach verlorenen Bällen im Gebüsch suchte oder danach ewig in den Teich hineinglotzte, in dem sie verschwunden waren? Sie hatte ihn vor zwei Wochen – trotz seines Protests – begleitet und beobachtet. Er hatte beim ersten Anschlag das Tee betastet, als wüsste er nicht mehr, dass er dorthin den Ball setzen sollte. Darauf angesprochen, behauptete er, sie würden schief liegen. Beim siebten Loch hatte er vergessen, die Fahne wegzunehmen, bevor er schlug, und erst nach mehreren Versuchen kam er darauf und hatte beleidigt wütend die Stange weggeschleudert: Henrietta, wenn du dabei bist, bin ich völlig unkonzentriert! Gott sei Dank sah keiner zu. Am selben Tag hatte er den Ball in Richtung eines Spielers geschlagen und nicht mal »Ball« geschrien, wie es sich gehörte, und ihr wieder die Schuld zugeschoben. Du lenkst mich ab! Der Ball war ohne Warnung knapp an der Schulter des Mannes vorbeigerast. Außerdem hatte Gert viel zu lange auf seinen in einem Bunker gelandeten, aber sehr sichtbaren Ball gestarrt, als entdeckte er ein Ei im Sand. Er hatte zum Teil noch recht gute Schläge im ersten Teil gehabt, schließlich aber eine weit überhöhte Anzahl an Par gebraucht, um sein Ziel zu erreichen, er verpatzte die meisten und der Ball verirrte sich fast immer im Gebüsch. Du störst, Henrietta!

Vielleicht ging Gert jetzt einfach durch das Gelände spazieren, mit seinem Golfschläger, seinen Bällen, dem Trolley und erinnerte sich nicht mehr, was er da zu suchen hatte? Ob er noch wusste, dass er seine erste wichtige Prüfung gefälscht hatte? Wusste er überhaupt noch, was ein Physikum war? Ja, das ganz sicher, er sprach noch sehr genau über die Vergangenheit, über ihre ersten gemeinsamen Jahre zum Beispiel, und er erzählte auch gern von seiner Studienzeit – mit den notwendigen Auslassungen. Es gab aber Augenblicke der Abwesenheit, er schaute orientierungslos oder vorwurfsvoll und griff sie an, wenn sie ihn ansprach: Was erzählst du da für einen Unsinn, kann ich mein Bier nicht friedlich trinken, warum musst du dich unbedingt mit mir unterhalten, wo wir uns ewig dasselbe vorkauen? Merkwürdig, wie genau und erfolgreich er noch manche Handreichungen, Handwerksarbeiten, Reparaturen ausführte: Neulich hatte er sich ein verstopftes Rohr im Bad vorgenommen, wusste nicht nur, wo sein Werkzeug lag, sondern auch, wie man das Knie eines Rohrs aufschraubte, er schimpfte über die Haare und den Dreck im Abfluss, ließ viel Unordnung auf seiner kleinen Baustelle zurück, aber das hatte er schon immer gemacht. Sie war für das Aufräumen zuständig, Frauen können wenigstens dies tun, wenn sie selbst unfähig sind, ein verstopftes Rohr zu reparieren, so der alte wie der neue Gert. Oder neulich, als sie sich am Arm kratzte und er ihr die Hand festhielt, sich die verkratzte Stelle anschaute, wo sich auch ein Leberfleck befand, seine Brille anzog, nee, sagte er, kein Melanom, meine Dame, das sehen wir mit dem bloßen Auge, so schnell bin ich dich nicht los. Und es schimmerte sogar Freundlichkeit in seiner gespielten Enttäuschung. Manchmal hatte er noch liebevolle Einfälle, ein Küsschen, plötzlich vom Himmel gefallen, als sie beide am Fenster eine Katze im Garten anschauten und so nah beieinanderstanden: Er küsste sie, nur ein Reflex, wer weiß, als sie sich zueinander drehten, vielleicht auch ein Anflug von Liebe, ein Hauch von Erinnerung an Liebe. Und bei dem Rohr, bei dem Kuss, fragte sie sich, ob er nicht den Kranken spielte, ob sein Alzheimer nicht eine neue Fälschung sein könnte, vielleicht um der Justiz oder nur der Selbstjustiz zu entkommen, den Vorruhestand vor aller Augen damit legitimieren, damit ihm niemand mehr etwas anhaben konnte. Sie hatte ihn nie zum Neurologen begleitet, auch nicht zum Scanning, und er wiederholte immer wieder, dass er gesünder sei als sie, dass sie ihm die Krankheit angedichtet hatte. Wie erschöpft sie war.

Sie parkte vor der Anlage, unfähig auszusteigen. Sie fixierte das hohe Zaungitter der Anlage vor dem knallblauen Horizont und blieb an Visionen hängen: Sie heirateten im Sommer. Die Schatten scharf gezeichnet, alle Gesichter glänzend wie bei einem frischen Gemälde. Gert schwitzte in seinem dunklen Anzug, er erschien weicher, menschlicher als alle anderen, ein Wesen von

Fleisch und Blut, während die Hochzeitsgäste einen konventionellen Hintergrund abgaben. Er war zu Fuß zur Kirche geeilt und seine Wangen waren rosig, sein Blick aufgeregt und amüsiert zugleich, seine Frisur zerwühlt. Er schaute provokant an seinen Eltern vorbei und bot dem Gefängniswärter den Arm der Braut an, während er sich die Gefängniswärterfrau schnappte und alle bei Mendelssohns Hochzeitsmarsch die Kirche betraten, seine verärgerten Eltern erst als drittes Paar. Das Mädchen Henrietta heiratete einen Mann, der sie am Tag davor gewarnt hatte: Meine kleine große Henrietta, ich glaube nicht, dass ich dir ein Leben lang treu sein kann, aber ich heirate dich gern, lieber als jede andere. Es war ein gelungener Hochzeitstag, ein großes Mädchen mit zu breiten Schultern verschwand unter einer weißen Spitzenlawine. Ihr Kleid wie das Restaurant hatten die Schwiegereltern bezahlt und Gert hatte extra das Teuerste ausgewählt, das sie finden konnten. Henriettas Glück aber war nach innen gekehrt und unsichtbar. Den prunkvollen Hochzeitstag empfand sie nicht als den schönsten Tag ihres Lebens (genieß, mein Kind, sagte ihre Mutter, den schönsten Tag deines Lebens), nein, das Ja in der Kirche war das Abfahrtsignal zu einer beschwerlichen und interessanten Expedition, das wusste sie, auch ohne Tropenhelm und schwere Wanderstiefel fühlte sie sich für dieses Abenteuer bereit, für gute und für schlechte Zeiten unbesiegbar.

Für die Hochzeitsreise war geplant, sich einen Monat lang »in jedem banalen Hafen der Ehe zu lieben«: Sie fuhren die Nordseeküste entlang Richtung Westen und Süden, klapperten nach den Niederlanden die Strände und Klippen Belgiens und Nordfrankreichs ab, bevor sie die Normandie, die Bretagne, dann am Atlantik weiter La Rochelle, Bordeaux und Biarritz entdeckten. So sammelten sie die Häfen und Henrietta die Erinnerungen: Fotos, Hotelprospekte, handgeschriebene Menus, eine Muschel, den schönsten Kiesel am Strand, eine Blume, einen Casino-Chip, Tickets für Liegestühle, die bekritzelte Michelinkarte. Sie schickten Ansichtskarten an die gemeinsame Adresse, sie schrieb, er zeichnete nur Pornobilder darauf. Und als sie zu Hause war, schloss Henrietta alle ihre kleinen Schätze in einem Schuhkarton ein.

Sie war kurz eingenickt. Das passierte ihr immer öfter. Ganz zu schweigen von den Migränen. So ein Mist. Das neue Leben, Fischers Drohungen, Gerts Krankheit, die Planung des Festes, alles setzte ihr zu. Sie sollten beide, Gert und sie, nach dem Fest verreisen und sich an einem Strand erholen, weit weg von Fischer, von der Praxis, an der Gert noch hing, weit weg auch von dieser Sanderia und ihrem Filmprojekt. Sie würde heute noch mit ihrem Mann darüber sprechen. Sand, glitzerndes Wasser, Palmen, kleine Fischrestaurants am Strand, er und sie.

Sie holte ihn bei der fünfzehnten Spielbahn ein. Er spielte allein, für sich, und schaute erstaunt zu ihr: Ach, da bist du wieder. Darf ich noch die Strecke zu Ende spielen? Ich habe es mir heute nicht leicht gemacht. Sie folgte ihm auf den Fersen von Loch zu Loch. Sie stand einen Augenblick auf einer kleinen Brücke und beobachte, wie er den Ball ins achtzehnte Loch schob, wie konzentriert er ihn auf das Tee legte, wie er zum Abschlag ausholte, den Ball traf, dessen Flugbahn er wie gebannt verfolgte, sie sah zu, wie er mit offenem Mund schneller atmete und darauf wartete, ob ihm der Schlag geglückt war, und tatsächlich landete der Ball im Grün: Er drehte sich lachend zu ihr hin, na, Henrietta, was sagst du dazu? Es bedurfte höchstens noch zweier Schläge, um den Ball ins Loch zu befördern. Den hielt er fest in der Hand, schien das Wabenmuster im Handballen zu genießen und Kraft daraus zu schöpfen. Das perfekte Glück war für ihn mehr denn je ein gelungener Schlag.

In diesem Augenblick wellte sich das Gelände, sie hatte Schwierigkeiten zu stehen, Gert, rief sie, Gert, was ist los? Der Rasen wuchs ihr an den Mund, sie war auf die Knie gefallen. Ein Erdbeben, keuchte sie, ein kleines Erdbeben. Na so was, sagte Gert, der neben ihr kniete und besorgt aussah. Hast du dir weh getan?

Als sie den Wagen erreichten, ließ Gert einen letzten Blick zum Golfplatz schweifen, dann drehte er sich zu Henrietta, sein Blick war so melancholisch, fast zärtlich, dass sie eine sehr persönliche Mitteilung erwartete, etwas, was sie einander wieder näherbringen würde: Wie kurz, sagte er aber, sie den Rasen gemäht bekommen, und doch noch so frisch die Wiese.

Gert, der Rasen stand mir plötzlich an den Lippen, ich hätte grasen können.

Ach, ein Schwindelgefühl, mach dir deshalb keine Sorgen.

Nein, es war ein kleines Erdbeben, du kannst die Leute fragen. Hast du denn selbst nichts bemerkt?

Nein, sagte er, vielleicht war das Erdbeben nur an deiner Stelle zu spüren.

Ich bin noch kein Vollidiot. Du brauchst dich nicht lustig zu machen.

Tu ich nicht. Jedem kann es einmal schwindeln.

Er fuhr schweigend. Wir haben jetzt praktisch alle Zusagen auf die Einladungen erhalten, sagte Henrietta. Der Briefträger hat heute Morgen die letzten gebracht. Unsere Bekannten freuen sich alle.

Ich freue mich auch, besonders auf die kleine Sängerin, wie heißt sie noch.

Du weißt es genau. Klara, die Freundin von Viktor.

Ach, ist sie noch seine Freundin?

Gert lächelte ironisch und ließ abfällig folgen: Die beiden passen doch gar nicht zusammen.

Findest du, dass sie besser zu einem alten verrückten Bock wie dir passen würde?

Du allein siehst mich als alten verrückten Bock. Es ist eine optische Täuschung, nee, sagen wir eine Wunschvorstellung von dir.

Ich habe mir für dein Fest ein schönes Kleid gekauft.

Es wird dich nicht jünger machen.

Nein, aber eleganter, mein Lieber. Vielleicht solltest du dir auch etwas Neues kaufen.

Ihr Frauen habt nur das eine im Kopf: Kaufen.

Die Schlange kann sich häuten, der Hirsch bekommt ein frisches Frühjahrsfell, der Mann kauft sich halt einen neuen Anzug.

Auch mich werden neue Klamotten nicht jünger machen, und auch nicht eleganter.

Und ganz sicher nicht klüger, ergänzte sie.

Auge um Augen, Zahn um Zahn. Ihr erster Streit fand kurz nach der Hochzeitsreise statt, sie erinnerte sich nicht mehr weswegen, wohl aber an Gerts Tadel: Dir gibt man den kleinen Finger und schon willst du die ganze Hand. Er also sah sich als Gönner, sie als die Beschenkte, die dankbar und bescheiden bleiben sollte. Gert hatte mit einer bloßen Redewendung in ihrem Aschenputtelkomplex herumgestochert: Es entstand wieder das unsichere Mädchen, das der Prinz, der reiche Mann oder der klügste geheiratet hatte. Nach und nach aber entdeckte sie eine Methode, um Gerts Verletzungen zu überstehen: Sie musste sich nur dieses bewusst machen: Von einer Replik zur nächsten machte sich die Sprache selbständig, die Worte entschieden die Richtung und nicht Gert, nicht sie, die Worte prallten automatisch ab und zurück und man konnte sie schnell vergessen, verlorene Bälle im Gebüsch.

Sie schloss wieder die Augen, während Gert fuhr, um das Grasgrüne wieder vor sich zu sehen, ein Bürstenschnitt am Grünen, auf einem riesigen Schädel mit seinen Kurven, seinen Rillen und Rinnen, seinen Unebenheiten, den Buckeln und Mulden, sie spürte die Vibrationen der Erde unter dem Rasen und wünschte sich die völlige Erlösung und Auflösung ihrer Person. Ich wünsche mir, sagte sie, die völlige Auflösung meiner Person.

Gert bremste abrupt. Solche Wünsche, brummte er, gehen irgendwann in Erfüllung. Du machst wegen eines kleinen Schwindelanfalls viel zu viel Theater. Sie öffnete die Augen und sah die rote Ampel. Der Schwindler bist du, murmelte sie. Und er: Was hast du heute sonst gemacht, außer Kleider kaufen? Ein Kleid nur, und ich habe Viktor besucht. Viktor? Warum denn das? Warum belästigst du den armen Jungen? War er denn heute nicht in der Praxis?

Mittwochnachmittags ist doch die Praxis zu. Mittwochs, sagte sie, Mittwochnachmittags bist du meistens in ein Stundenhotel gegangen, mit irgendeiner. Sie schloss wieder die Augen, es drehte sich erneut alles. Der Arsch einer Frau bewegte sich auf und ab in einem Spiegel. Und du, fragte Gert sehr ruhig, was hast du Mittwochnachmittags immer gemacht, Henrietta? Haushalt, Einkäufe, auch die Buchhaltung habe ich erledigt, den ewigen Papierkram, mich um unsere Tochter gekümmert, und manchmal habe ich einen Kuchen gebacken und eine Freundin eingeladen. Gert? Du erinnerst dich wohl an deine Geliebte Carolin, oder? Gerlach hob die Schulter: Ach Henrietta, Carolin war eine frühere Kommilitonin, du verwechselst wieder etwas. Vielleicht eine kleine Affäre. Er hob die Stimme: Eine Affäre halt, Sexgeschichte, willst du mir jetzt eine Szene machen? Pass auf, sagte sie, du bist haarscharf an dem Rückspiegel des Wagens rechts vorbeigefahren. Ich will dir keine Szene machen, ich möchte mit dir darüber sprechen.

Warum? Meine Seitensprünge haben bei mir keine großen Erinnerungen hinterlassen, vergiss sie. Schließlich warst du keine Sexbombe, meine arme Henrietta.

Hör auf! Wütend griff Henrietta nach dem Steuer und riss daran. Gert versuchte dagegen anzukämpfen und schaffte es, noch rechtzeitig zu bremsen und an der Seite anzuhalten, allerdings auf dem Fahrradweg. Ein empörter Radfahrer machte einen schnellen Bogen um den Wagen, es gelang ihm, das Gleichgewicht zu halten und er tippte sich brüllend an die Stirn, während er vorüberfuhr.

Erinnerst du dich an den Detektiv Fischer?, sagte Henrietta, er ruft ja dauernd an, und er hat mich vor Kurzem besucht, bedroht, und dann Viktor …

Ich weiß nicht, mit wem du dich herumtreibst, wen du empfängst, wenn ich Golf spiele. Können wir weiterfahren?

Nein. Fischer, sagt dir der Name etwas?

Es gibt Millionen Fischer in der Bundesrepublik. Wie viele hatte ich unter meinen Patienten?

Zwei oder drei, aber keinen Detektiv. Ich wollte die Geschichte ohne dich regeln, Gert, ich wollte es noch vor fünf Minuten. Du hast die Wahl, ich lasse dich entmündigen und kann über das Geld verfügen, das der Scheißdetektiv verlangt, oder du gehst mit zur Bank und wir heben das Geld zusammen ab oder du akzeptierst, dass Fischer deine Fälschung an die große Glocke hängt – mit allen Konsequenzen, die daraus folgen.

Er lachte: Konsequenzen? Was für Konsequenzen?

Du kannst dir auch etwas anderes einfallen lassen, zum Beispiel, den Fischer killen. Du hast freie Hand.

Ach, Henrietta!

Er machte das Autoradio an, es lief Musik. Das Gespräch ist beendet, sagte er. Mach dir keine Sorge, ich habe alles im Griff. Er schaute sie von der Seite an: Er hatte ganz klare Augen, belustigte, ja, so belustige Augen. Wir haben als Kinder Killer gespielt, sagte er noch, es hieß damals anders, Räuber und Gendarm. Ich war lieber der Räuber. Wie war das bei euch Mädchen?

Eine Radfahrerin fuhr heran und gestikulierte wütend. Sie erinnerte Henrietta an ihre Tochter: der dunkle Blick, die braune Mähne, die aus dem Helm herausguckte. Die Frau klopfte an das Fenster, das Henrietta runterließ, und knurrte: Wisst ihr, dass ihr den Fahrradweg blockiert? Wohl alle Rechte mit der blöden Kiste gepachtet? Gert lächelte entzückt das Mädchen an. Fräulein, sagte er an seiner Frau vorbei, Sie platzen in eine Ehekrise, Sie retten mir das Leben, danke für die Ablenkung.

Die Radfahrerin schaute milder. Sorry, grinste sie, passiert in den besten Familien … Sie fuhr weiter und Gert sagte: Hübscher Hintern, das Mädel. Was wollte sie eigentlich von uns?

Was würde deine Tochter dazu sagen?

Wozu?

Henrietta schlug die Hände vors Gesicht. Die Augen brannten, sie blinzelte, schluckte, ihre Züge verkrampften, die Tränen liefen aber schon. Ich weine, wunderte sie sich, schade, dass ich nicht bei Viktor habe weinen können. Er hätte sie in die Arme genommen und getröstet, sie hätte ihren Kopf an seine Schulter gelehnt, nach Art der Leute, die routiniert weinen, sie hätte irgendetwas Verzweifeltes geschluchzt, so wie, ich kann nicht mehr, was soll ich bloß tun, er hätte seine Finger in ihr Haar getaucht, er hätte gewartet, dass sie sich beruhigte, und Dinge gesagt wie, es wird wieder gut, ich kann Ihre Verzweiflung verstehen, Sie fühlen sich betrogen, unglücklich, hilflos. Sie hatte seit Jahren nicht geweint, und erst die Beleidigung einer unbekannten Radfahrerin brachte sie dazu.

Warum weinst du? Ist noch keiner gestorben, oder?

Gert betrachtete sie interessiert. Dann langte er nach ihrem Kopf, strich leicht über ihr Haar, bevor er die Hand schnell zurücknahm, als hätte es geknistert. Alles wird wieder gut, sagte er. Ich weiß schon längst Bescheid, habe aber einen Plan, der Fischer wird uns nichts anhaben können. Und jetzt fahren wir nach Hause, bevor die Kiste Wurzeln schlägt.

In seiner Stimme lag etwas Weiches.

Zu Hause sprach vorerst keiner mehr das über Problem Fischer. Gert hatte sich mit der Zeitung – die er las, die er nicht las? – im Salon niedergelassen. Henrietta durchsuchte die Post. Sie ließ die Umschläge durch die Hände gleiten und entdeckte sofort einen Brief der Detektei Fischer.

Sehr geehrte Frau Gerlach,

Sie feiern also die wohlverdiente Pensionierung Ihres Mannes. Wir freuen uns sehr für ihn und werden bei dem Fest nicht fehlen. Im Namen meiner verstorbenen Frau, Carolin Leitner, die sich so gefreut hätte, dabei zu sein, bereite ich jetzt schon eine kleine Über-

raschung vor, eine Ansprache (nichts Langwiriges, in der Kürze liegt die Würze), die ihre Gäste erfreuen wird. Aber vielleicht sehen wir uns noch vorher? Hochachtungsvoll, Ihr ergebener Ludo Fischer.

Sie starrte auf das Wort »Langwiriges«, als wäre der Rechtschreibfehler das Schlimmste an dieser Nachricht, eine Bestätigung dieses »in der Kürze liegt die Würze«, und hörte das Lippengeräusch des rauchenden Gerlach, ein friedliches Geräusch, das sie mochte, ein kleines platzendes Bläschen. Die Pendeluhr ließ acht dunkle Schläge erklingen, und bei jeder Schwingung wurde es Henrietta übel, als würde ihre Hinrichtung angekündigt.

Ich bringe das Schwein um, murmelte sie. Sie spürte, wie sich ihr Körper verkrampfte, schaute starr vor sich hin, wie sie mit einem Stein auf den Kopf des auf einem Gartenstuhl sitzenden Detektivs einschlug, wie Knochen zerdrückt wurden, Blut spritzte, wie sie den blutverschmierten Stein ansah, sich die klebrigen Haare merkte, wie sie mit den Zähnen knirschte, als sie Gerts Stimme hörte:

Was machst du für ein Gesicht, Henrietta? Hast du Schmerzen?

Sie reichte ihm den Brief, den er belustigt überflog: Ach, das schon wieder? Vergiss es. Wann essen wir zu Abend? Ich mache schon mal die Nachrichten an.

(Moira)

Während du dich über die Haut deiner Patienten neigtest, wechselte ich öfter den Film. Alle Filme wurden zu Membranen eines einzigen Körpers, ein Leib, in dem ich euch einschließen wollte. Sind auch Filme Gefängnisse? Ihr seid mir entflohen.

Mich juckt es unter dem Gips. Ich kriege ihn bald ab und erfülle mir damit einen menschlichen Wunsch: sich Häuten.

In der Frühjahrsluft blühten die Apfelbäume. Ich dachte also daran, mich zu verzetteln. Meine Kamera wollte ich nach Königstein spazieren führen, ein bisschen Frühling im Taunus schnuppern, ein paar Gedanken auf dem Gesicht deiner Klara festhalten, daraus schließen, was in ihrem Kopf vorgeht, in dem zurzeit komische Vögelchen nisten, einer Klara, die gerade ihren Mund zu einem so langen und breiten OOO aufreißt, dass man ihr ein Ei reinschieben könnte, am Klavier der Typ, ehemaliger oder zukünftiger Kommilitone, Bewunderer und Freund Fabian oder Florian, ich sollte mir die Namen der Komparsen aufschreiben, ich vergesse sie immer wieder, Florian, der sich im Hintergrund hält, hinter dem Flügel versteckt, aber Klaras Stimme mit seinen sensiblen Akkorden in weiten Höhen zum Schweben bringt. Sie holt die verlorene Zeit nach, entfaltet sich glänzend, eine Künstlerin wird geboren und baut sich ihre eigene Welt. Ich fuhr aber nicht nach Königstein, freute mich dafür auf ein Wiedersehen in der Praxis des Mannes, der mir so gut gefiel. Außerdem steckte meine Kamera derzeit zu sehr bei Gerlachs und brütete Dramatisches. Gert ist ein Erzählgeysir. Er vertraut mir sein Leben an, hemmungslos, auch er hat keine Zeit zu verlieren, kaum bin ich in seinem Zimmer, sprudelt er los. Wir sind längst weg von der Dermatologie, er fokussiert seine Geschichte auf Henrietta und andere Frauen, die er geliebt hat, er sagt *geliebt*, ich lächle gnädig. Doch

Henrietta hat er in der Tat lieb gehabt, und er hat sie noch immer lieb, glaube ich, obwohl die Fetzen fliegen, obwohl die Arme spinnt und überall erzählt, er leide unter Alzheimer. Manchmal spielt er mit, sagt er, »um sie nicht noch mehr zu verwirren« und weil es doch »ganz nebensächlich« sei. Sie sei krank, sehr krank, verweigere sich, ihre Krankheit wahrzunehmen, verleugne sie, sie verdränge die Symptome, und er lasse sie. Auch ihre Eifersucht sei krankhaft oder sie sitze an der Quelle der Krankheit. Ist immer da gewesen, sagt Gerlach, die Eifersucht, immer da. Henrietta wirft mir argwöhnische Blicke zu, die mich erschaudern lassen, aber, soweit ich von Gerlach unbeeinflusst in dieser Geschichte durchblicken kann, hatte sie ihr Leben lang berechtigte Gründe zum Misstrauen. Der alte Don Juan hat mir erzählt, dass er Henrietta aus »einer Art Mitgefühl« und auch aus Trotz geheiratet hat. Er wollte diesem besonderen Mädchen »eine Freude machen« als »eine Revanche« ihrem schrecklichen Elternhaus gegenüber, ihm gefiel außerdem, gegen die Erwartungen seiner bürgerlichen Eltern anzugehen, er hatte das Gefühl, sie mit dieser Hochzeit im höchsten Maß zu beschenken und rebellisch zu handeln, neue Werte zu setzen. Ich fand seine Motivationen sympathisch, tat aber leicht indigniert: Wie kann man aus Mitleid heiraten, mein Herr? Man respektiert nicht, was man bemitleidet. Ein gemeiner Gemeinplatz, sagte er, er habe nicht gewollt, dass dieses Mädchen untergeht, nein, er habe keinen Helferkomplex, auch als Arzt nicht, nein, es sei eine Frage der wahren Intelligenz, der tiefsten Menschlichkeit (wahre Intelligenz und tiefe Menschlichkeit nannte er als die höchsten Tugenden überhaupt, die er selbst natürlich besaß!), niemand habe Henrietta geliebt, und nach dem Motto, irgendjemand muss es tun, habe er es getan. Und Henrietta sei sehr liebenswürdig gewesen, sie habe eine anziehende Kraft, die er gespürt habe, eine Loyalität, die seiner Familie und ihm selbst immer gefehlt habe, keine Schönheit vielleicht, ein bisschen spröde, nicht gerade spritzig, aber eine Persönlichkeit, schon in jungen Jahren von der Härte des Lebens geprägt, keine verwöhnte Göre wie seine eigene Mutter. Und ich solle nicht glauben, dass die physische Liebe, das Jubeln der Sinne darunter gelitten hätten, denn im Bett habe Henrietta eine klitzekleine masochistische Art, die der raffinierte Gerlach später eifrig aufblühen ließ und die ihn sehr anregte (ich glaube ihm gern, dass er ein guter Meister war), mindestens in den ersten gemeinsamen Jahren. Diese Frau ging ihm unter die Haut, es sei schwierig, das jetzt nachzuvollziehen, gab er zu und erzählte ungeniert Dinge, die dich zum Erröten brächten und die im Film ein Massenpublikum anziehen würden, also ich behalte sie für mich, fördere damit deine Fantasie, und wir werden eventuell – in einem anderen Leben – deren Früchte zusammen ernten. Henriettas Eltern haben sie auf eine verzogene Art erzogen, eine perverse, nein, es ging nicht um klassischen, polizeilich anzeigbaren Missbrauch, viel mehr um bizarre Strafen und Einschüchterungen. Der Vater habe sie zu seiner Arbeitsstelle gebracht, er war ja Gefängniswärter, und mit der Komplizenschaft der Kollegen habe er seine achtjährige Tochter zur Strafe (welches Verbrechen kann ein kleines Mädchen begehen, einen kleinen Diebstahl? Eine Angstlüge?) einen Sonntag lang in eine Zelle eingesperrt, damit sie erlebe, was bösen Mädchen blüht, die ihrem Papa nicht gehorchen. Nicht Henrietta habe ihm davon erzählt, die den verdammten Tag tief in die Verdrängungszellen ihres Gehirns verbannt habe, sondern der naive Gefängniswärter selbst, der bei Gert mit seiner strengen Erziehung prahlte und ihm sagte, es sei bei ihm nichts zu holen, außer einer anständigen Tochter.

Und jetzt eine kurze Abschweifung:

Mein Schwiegermütterchen hat nur eine Woche geschmollt. Dann ihren Sohn selbst eingeladen sowie seine Lebenspartnerin und ihr Monstrum, das sie mit einem Puzzle (Amerika) willkommen hieß. Der kleine Herr saß auf dem Boden, vor ihm ein chaotischer Archipel, und nach fünf Minuten hatte er die meistens Kartonstücke verbogen, weil er unpassende Teile gewaltsam ineinanderschob.

Hast du den Stella Point erreicht?, vielleicht hast du es bis zum

Uhuru Peak geschafft. Ich hoffe, du hast da oben keinen Nebel, nur eine klare Sicht, du kannst deinen Sieg mit Sekt feiern und vor allem, dass du noch Sohlen unter den Schuhen und die Kraft hast, mit deinen Trägern hinunterzugehen. Der Kilimandscharo-Gott soll dir gnädig sein und dich von allem Kummer reinwaschen. Wirf alle dich sengenden Gedanken in den Trichter des Vulkans.

22

Im Wohnzimmer ließ sie die Vorhänge abgleiten, die sie waschen wollte. Es waren Vorhänge aus weißer Baumwolle, ein schwerer Gitterstoff, der die ganze Breite des Terrassenfensters verschleierte. Sie besaßen die Vorhänge seit ihrem Einzug in diesem Haus vor dreißig Jahren und waren mit ihnen zusammen ergraut. Sie hätte sie gern gegen Rollos oder pflegeleichte Schlaufenvorhänge ausgetauscht. Gert aber lehnte jede häusliche Veränderung ab. Nur die Frauen hatte er gern gewechselt. Jede weitere Änderung glich für ihn überflüssigem Energieverbrauch. Wenn sie das Thema Vorhang ansprach, ließ er den Blick über die alte Stefforgel schweifen und sprach sein übliches Motto: Hängt dein Glück an einer Gardine? Wie spöttisch er dabei schaute. Neue Vorhänge bringen einer unzufriedenen Frau keine Zufriedenheit, grinste er, nagelneue Gardinen erhellen nicht deine Sicht auf die Dinge des Lebens, meine arme Henrietta. Sie wehrte sich: Ich gebe es zu, ich würde lieber den Mann tauschen als die Gardinen. Rideau!, lachte Gert und ließ theatralisch einen Vorhang herab. Mit dieser Replik konnte sich jeder abfinden.

Sie brachte den Wäschekorb in die Waschküche und schaute auf die welligen, staubigen Stoffmassen, als sich ein anderes Bild darüber schob: ein Brautschleier, Wogen von Spitzen und Organza. Abends im Hotel des ersten Hafens hatte sie sich im Spiegel des Kamins betrachtet. Ihr Gesicht sah sie zwischen zwei schwarzen Hunden, Marmorwerke, die sie abscheulich fand. Sie schnitt ihnen Grimassen. Dein Gesicht kannst du nicht umtauschen, sagte Gert, der hinter ihr stand und ihre Brüste in den Händen wiegte, nimm es, wie es ist. Das kleine hässliche Mädchen erschien, das in einer kalten Diele lief, spürte seine nackte Haut unter dem Rock, seine dünnen Beine, die weiterlaufen sollten, denn es war Gefahr im Verzug. Sie spürte das Geräusch schwerer Schritte hinter sich, den Atem von Wölfen, die hinter jeder Tür lauerten und vor Gier heulten, wenn sie ein Kind witterten.

Er seufzte, als sie hereinkam. In der Glotze ist nur Mist, sagt er, eine Arztserie kannst du dir antun, wenn du willst. Ich gönne es dir, mein Schatz. Nein danke, sagte Henrietta. Und er: Wieso? Ich schwöre, dass ich nicht jede Minute sage, was im Film falsch läuft. Er zündete sich eine Pfeife an. Es stieg eine kleine, süßlich riechende Wolke auf. Er reckte sich etwas, streckte das Kinn vor, schloss wohlig die Augen, als aalte er sich in der Sonne. Das Leben ist schwer in Ordnung, sagte er, du brauchst dir keine Sorgen zu machen, alles wird gut. Sie setzte sich ihm gegenüber und kicherte: Schwer in Ordnung? Sie erriet sein Lächeln in der Rauchwolke, schnüffelte daran, spürte seine gute Laune. Wie intim sie doch sein konnten! So gut hätte er es jetzt bei keiner anderen Frau. Sie war ihm immer treu geblieben, auch in ihren Gedanken, alle anderen Männer langweilten sie zutiefst. Sie hatte bisher jeden potenziellen Viktor übersehen. Und als hätte er ihre Gedanken geraten: Manche Leute, sagte er, dürfen nicht mehr zu Hause rauchen, sie müssen auf den Balkon, was für eine schlimme Epoche, nicht wahr? Eine dumme kleine Epoche. Sie wiederholte seine Worte, ja, eine dumme kleine Epoche, ihr Blick haftete auf der langen Bücherwand hinter seinem Schaukelstuhl, eine reich bestückte Bibliothek, in der sie beide lange nicht mehr gestöbert hatten. Wir müssten unbedingt wieder mal ein gutes Buch lesen, sagte sie. Er ließ die Pfeife eine Sekunde ruhen: Du hast aber Mühe, die Tageszeitung zu Ende zu lesen. Alles wiederholt sich doch, sagte sie, von Jahr zu Jahr, von Jahrzehnt zu Jahrzehnt, Krisen, Flugzeugunfälle, Umweltkatastrophen, Attentate am laufenden Band! Ja, sagte er, du hast recht. Sollen wir die blöde Zeitung also abstellen? So sanft war seine Stimme lang nicht mehr gewesen. Er lächelte amüsiert: Ich schreibe der Redaktion, dass wir einer Zeitung mit so viel schlechten Nachrichten kündigen. Wie jung er aussah, ein Schelm, ein liebenswerter Strolch. Und der Wunsch überkam sie, diesen Augenblick festzuhalten. Ich möchte, sagte sie, vor deinem Fest meinen Fotoapparat testen, ich mache jetzt mal ein paar Schnappschüsse. Ach nee, Henrietta, antwortete er, die liebe Moira hat mich in der letzten Zeit so oft gefilmt und fotografiert, dich übrigens auch, manchmal sogar hinter deinem Rücken, lass es lieber gut sein. Die Worte von Gert wurden von neun Schlägen der Pendeluhr begleitet. Henrietta presste die Fäuste zusammen, runzelte die Stirn: Sie konnte mit der Kamera *der Negerin* nicht konkurrieren, nein, wie dumm und nichtig ihr Vorschlag gewesen war. Ich gehe dann ins Bett, sagte sie.

23

Frisches Licht flutete herein, er sah ein Spinnennetz am Fenster glänzen, in der Mitte eine erstarrte Spinne, gelb und schwarz, ein Kunstwerk. Das Telefon klingelte. Klara meldete sich. In diesem Moment wurde aber die überpünktliche Moira von Silvia in Viktors Sprechzimmer gebracht. Viktor hob nur kurz den Blick, der zuerst von Moiras kariertem, bravem Rock gefangen wurde, sich flott über die weiße Bluse (knapp dezentes Dekolleté) zum Gesicht wagte, um sich schnell abzuwenden. Ein Moment, Schatz, sagte er in die Sprechmuschel, und mit veränderter Stimme: Ach, Frau Sanderia, schön, dass Sie schon da sind. Silvia, sind Sie so nett, der jungen Dame schon mal die Räume zu zeigen? Ich bin gleich soweit. Moiras Lächeln wurde noch breiter: Nehmen Sie sich Zeit, sagte sie mit warmer Stimme, ich selbst habe alle Zeit der Welt. Silvia schaute verdutzt. Okay, Chef, wir drehen eine Runde, ich zeige ihr alles, auch Geräte und Computer.

Die Tür fiel sanft zu.

Du hast mich noch nie Schatz genannt, sagte Klara am anderen Ende. Du kannst diese Art Floskel nicht leiden. Was war los?

Silvia kam gerade mit dem Mädchen herein, das sich für Marions Stelle beworben hat.

Ja gut, aber das erklärt dein »Schatz« nicht gerade.

Vielleicht wollte ich den beiden zeigen, dass ich in festen Händen bin, grinste Viktor.

Ist das nötig? Haben sie ein Auge auf dich geworfen?

Silvia ist selbst in festen Händen, glücklich verheiratet und Mutter zweier Schulkinder und hegt nur anständige Gedanken, und die Neue kennt mich noch nicht.

Jetzt war das Gespräch gerade da angelangt, wo es nicht sein sollte, doch fühlte sich Viktor nicht ertappt, obwohl er im Lügen völlig ungeübt war. Etwas in Klaras Stimme klang affektiert, ein unechtes Misstrauen, es flackerte eine Art Genuss darin, als sei sie gerade darauf erpicht, ihn bei einem Fehler zu ertappen. Wünschte sie sich vielleicht, dass er sie betrüge, eine Art, ihre Abwendung und neuerliche Kälte zu rechtfertigen?

Dem Gespräch fehlte es an Natürlichkeit. Er fragte Klara, was sie gerade anhatte, das schwarze Baumwollkleid vielleicht, das sie zusammen in Frankfurt gekauft hatten? Ob es schon sehr warm in Frankfurt sei, ob sie die Heizung abgestellt habe, ob es ihr gut gehe, sie habe neulich über Halsschmerzen geklagt, ob sie Nachrichten von ihren Eltern habe, ob sie seine Eltern diese Woche besucht habe, was hatte Mutti denn gekocht, habe sie mit seinem Bruder gesprochen, ob sie das schöne Wetter nütze, um frische Luft zu schnappen, im Taunus spazieren zu gehen, er fragte, wie es in der Schule sei, ob die Schüler immer noch so turbulent seien und der Schulleiter unfreundlich, er fragte nach dem einen oder anderen Freund, und natürlich fragte er, ob sie jetzt die Lieder für Gerlachs Abend beherrsche, er zog das Gespräch in die Länge, lauter Luftballons, die sie freundlich, aber lustlos wie ein verwöhntes Kind platzen ließ, nur die Frage nach dem schwarzen Kleid und nach den geübten Liedern lockte sie aus der Reserve, nein, sie habe ein neues Kleid an, pinkfarben, sie habe Lust auf frische sommerliche Farben gehabt, ja, sie habe diese Woche eine neue Melodie eingeübt, aus La Traviata, sie wisse noch nicht, ob sie nächste Woche so weit sein werde, sie vorzutragen, mehr wolle sie ihm nicht erzählen, das Konzert müsse auch für ihn eine Überraschung sein. Sie fragte nach dem Wetter in Köln und er antwortete, ein Gewitter braue sich zusammen. Er schaute der Kreuzspinne zu, die ganz langsam ein Bein streckte, Klara fragte bemüht nach der Anzahl der Patienten in der Woche, fragte neckisch (gekünstelt neckisch?), ob die Neue gut aussehe, ich weiß noch gar nicht, ob sie die Neue ist, antwortete Viktor, Klara erkundigte sich kurz nach der Gesundheit von Gerlach, dann stotterte sie: Ach, was wollte ich dir noch sagen, sie stockte, ach, jetzt ist es mir entfallen.

Sie verabschiedete sich, sie wollte noch mit Kollegen ins Kino, ja drei Kollegen, nee, er kenne sie nicht, apropos, der Florian Lieske, mein Klavierbegleiter, der kommt übrigens auch zu den Gerlachs, das weißt du schon, sie haben ein Zimmer im Hotel für ihn reserviert, also dann mein Schatz, und sie lachte kurz auf. Sie ließen beide ihre Lippen schnalzen, es gab bei Klara zwei kurze schmatzende Geräusche, bei ihm ein einziges, das, mit einem Seufzer gemischt, wie eine kaputte Luftpuppe klang.

Laufen, Joggen, Rennen, wäre jetzt das Passende. Der Wald war fast sommerlich geworden, die Brennnesseln über einen Meter gewachsen, schmächtige, anonyme Waldblüten gingen auf, Stechmücken schikanierten die Spaziergänger, die sich auch bei schmalen Wegen vor den Zecken in Acht nahmen. Sobald er Moira abgefertigt hätte, würde er seine Laufschuhe anziehen und in den Wald gehen. Die Abende wurden jetzt länger. Er warf einen Blick durchs Fenster. Vielleicht platzte noch ein Gewitter. Ein Pfadfinder ging vorbei, sein dicker Rucksack rief Jugenderinnerungen hervor, lange Wanderungen mit seinem Freund Leo, als das Leben noch einfach gewesen war, sie beide Schüler, als sie im Taunus oder in den bayerischen Alpen biwakierten. Sie schauten zum bestirnten Himmel und rissen grobe Witze, um ihre Rührung über die Schönheit des Augenblicks zu verbergen, bliesen das Lagerfeuer aus, schlüpften in ein kleines Zelt. Morgens hängten sie sich den Rucksack um, ein unbeschreibliches Gefühl, sein echtes Zuhause jetzt auf dem Rücken zu haben, um weiterzuziehen. Es war die wunderbare lieblose Zeit, die Zeit der Freundschaft, der Komplizenschaft, des Mannseins, der gewagtesten Erwartungen, ohne dass ein schnippisches Mädchen einen zur Schnecke machte, ohne dass man als Spross von Jahrhunderten machohaften Generationen, als Sohn des Doktors und der Frau Doktor Sowieso, als Verlobter der Sängerin Klara, als Bruder eines Neurotikers, als Chef von zwei Angestellten, als Arzt von zig Patienten sich rechtfertigen musste. Er wurde rot, als hätte er über diese Erörterungen vor einem gefüllten Saal am Mikrofon schwadroniert.

Er traf die beiden Frauen, die sich lebhaft vor dem Computer unterhielten. Sie können gehen, Silvia, ich kümmere mich jetzt um Frau Sanderia. Vielen Dank, dass Sie noch geblieben sind. Ich wünsche Ihnen ein schönes Wochenende.

Ich weiß nicht, sagte Moira, ob ich dich beruflich befriedigen kann. Ich müsste eine Menge lernen.

Sie werden das tun, sagte Viktor und lächelte vor ihrem ernsten Gesicht. Wenn Sie sich entschieden haben, können Sie schon jetzt unterschreiben. Ich habe den Vertrag vorbereitet.

Du bist ein Mann der Tat.

Sie können am nächsten Montag anfangen.

Sie folgte ihm und unterschrieb den Vertrag, ohne ihn zu lesen. Und noch eins, stotterte dann Viktor, wir hören mit dem Flirt auf. Nichts ist unheilversprechender als eine Affäre innerhalb eines Arbeitsverhältnisses.

Nichts aber ist spannender, Herr Doktor. Ich lass mich übrigens nicht wie ein Pferd einspannen, um zu pflügen, wo man mir befiehlt. Sie können mich beruflich lenken, meine Gefühle leider nicht regulieren.

Moira, sagte Viktor, Ihr Geschmack für schiefe Bilder ist charmant, aber meine Freundin kommt in einer Woche.

Ich aber bin schon da, Herr Doktor. Wenn deine Freundin dich echt lieben würde, stünde sie schon auf der Matte.

Sie irren sich, Moira, heutzutage, in unserem Land, ist niemand der Sklave seines Partners, jeder hat ein eigenes Leben, eigene Pflichten, die er wahrnehmen muss.

Deine Neigung für unterschwellig rassistische Bilder ist amüsant. Wer liebt, Herr Doktor, besitzt mehr als berufliche Pflichten und einen hübschen Sopran, er hat eine Berufung. Eine innere Bassstimme zieht ihn zu dem Ort seines tiefen Glücks. Anscheinend seid ihr ein müdes Paar.

Wir sind ein vernünftiges Paar. Wir haben ein Herz, aber auch einen Kopf.

Dann fehlt doch Wesentliches: Geschlecht und Seele.

Moira war aufgestanden und, nachdem sie ein paar Schritte im Raum gemacht hatte, setzte sie sich auf den Schreibtisch und schaute Viktor in die Augen.

Ich weiß, dass Sie mich nicht lieben, Herr Doktor, ich weiß, dass Sie ein konservativer, lieber, anständiger junger Arzt sind, einer, der Gutes tun will, Ihr Land, Ihre Erziehung, Ihr deutsches Leben hat aus Ihnen einen zivilisierten und korrekten Menschen gemacht, aber Sie sind auch ein anderer, und wenn ich mit meinen Nägeln diese heuchlerische Oberfläche ankratze, sehe ich einen ganz anderen Text, wie bei den alten Manuskripten, wie heißen sie noch, Palimpseste.

Heuchlerisch?

Hm. Verdrängend, blind.

Ich bin, wie ich bin, Moira.

Eben nicht. Sie stecken noch im Geschenkpapier. Kommen Sie heraus!

Moira nestelte an seiner Krawatte, die sie gekonnt lockerte.

Sie suchen schwach nach dem Wahren und verharren noch im Angelernten, Herr Doktor. Persönlich finde ich das Leben zu kurz, um sich derartig in müden Sphären zu langweilen. Deshalb küsse ich Sie jetzt ganz kurz, bevor ich gehe.

Sie bückte sich, verlor dabei das Gleichgewicht und fiel dem sitzenden Viktor halb in den Schoß. Unterbrach nur kurz den Kuss, um hinzuzufügen: Sorry, es sieht wie in einer blöden Komödie aus, wo die Sekretärin oder Sprechstundenhilfe quer auf dem Schreibtisch und der bedrängte Chef ... Viktor erwiderte aber schon den Kuss, und sie saß rittlings und gemütlich auf seinen Knien. Er spürte ihren Hals, den Ansatz ihrer Brüste an seinem Hals, ein warmen Schal des Glücks, er erwiderte nicht nur den Kuss, sondern alle ihre Liebkosungen, alles gab er zurück und holte sich mehr, bis sie beide hüllenlos standen und er die Initiative übernahm, die junge Frau in seinen Armen auf die Couch legte. Sie lachte und sagte: Sogar zum Lieben brauchst du Komfort.

(Moira)

Ich epiliere mein rechtes Bein im Garten meiner Exschwiegermutter und puste auf die Härchen, die – nach der Chaostheorie
könnte ja der Schmetterling im Himalaya ein Erdbeben in Los
Angeles verursachen – deine Wangen und die Flanken des Kilimandscharo kitzeln werden.

Ich selbst erlebe mich als Überlebende, ich fliege nachts als
Schmusetuch für die großen Babys der Welt herum, tagsüber,
Herr Dermatologe, möchte ich das Botox erfinden, das wir in die
Risse meiner uralten Seele einspritzen könnten. Noch ist mein
Gesicht glatt und schön, wenn auch wieder ungeküsst. Warum
habe ich mich in deine Geschichte eingeschleust, warum habe ich
mich in dich verliebt? Aber ich tröste mich: Liebeskummer als
Kometenschweif hat eine gewisse Klasse, es hilft zum Künstler-
tum, mein ungeborener Film wäre schön gewesen.

Zur zweiten Henrietta werde ich nicht.

Afrikas Vögel fressen die Krümel deiner Geschichte, die, kaum
vergangen, eine Spur hinterlässt. Nach der Glückstrunkenheit
deines gelungenen Aufstiegs, und wenn der Sauerstoffmangel
dir mittlerweile weniger zusetzt, atmest du tiefer und freier. Der
Abstieg hat begonnen, der Wind schärft deine Gedanken. Du
nimmst wieder den Geruch der Erde und der Vegetation wahr.

Wir haben damals ein komisch schönes Wochenende verbracht. Deine braunen Augen haben sich mit blauen Tränen
verschleiert, auch ich wechselte die Farbe, ich neigte zu grauer
Kohle, dann zu glänzender Jade, dann zur Bitterschokolade, auch
du fragtest mich: Was Liebe mit Selbstbetrug zu tun hat (nicht
bei uns, wir haben ja nur Sex, hi hi), ob Liebe eine exquisite Art
ist, den anderen zu benutzen und zu manipulieren (lass uns manipulieren und benutzen definieren, dann sind wir bei deiner Pen-

sionierung noch dabei), ob Liebe und Tod verwandt sind (Tod und Leben sowieso, also?). Aber die existenzielle Frage, was Liebe ist, die konnte nicht mit der sprechenden Zunge beantwortet werden, nur mit der küssenden, gerade diese Ohnmacht macht dumm und klug gleich, Einstein und Doofi zu Zwillingen. Alle wollen vor dem Tod erfahren, wo die Liebe ihre Wurzeln hat, in der Hölle oder im Himmel, ob es eine Sache der Physik oder der Metaphysik ist, ich sage dir: Physik und Metaphysik sind eins, Liebe ist eine Art Big Bang, der paradiesische Zustände erzeugt. Als höchste Begabung tröstet sie die Talentlosen, die nicht schreiben, singen, malen können, und lässt sie Wunder vollbringen. Sie hat alle Stilrichtungen zur Verfügung, mal gotisch, mal klassisch, mal abstrakt und filigran, bohemehaft, romantisch, bürgerlich. Sie fasst alle überraschend oder nach langen Vorbereitungen an, aber immer ohne Gummihandschuhe, jedes Ding erinnert an sie, und daher wimmelt die Welt von ihren Vor- und Nachzeichen und rasselt ständig von ihren Schlüsselwörtern, alles hat mit der Liebe zu tun und ich bin zu dem Schluss gekommen, dass die Liebe vor lauter Anfassen selbst unfassbar ist, wie der Wind, wie eine Art Gott, du siehst nur seine Auswirkungen, seine Verwüstungen oder seine Güte. Ich flüstere meiner Kamera wie einem guten Hund zu: Lauf ihr nach und fass, aber ohne zu zerbeißen.

24

Sie verbrachten das Wochenende bei ihm. Viktor fragte sich nicht mehr, was er trieb, und fand sowieso kein passendes Wort dafür. Sich lieben, Liebe machen war etwas zwischen Klara und ihm, »Sex haben« technisch und primitiv zugleich, bumsen, vögeln viel zu grob, und auch Moira ließ diese Ausdrücke den anderen. Intim werden kam der Sache näher. Moira sagte nur: Komm zu mir, und so liebten sie sich, ohne dass er sie liebte, oder doch, und es gab ein Kommen und Gehen, ohne dass sie das Bett verließen. Viktor entdeckte das Verbotene, das Unkorrekte, Moira gab ihm das Gefühl zu spielen und unschuldig zu sein, ein Feriengefühl, nur manchmal, flüchtig, kam ihm sein Großvater in den Sinn, Viktor erinnerte sich dann, wie er, der junge Viktor, den Mann, der damals »in den besten Jahren« stand, verurteilt hatte, und auch Gert Gerlach störte zwischendurch, lauter Frauenbetrüger, aber schnell zerknüllte er diese lästigen Bilder, die nichts mit ihm zu tun hatten, er konnte dem verrückten Jubeln in sich keinen Namen geben, verdrängte die Ängste, die ihn kurzweilig plagten, ein Albtraum, diese Angst, im Augenblick des Fliegens, vom Fünfmeterturm auf dem Zementboden eines leeren Schwimmbeckens zu landen.

Bist du katholisch?, fragte Viktor.

Bin ich eine Glocke? Ich hänge an keiner Kirche, grinste Moira, ich glaube an die Zeit, die vergeht, an die Planeten, die sich drehen, an gutartige Hände, die mich festhalten, an die Zunge eines Mannes, die Billionen von Mikroben in meiner Mundhöhle mischt und Trillionen von glücklichen Zellen in mir umrührt, und ich glaube an mich.

Du Selige, sagte Viktor, und nuckelte an Moiras Brüsten. Ich

197

bin katholisch und gehe manchmal in die Kirche. Du glaubst nicht an Gott?

Ich glaube an göttliche Zustände. Ich ging in Afrika regelmäßig in die Kirche. Es ist ein schöner Rahmen für hysterische Gefühle, man fühlt sich da weniger allein, man heult im Chor nach der Liebe, von Liebe zum Nächsten aber keine Spur, nein, sie beten kaum für die Welt, nur kurz als Einführung, damit es nicht zu persönlich aussieht, dann erbetteln sie sich ein Almosen für sich und die Ihren, Gott soll sie zuerst mal privat lieben. Gut so, aber dafür brauche ich keine Kirche.

Irgendwann gingen sie essen. Moira erzählte beim Nachtisch, Gert Gerlach habe nie zu seiner Frau »ich liebe dich« gesagt, er habe damit ein semantisches Problem, er wisse nicht, was das Wort bedeute, lieben, es sei ihm zu vage. Ehrlich, Herr Gerlach, Sie spinnen, habe sie geschimpft, auch ein Mensch wird benannt (sagte Moira), obwohl niemand weiß, was ein Mensch ist, auch im Urvolk der Gefühle müsse man mindestens grob unterscheiden können. Als Säugetier ist der Mensch zur Liebe, das heißt zum Anhängen (an jemandem hängen) absolut verurteilt.

Ach so, sagte Viktor, dann lieben ja alle Säugetiere.

Sicher, aber nicht so kreativ wie der Mensch. Der Mensch ist ein schöpferisches Geschöpf, er versteht es, mit Pinseln und Stift umzugehen, kann verklären, erklären und verdunkeln, wie es ihm passt.

Wir sprechen über die Liebe wie zwei Frauen unter sich, Viktor. Dafür mag ich dich besonders, sagte Moira später, Liebe ist für Männer oft eine reine Frauenangelegenheit, als wären alle Frauen lesbisch, Männer schweigen schamhaft darüber. Sie verfügen manchmal nicht über das nötige Vokabular. Du eigentlich auch nicht, aber zuhören kannst du prima.

Später lagen sie wieder auf seinem Bett und Viktor dachte vergnügt, er habe hier zwei rätselhafte Frauen kennengelernt, die kluge und verrückte Frau Gerlach und die verrückte und kluge Moira, deren Rücken er jetzt liebkoste und küsste, streichelte und massierte, kitzelte und kratzte, leckte und schnupperte, roch und einatmete, und, wenn er damit aufhörte, legte er sein Ohr auf diese Haut, die er atmen hörte. Ihm schien, er höre Zellen wachsen und sterben, Blut fließen, Leben aufblühen, und mitten in seinem Verlangen brannte auch eine Nostalgie nach einer Rückkehr, die niemals stattfinden konnte, da es keinen Ort gab, zu dem er eine Rückkehr wünschte. Er war ja kein Odysseus, nur ein kleiner Arzt, und die Körper der Patienten seine Insel.

25

Am Montag waren alle Patienten ziemlich gesund oder auf dem Weg der Besserung und Viktor begnügte sich damit, harmlose Krankheiten zu entdecken, leichte Allergieprobleme zu behandeln und einer Dame mit zu schmalen Lippen von Hyaluronsäurespritzen abzuraten. Viele mausersüchtige Menschen sehnten sich, die alte Haut abzustreifen, überall herrschte eine reptilienhafte Lust nach Häutung, die Viktor leider nicht befriedigen konnte. Verzweifelte Jugendliche, Frauen und sogar Männer klagten über fettige Haut, Haarschuppen, Orangenhaut, Akne. Verschämt verlangten sie nach magischen Salben und Pülverchen, die Radikalsten nach Botulinustoxin. Viktor gab sein Bestes, wie immer versuchte er es mit einem kurzen Kneten der Orangenhaut, einem Streicheln der befallenen Stirn mit sanften, beruhigenden Worten, ach wissen Sie, weißt du, ich sehe und spüre da überhaupt nichts Schlimmes, Frau Becker, junger Mann, Mädchen, und mit ein bisschen Sport ... Manchmal hatte er das Gefühl, er müsse sehr schnell seine Hand wegnehmen, weil die reifere, einsame Dame den sanften Druck zu sehr genoss, ihn als exklusive Zärtlichkeit fehlinterpretierte, weil die Pubertierende zu nahe am Wasser gebaut war, weil der Jugendliche einen Vater hatte, der ihm nur mit einem kumpelhaften Stoß in den Rippen begegnete, mehr als je spürte er die Einsamkeit ihrer Haut, die sich unter seinen Fingern gefährlich erwärmte.

Moira bewies schon in den ersten Tagen ihre Fähigkeiten. Abwechselnd mit Silvia assistierte sie Viktor und ließ sich von ihm oder von Silvia unterweisen. Sie lernte schnell und versuchte nicht, Viktor während der Arbeit zu bezirzen. Jeden Abend wartete sie aber auf ihn, der sich allerdings versprochen hatte, nicht mehr zu sündigen, wenigstens bis Klaras Ankunft und Gerlachs

Fete. Ihre Gespräche blieben lustig und lebhaft. Du bist so jung und so klug, sagte Viktor, du könntest doch Medizin studieren. Du hast vergessen, sagte Moira, dass ich keine Toten mehr sehen und lieber Filme drehen möchte. Viktor biss sich auf die Lippen und erinnerte sich rechtzeitig an Klaras Vorwürfe. Ja, mach deinen Film zu Ende, und wenn es dir in der Praxis gefällt, kannst du so lange jobben, wie du willst. Ich bin glücklich, dass ich diese Arbeit habe, sagte sie, und Geld verdiene. Aber unter uns, fing Viktor an … Mach dir keine Sorge, schnitt ihm Moira das Wort ab, es ist leichter mit jemandem zu arbeiten, den man liebt, als mit jemandem, den man hasst, und die Zukunft wird das sein, was sie sein wird. Ach so, sagte Viktor, dann. Es wird sich alles finden, wiederholte sie. In deiner unerschütterlichen Zuversicht bist du beispielhaft, sagte Viktor. Wir sind alle Beispiele für irgendetwas, lachte Moira. Ich bin auch ein Beispiel für Unvernunft. Manchmal habe ich richtig Lust auf dich, wenn ich deinen Nacken aus dem weißen Hemd herausragen sehe. Oder wenn ich deine Hände auf der Haut einer Patientin beobachte, habe ich schon Lust, die Olle aus der Liege herauszuschubsen. Ich gratuliere mir ständig zu meinen Beherrschungsübungen, und einmal zu Hause bei der alten Hexe, die sich übrigens nicht mehr kratzt, denke ich nicht andauernd an dich. Ach, das ist gut, sagte Viktor, und er war sich auf einmal nicht mehr so sicher.

In den nächsten Tagen konnte Viktor keinen klaren Gedanken fassen und hatte auch keine Minute Zeit dafür. Es hatte sich herumgesprochen, dass er sich für jeden Patienten Zeit nahm, so gab es im Wartezimmer einen Patientenstau bis in die Diele, jeder hoffte, zwischen zwei regulären Terminen eingeschoben zu werden. Ja, sagten Silvia und Moira, bald seien sie dran, und je nach Laune des Wartenden sprach Moira diese Floskel mal als halbe Drohung, mal als Hoffnungsschimmer. Augenzwinkernd impfte sie den Patienten gegen die Ungeduld, der dann die Warterei als wesentlichen Teil der Behandlung empfand. Die erste

Hürde und das Nervigste habe man ja bald hinter sich. Viktor freute sich über den Andrang, auch weil er in einem Gedankenwirbel rotierte, sobald er sich von der Haut seiner Patienten entfernte. Moira, die, sobald sie in die (abstrakte) Uniform der Arzthelferin schlüpfte, sich von der Frau distanzierte, die ihn nach Feierabend mit ihren schwarzen Augen auffraß, Moira konnte er noch nicht in seinem Alltag einordnen. Sie war eine Göttin, witzig und schön, erhaben und großzügig, er stand in ihrer Leuchtkraft, wehrte sich aber dagegen. Überhaupt ging ihm die bewährte Ordnung verloren. Die telefonischen Gespräche mit Klara läuteten das Ende der Liebe ein. Auch Gerlachs spukten ihm im Kopf herum, vor allem Henrietta, die ihn auch jetzt öfter anrief und die er vergeblich zu beruhigen versuchte. Seit der Szene mit Klara dachte er öfter an Martin, fühlte sich aber nicht frei genug, das gegenseitige jahrelange Schweigen zu brechen. Er erwog die Möglichkeit, mit Leo zwei Wochen nach Afrika zu fliegen und den Kilimandscharotraum endlich zu verwirklichen. Viele Hirngespinste flatterten in seinem Schädel herum, keinen Gedanken hielt er länger fest, er lief von Patient zu Patient, stets in der Hoffnung, helfen zu können, untersuchte fahle, pickelige, bräunliche, rosa, gelbe Haut, frische Haut, fette Haut, Pergamenthaut, entdeckte Milben und Flechten, betupfte stirnrunzelnd und väterlich grinsend die entzündeten Pickel eines Fünfzehnjährigen, während er mit ihm über ein ganz anderes Problem sprach, warum, Junge, Alkohol um zehn Uhr morgens, warum? Könne er da helfen, ja vielleicht, ich weiß nicht, mein Vater, meine Mutter, meine Freundin, mein Lehrer, mein Lehrmeister, meine Versetzung, meine Zukunft, die Welt ist schlecht, meine Angst, die Angst meiner Eltern, die Schwangerschaft meiner Freundin. Viktor diagnostizierte verkrebste Zellen und Psoriasis, spürte unter der Haut die glucksenden Organe, er riet zu und riet ab, pflegte, verschrieb und überwies, drückte viele Hände, nur als eine Frau, nur Haut und Knochen, weinte, schloss er die Augen und hatte keine Stimme für fromme Lügen mehr. Seine kleinen

Sorgen, seine eigene Verwirrung empfand er als lächerlich im Vergleich zu dem Elend, das in seiner Praxis ein- und ausging, und er schämte sich, manchmal unglücklich zu sein, weil Klara ihn vielleicht nicht mehr liebte, weil Gerlachs ihn störten, weil Moira ihn verwirrte, mehr Gründe konnte er nicht nennen, aber auch wenn er sich zurechtwies, auch wenn das Schicksal mancher Patienten ihn aufwühlte und er unaufhörlich beschäftigt war, stand er in einem Vakuum, das er nicht verstand, er fühlte sich verloren, das Objekt eines monströsen Missverständnisses, das er selbst nicht definieren mochte.

Am Freitag, dem 26. Mai kam der Zug aus Frankfurt pünktlich an. Viktor hatte beim Blumenhändler einen Strauß duftender Rosen verlangt, aber die steifen Blumen, die hinter dem Schaufenster wie schicke Callgirls den Kunden anlockten, rochen nach nichts. Klara mochte nur wohlriechende Rosen. Er kaufte einen Bund Narzissen und Hyazinthen, die betörend dufteten. Als Klara aus dem Zug stieg, fand er sie so schön in ihrem blauen Kleid, dass er keinen Schritt mehr machen konnte. Sie rollte einen Koffer und eine schwere Tasche (für drei Nächte?) hinter sich her, hallo Viktor, erkennest du mich nicht mehr? Der Blumenstrauß störte die Umarmung und wurde leicht gegen ihre Brüste gedrückt. Ach, der riecht aber, sagte Klara, und sah ihn argwöhnisch an. Narzissen! Sie schaute unsicher, leicht errötend: Was willst du damit sagen? Ach Gott, nichts, stotterte Viktor, der aus allen Wolken fiel, was soll ich denn sagen wollen? Zum Beispiel, entgegnete Klara, dass ich meine narzisstischen Züge jetzt voll entfalte? Klara! Viktor presste sie noch einmal ganz fest gegen seine Brust und erstickte fast an den nächsten Worten: Aber nein, Klara, traust du mir solche Bosheiten zu? Wie käme ich auf so eine Idee? Ich wollte nichts, gar nichts sagen.

Auch typisch für dich, sagte Klara und befreite sich aus der Umarmung.

Und Viktor fuhr aus der Haut. Er riss ihr die Blumen weg

und schmiss sie auf eine Bank. Sie machten sich schweigend auf den Weg, er trug ihre Tasche und lief so schnell, dass sie Mühe hatte, ihm zu folgen. Hör auf, Viktor, ich war dumm, komm, versöhnen wir uns. Ich hole den Strauß wieder. Sie rannte zur Bank und kam genauso schnell wieder: Jemand hat ihn gestohlen! In den zwei Minuten, wie ist das möglich!

Sie lachten, und dieses Lachen verjagte vorerst die dunklen Wolken.

Wenn sie sich am Freitagabend noch als Liebende hingelegt hatten, standen sie morgens wie ein altes Ehepaar auf. Klara bereitete das Frühstück, bevor Viktor sich zum Aufstehen durchrang, er hörte sie mit dem Geschirr klappern, dachte, wir müssen miteinander sprechen, eine Chance haben wir noch, stand auf und spürte sofort ihre Kälte, als er sich ihr näherte und sie von hinten umarmte. Lass uns eine Tasse Kaffee trinken, Viktor, und einen schönen Spaziergang machen, ich brauche jetzt frische Luft. Die letzten Worte hatte sie gesprochen, als hätte diese Nacht sie erstickt. Sie gingen spazieren, tauschten nur Belanglosigkeiten aus, aßen Spaghetti beim Italiener, und erst nach einem Glas Rotwein traute sich Viktor zu fragen, wie sie jetzt ihre gemeinsame Zukunft sehe. Sie senkte die Augen, antwortete, sie wolle den heutigen Abend erst hinter sich bringen, manchmal sollte man sich keinen Kopf machen, die Probleme lösten sich von selbst. Viktor reichte ihr seine Hand, die sie ergriff, beide über diese Übereinstimmung erleichtert. Er schaute auf ihre schönen langen Finger und stellte sich eine Welt ohne Besitzansprüche, ohne Eifersucht, ohne Egoismus und Groll vor, ohne all die Gefühle, die diese Welt wild und unbewohnbar machen. Alles schien möglich. Beim Tiramisu erschienen aber seine Eltern und sogar die verstorbenen Großeltern in einer Reihe und schauten ironisch und enttäuscht zu, eine bewährte Mischung der Gefühle in seiner Familie. Der Vater schüttelte nur den Kopf. Der Großvater sagte ihm, nur Frauen lassen mich Hitler und den ganzen Wahnsinn vergessen, nur unter den Röcken einer Frau werde ich neu geboren. Die Ehe ist heilig, mein Kleiner, man muss aber nicht jeden Tag die Reliquien anbeten, oder?

Ich freue mich auf heute Abend, sagte Viktor, ich bin gespannt, was und wie du singen wirst. Sie gingen beide gut gelaunt nach Hause, und Klara bereitete sich für ihr Konzert vor. Viktor hörte sie trällern, fragte, ob er zu ihr in die Badewanne dürfe, nein dürfe er nicht, sie wolle auch da proben. Sie ließ aber die Tür ein Stück offen und schmetterte schöne Melodienfetzen, und Viktor lag auf dem Bett und dachte: Sie hat völlig recht, sie muss Sängerin werden, nicht Lehrerin, warum habe ich das nicht früher eingesehen, ich hätte sie ermutigen müssen, anstatt die biederen Wünsche ihrer Eltern zu unterstützen. Das war ein Fehler. Sie wird mir nie verzeihen. Er wollte zu ihr gehen, ihr das sagen, überzeugend, mit viel Wärme und Kraft ein neues Kapitel mit ihr anfangen, er senkte die Lider und schlief ein.

Sie stand vor ihm in einem langen Kleid aus seidig goldenem Stoff. Er riss die Augen auf: Oh Gott, ist das nicht zu viel? Die anderen Frauen werden keine langen Kleider haben. Und sofort runzelte sie die Stirn: Die anderen sind die Geburtstagsgäste, ich selbst gebe heute Abend ein Gastspiel, falls du das vergessen hast. Gert hat es sich übrigens so gewünscht, er hat mir das Kleid gekauft und geschickt, sogar die Größe stimmte, er hat einen Blick für die Maße einer Frau.

Das saß wie ein Schlag auf den Kehlkopf, während Klara ihm hinterherrief: Typisch für dich. Anstatt mir zu gratulieren, das Kleid zu bewundern … Er ging nach Luft schnappend auf den Balkon, wo er hin und her tigerte, ein viel zu kleiner Balkon, da wollte er seit Tagen Geranien oder andere Blumen aufstellen und kam nicht dazu. Er trat gegen die Metallstäbe des Geländers, es klang nach Ohnmacht, durchdrang die ganze Front des Wohnhauses und hallte fast melodisch nach. Klara folgte ihm unbeeindruckt: Ich habe mir ein Taxi bestellt, ich will noch mit Florian proben, bevor die Gäste eintrudeln. Er ist bestimmt schon dort.

Ich bin nicht sicher, dass das Klavier gut gestimmt ist, da kann der Florian vielleicht noch was dran tüfteln. Treffen wir uns dort in ein, zwei Stunden?

Ich habe mit Moira geschlafen, sagte Viktor, ohne sich umzudrehen, und wunderte sich, wie melodisch seine Stimme klang, es war ein Genuss, mit ihr zu schlafen, aber keine Befreiung von dir. Klara lief aber schon in der Diele, sie hängte sich einen leichten Sommermantel über die Schulter. Das seidene Kleid guckte bis zum Boden hervor, sie versuchte, es über den Gürtel hochzuziehen, damit es nicht den Bürgersteig fegte.

26

Henrietta trug noch ihren alten Schlafrock aus Samt. Sie nahm einen seit sieben Monaten ausgetrockneten und angestaubten Weihnachtsstern von der Fensterbank und warf ihn im Bogen in den Papierkorb, sie lüftete das Schlafzimmer. Als sie sich drehte, flog ein Vogel auf die Fensterbank und pfiff einen lang gezogenen Pfeifton, er flatterte kurz und sie sah seinen rostroten Bauch. Der Vogel rief erregt huid teck teck, es folgten kurz angeschlagene tiefe Töne. Ein Gartenrotschwanz gratuliert dir, Gert, Gert? Gert? Da keine Antwort kam, tippte Henrietta leicht auf den reglosen Rücken im Bett. Ja, sagte er, wer rastet, der rostet. Lass uns rosten.

Weißt du, welchen Tag wir heute haben?, fragte sie.

Einen Sommertag. Morgenstund' hat Gold im Mund, antwortete Gert Gerlach. Er gähnte.

Das altes Spiel zwischen ihnen: Im Winter sagte er »wer rastet, der rostet«. »Morgenstund' hat Gold im Mund« war der Sommerspruch, Gerts Lieblingszeit, wenn die Kirschen blühen und die Mädchen leichte Röcke tragen, wenn Vögel in Baumkronen pausenlos trillern und man ins Schwimmbecken plumpsende Körper hört, die Zeit der duftenden Rosen, wenn Gert viel lieber früh aufstand.

Er drehte sich zu Henrietta und zeigte ihr gähnend seine Zähne. Ich bin aber noch so müde, Henrietta, und der Tag wird lang.

Wir müssen frühstücken, mein Herr.

Seit wann schimpfst du mich »mein Herr«? Weißt du, was heute los ist, Frau?

Und du?

Ja, sagt er. Alles notiert, damit du dich erinnerst.

Heute feiern wir deine Pensionierung.

Erst heute Abend meine Liebe. Lass uns noch schlafen.

Es ist halb zehn.

Viel zu früh.

Klara wird singen.

Deshalb musst du nicht singelen, wenn du das sagst.

Singelen? Ist das eine neue Wortschöpfung?

Ja. Ich meinte deinen Singsang, wenn du sprichst. Falls du nicht murmelst und nicht schreist und keifst.

Ich singele also. Besser als dein Brummen und Krächzen.

Ich krächze nicht. Das Programm ist gedruckt, nicht wahr?

Ich habe es dir gestern gezeigt. Wunderschön geworden.

Stimmt. Wann bringen sie das Büffet?

Nicht vor sechs.

Und der Wein? Und das Bier? Und der Sekt?

Alles schon im Keller und in den Kühlschränken.

Und die Bedienung?

Wird pünktlich da sein.

Wir könnten also beruhigt weiterschlafen.

Gert, was machen wir mit Fischer?

Welcher Fischer?

Der Fischer, der Detektiv. Der Erpresser.

Mach dir keine Sorgen, ich bring den Scheißkerl um, bevor irgendjemand etwas merkt. So, und jetzt muss ich doch aufstehen.

Henrietta sah dem schweren Körper nach, der zum Bad schlurfte. Die zerknitterte Schlafanzugsjacke, die Hose, die Falten um den flach gewordenen Po warf, die nackten Füße, die er in Schlappen gesteckt hatte. Ich liebe dich, sagte sie ihm hinterher. Er drehte sich um und holte sein Geschlecht aus der Hose. Er bedankt sich, ächzte er, leider fehlt ihm jede Lustregung, Tschüss!

Henrietta seufzte. Sie folgte ihm ins Bad. Er pinkelte ins Waschbecken. Wie willst du ihn umbringen?, fragte sie.

Wen?

Fischer, den Detektiv, den Erpresser. Den, der dich wegen Urkundenfälschung ins Gefängnis schicken kann.

Ich ziehe ihm den Boden unter den Füßen weg, da bleibt ihm die Spucke weg. Er stolpert, er bricht sich den Hals.

Gert, ich bin nicht zum Scherzen aufgelegt. Ich habe Kopfschmerzen.

Du hast nie viel Humor gehabt, Frau. Nimm eine Tablette.

Ich heiße Henrietta.

Er ließ Wasser ins Waschbecken fließen und füllte dann die Badewanne.

Du könntest auch heute Nachmittag baden, bevor du dich für die Feier anziehst.

Ich möchte jetzt baden. Badest du mit mir?

Um Gottes willen!

Was machst du dann hier? Bist du meine Wärterin?

So was, ja.

Ach, arme Henrietta, hast du schon deine Medikamente genommen?

Sie steckte den Fön ein und frisierte sich das Haar. Er saß auf dem Rand der Badewanne, während das Wasser die Badewanne allmählich füllte. Henriettas Haar wurde grau wie eine Gewitterwolke um ihren Kopf geblasen. Du solltest färben, sagte er, es würde dich um zehn Jahre jünger machen.

Und warum sollte ich um zehn Jahre jünger aussehen?

Weil »zehn Jahre weniger« schöner aussehen.

Er stieg in die Badewanne, hob die Füße, spreizte die Zehen unter dem Wasserstrahl. Dein Popo ist ganz schön flach geworden, sagte sie und näherte sich mit dem Haartrockner. Gerlachs Gesichtsausdruck änderte sich, beunruhigt fragte er: Mach das Ding aus, bitte, wenn es ins Wasser fällt, bringst du mich zu früh um.

Genau, sagte Henrietta und bückte sich übers Wasser, lachte böse, wie aufrichtig du aussiehst, wenn du dich fürchtest. Sie schaltete den Apparat aus. Du hältst mich wohl für zu allem fähig!

Du warst überhaupt die fähigste Frau der Welt, sagte Gerlach. Du hast nachgelassen. Wäschst du mir den Rücken?

Er hatte kleine Muttermale an der linken Schulter. Unter ihren Händen fühlte sich die Haut noch fest an. Als er sich aufrichtete, glitt sie mit einem Finger in die feuchten Falten seiner Schulterblätter, als wollte sie seine Flügel neu befestigen.

(Moira)

Du hast die steile Mweka-Route hinter dir.

Spätfrühlingsstimmung, neue Vögel kommen seit Wochen aus dem Land, wo du dich jetzt aufhältst. Sie tschilpen, trillern und gesellen sich zu den hiesigen. Die Mönchsgrasmücke ist schon im April hierhergeflogen. In den Gärten schmatzt sie ihre Dentallaute vor dem geschäftigen Rotkehlchen und anderen einheimischen Arten, alle verstehen sich gut, sprich, sie ignorieren sich, tun super beschäftigt, nach dem Motto leben und leben lassen. Die Sonne kommt ins Zimmer und bleibt lang, Staubkörner schweben in der Luft. Die Menschen pfeifen in der Badewanne. Oder sie laufen aneinander vorbei. Sie fragen sich, ob sie ihren Hunden einen Maulkorb anlegen sollen, bevor sie in den Wald gehen. Klaras Gedanken drehen sich um ihre Stimme. Der Taxifahrer hat eine Zigarette angezündet, sie erklärt, sie sei Sängerin und müsse heute Abend singen. Schön, sagt er, da wäre ich gern dabei, und raucht weiter. Sie öffnet das Fenster, die Luft pfeift an ihren Ohren, in ihrem Hals, sie macht das Fenster zu. Ihr Pianist erwartet sie im Hotel. Ich habe zehn Blocks voller Notizen und zwei Hundertzweiundzwanzig-Meter-Rollen Film. Ich kann mir mein Auge kaum noch vorstellen ohne das Verlängerungsobjekt Bolex. Henrietta dreht sich im Kreis. Ich drehe in sechzehn Millimeter. Die Kamera habe ich gebraucht gekauft. Die Bänder fürchterlich teuer. Und ich bin nicht sicher, dass es etwas Vernünftiges hergibt. Ich laufe den Geschehnissen nach. Ich bereite mich vor. Bald treffen wir uns bei Gerlachs.

26 *(Fortsetzung)*

Beim Mittagslicht stand Henrietta immer noch im Schlafrock. Von Schatten zu Schatten, durch Kies und Gras lief sie jetzt eine Runde im Garten, roch an den Fliederblüten, die schon angefangen hatten zu welken, und wie jedes Jahr betrübten sie die rostigen Stellen. Eisern demonstrierten sie Henriettas Ohnmacht, Schönheit und Glück festzuhalten. Sie brabbelte etwas vor sich hin und drehte böse verblühte Dolden in ihrer Reichweite ab. Sie zerdrückte die Dolden in der Faust. Das Frische, das Krümelige überraschten sie. Sie rieb die vertrockneten Blumen zwischen den Fingern, öffnete die Handfläche und roch daran, schnitt enttäuscht eine Grimasse. Der Duft des Flieders hatte sich verflüchtigt. Ein Stich an ihrer linken Schläfe. Sie fasste sich an den Kopf, sprach sich das Leid aus der Seele: Ich bin eine Vogelscheuche, aber Vögel flattern angstfrei um meinen Kopf herum, sie piepsen, provozieren, sie fürchten sich nicht von mir, so viel Nebel macht sie kühn. Sie lauschte ihrer Off-Stimme nach, schaute verloren. Eine solche Traurigkeit möchte ich nur spielen können, alles echt, leider leider, echt, alles echt. Ich liebe ihn noch, Gert, meinen Gert, Gerts poetische Anfälle, Gerts bizarre Launen, den Kern des Guten in seiner Bosheit, den Kern des Bösen in seiner Güte. Mich hat er ausgewählt und von allen anderen unterschieden. Nein, das stimmt nicht, ich habe es mir eingebildet, nein, ich habe mir nur damals eingebildet, dass ich es mir eingebildet habe, damals, wegen Carolin, das stimmte aber nicht, er liebte sie nicht, ich weiß nicht mehr, was stimmte, er hat mich oft verhöhnt: Alte Schachtel, du blöde Kuh, Dampfwalze, Scheißweib. Ein taubes Ohr hörte es, das andere, das feine Ohr hat anderes vernommen: Meine Frau, meine Herausforderung, mein Visavis, meine Gegenspielerin fürs Leben. Er schlief selbstverständlich mit X und Y, gertenschlanken Ypsylons und biegsamen Xen. Die Kopfschmerzen werden schlimmer, die Migräne eskaliert. Wie halte ich das aus? Er hat mich geliebt, ich war anders als seine Puppen, ich bin anders, ich war schon eine Ausnahme, auch ich habe mich mit maßlosen Worten schuldig gemacht, gedacht oder gesagt ist dasselbe, das Leben bestraft mich, das Leben als böse Mutti mit eiskalten Waschlappen, die auf den Rücken klatschen, hässliche Verwünschungen, krepiere du Teufel, hässliche Flüche, ich hasse dich, Lustmolch, Mädchenficker, oberflächlicher Grapscher, die Tiefe hast du nur in Frauenvaginas gesucht, du, der du nicht weiter siehst als dein läppischer Schwanz, dermatologischer Lover, Epidermislecker, pathologischer Pathologe. Sie lachte, nahm ihre Beschimpfungen nicht ernst, ein kreativer Anfall, hielt sich eine frische lila Dolde an die linke Schläfe. Niemand hat's gehört, ihre Tochter ist noch nicht da, die eigenen Eltern schon lange tot, wie gut, eines natürlichen Todes gestorben, schade, schade, ich hätte mir gewünscht, sagt die Off-Stimme, dass ein Knacki den Papa fickt und würgt und ihm vorher in den Mund spuckt.

Jetzt sprangen im Garten lauter kleinformatige Henriettas herum, nackte Henriettas. Sie hielten sich Eiswürfel an den Kopf, Kopfschmerzen, Kopfschmerz als Poststempel vom Teufel, Hirntumor der Gehörnten. Die Mädchen spielten trotzdem Bockspiele, besprangen sich gegenseitig, ihre weißen Röckchen flatterten hoch, Henriettas purzelten am laufenden Band, sie rollten sich im Gras.

Sie ging in die Küche zurück, holte Eiswürfel aus dem Kühlschrank, kochte einen starken Kaffee. Wo steckten die Tabletten? Wie würde sie den Abend erreichen können? Die Terrasse war voll blutender Henriettas, lauter Fehlexemplare. Mein Kopf ist dreckig wie eine Zigarettenkippe. Rauchige Gedanken, beschissene Erinnerungen, schmutzige Sorgen wegen des Detektivs, dieser kleinen Sängerin, in die er vernarrt ist, stellen Sie sich vor, er hat der Göre ein seidenes Abendkleid gekauft, und diese falsche Journalistin, die druckschwarze Moira, was will sie denn von uns, alle schicken mir ihre böse, böse, böse Ausstrahlung.

213

Sie spürte Übelkeit, die Migräne, oder was sich da abspielt, es lauern sowieso immer mehr Schmerzen um sie herum, Ratten, eine Ratte an der Schulter, eine Ratte auf dem Kopf, eine Ratte beißt ihr die Finger, das Knie, die Blase.

Hört auf, sagte sie. Hört auf, Theater zu spielen.

Am liebsten würde sie dieses Fest absagen, alle Gäste jetzt und sofort ausladen. Und plötzlich, als hätte sie eine Brille aufgesetzt, klärte sich alles auf: Es geht mir gut, Ich mache mir nur vor Angst in die Hose.

Weißt du, dass du vor dich hin brabbelst, sagte Gert, der seinen Kaffee seelenruhig trank.

Ich dachte an Fischer. Er kommt heute Abend mit einem Skandal als Geschenk zu deiner Pensionierung, Gert, die Schande fürs restliche Leben. Mein Fehler. Hätte ich nur nicht vor Jahren …

Was guckst du so? Habe ich geschlürft?

Du weißt genau, was ich meine. Wir müssen jetzt eine Strategie entwickeln.

Ach, wogegen denn? Wofür denn?

Gegen Fischer.

Er lachte auf: Die Dame will strategisch werden! Du und Strategie! Er beugte sich, gab ein künstliches Gejauchze von sich. Krümelchen blieben an seinen Lippen hängen. Henrietta schaute auf die Risse in der Wandfarbe. Man müsste renovieren. Strategisch! Dir fehlt dazu der Grips, lass dich überraschen, mein Schatz. Ich weiß schon, was ich mache. Es wird sich geben.

Mein Schatz?

Sag mir lieber, woher hast du diese Orangenmarmelade, die schmeckt recht gut, finde ich.

Was? Was meinst du?

Man sollte öfter Orangenmarmelade essen.

Es klingelte. Die Zugehfrau brachte ihre sechzehnjährige Tochter mit, die ihr helfen wollte, das Wohnzimmer festlich zu gestalten. Kurz danach kam ein Florist mit einem Riesenstrauß Rosen von Viktor und Klara. Gert zählte die Blumen und las die Karte.

Die Kinder, sagte er, haben sich ins Zeug gelegt. Das hat was gekostet.

Deine Tochter wird heute Mittag da sein, Gert, mit ihrer Familie. Wie heißt deine Enkelin?

Ist das nicht unsere Enkelin? Frau Gerlach, du solltest auf deine Sprache achten. Und dich anziehen. Wir erlauben uns heute keine Schlampigkeit.

Und alles ging seinen Weg.

Der Chrysler der Tochter mit Familie quietschte auf dem Kies. Nora umarmte ihre Eltern, die Enkelin plapperte fröhlich, der Schwiegersohn holte eine Kiste Wein aus dem Kofferraum. Nach einem frugalen Mittagessen machten beide Gerlachs eine Siesta, während die jüngere Generation sich die Beine vertrat und Boule spielte. Der Schwiegersohn beteiligte sich dem Familienfrieden zuliebe, er hasste das Boule-Spielen, schielte auf seinen iPod und rechnete aus: In vierundzwanzig Stunden bin ich zu Hause und vor dem Computer, solange halte ich Boules und Gerlachs aus. Henrietta und Gert versanken im Mittagsschlaf: Kraft schöpfen, Gert, damit wir heute Abend in höchster Form sind. Sie lagen krumm unter dem Laken und schliefen ein, Henriettas Bauch an Gerts Rücken, ihre Knie in seinen Kniekehlen, ihr Kopf an seinem Hals. Sie trugen nur ihre Unterwäsche. Als Gert sich im Schlaf umdrehte, erwachte Henrietta verängstigt aus einem bösen Traum, sie hatte bis zum Hals im Schnee gelegen und versucht, noch tiefer zu sinken, um dem Angriff eines Stiers zu entkommen, der schnurstracks in ihre Richtung galoppierte. Sie erinnerte sich, dass das Sternzeichen ihres Mannes der Stier war. Seine Schultern ragten aus dem Betttuch hervor, bräunlich, stark, eine dunkle Warze am linken Oberarm. Ihr Mund an der Warze, atmete sie ruhiger, labte sich an Visionen. Dieser Tag war ein Tag der Gnade, beide strotzten vor Gesundheit, und ihre Liebe zu diesem Mann erfüllte Raum und Zeit, Erde und Himmel, was für ein Glück es gewesen war, diesen Mann für sich zu gewinnen, diesen Mann, dessen winzige Fehler ihr gemeinsames Leben so gewürzt hatten. Keine ihrer damaligen Freundinnen konnte sich eines besseren Ehemanns rühmen, einige waren jetzt schon Witwen oder geschieden, keine so glücklich wie sie. Und sie rutschte zu ihm, presste sich nackt an ihn, keine junge Nackte, na und, eine alte verliebte Nackte auf Gert Gerlach, ihrem einzigen und ewigen Mann, der, aus dem Schlaf geweckt, erschrak, dessen vom Alter verschandelter Kopf sich unter ihren Händen wieder mit dunklen Locken füllte, Locken wie auf Viktors Haupt, dessen Arm- und Beinmuskeln ein gesundes Athletenspiel tanzten, und in der Tat zog Henrietta ihrem Gatten die Hose herunter, schob ihren grauen Kopf unter das Unterhemd und lutschte an seinem Bauch und an seinem Schwanz, der glänzte und sich nicht rührte, es kitzelt, meine Dame, Sie sollten sich den Kopf rasieren, und Henrietta sabberte an ihrem Traum herum und ging, ernüchtert, besiegt ins Bad, und die Hand auf ihr Geschlecht gepresst, weinte sie. Sie hatte den Geschmack von Urin im Mund. Den Kopf in den Gardinen, schaute sie in den Garten hinunter. Die Enkelin spielte Boule mit ihren Eltern. Inkognito jagte hinter den Kugeln her und störte. Henrietta nahm eine und warf sie an den Kopf von Fischer, ließ Gert und ihre Kinder stehen, die den blutenden Fischer blöd anguckten. Sie warf die Kugel an die Füße von Viktor, folgte ihr bis zu ihm, der sie in die Arme nahm und in den Wagen stieg, einfach so. Durch den Gardinenstoff und durch den Tränenvorhang konnte sie sehen, dass der Tag immer schöner wurde und dass nur ihre eigene eckige Welt sich im prallen und runden Tag querstellte. Sie rief sich zur Vernunft; und sie hatte solche Sehnsucht nach Glück, einen solchen Willen selbst nach hart erarbeitetem Glück, dass es ihr gelang, immer noch auf Bäume und Rhododendron starrend, alle Störungen ihres Lebens einen Augenblick zu beseitigen und, wie ein Huhn, dem man den Kopf abgehackt hat, noch weiterlaufen kann, gelang es ihr, Hand in Hand mit Viktor noch einen Augenblick lang als glückliche Henrietta zu gehen.

27

Moira schwenkte die Kamera auf Klaras und Florians Vorbereitungen und konnte einen hübschen Lichtkontrast bewerkstelligen.

Im noch leeren Salon stand Klara mitten in einer Garbe abendlicher Sonne, die überschwänglich in das Zimmer eingebrochen war, ihr Gesicht und ihre Arme beleuchtete und in ihr goldenes Kleid eindrang. Was für ein perfektes Gesicht, ein Schönheitsideal, ein eklatantes Lächeln, Vergissmeinnicht-Augen, ein Modell, wie für eine Glanzbroschüre im Wartezimmer zurechtgemacht. Eine nervöse Schönheit allerdings, die zur Übung Koloraturen sang und erst den Gesang unterbrach, als Florian von seinem frisch gestimmten Klavier abließ und seine Lippen auf ihren kussechten Lippenstift legte. Lass uns aufhören, die ersten Gäste kommen doch bald. Die Enkelin der Gerlachs stürzte ins Zimmer: Bist du ein Engel? Moira lächelte hinter der Kamera, nahm die Bewegung von Klara wahr, die ihren Schweiß in der Achsel spürte. Sie fuhr mit der Hand hinein und roch an ihren Fingern. Warum habe ich mich nicht erst hier umgezogen? Warum bei Viktor schon? Halt noch nicht professionell. Florian beobachtete sie und sagte, ich mag deinen Geruch, mehr als jedes blöde Spray, jedes teure Parfum, alles sinnlich und natürlich. Auch Viktor mochte ihren Geruch, Viktor, der als erster Gast in seinem anthrazitfarbenen Anzug auftauchte, und unter dem weißen Hemd und der Jacke klaffte ein Abgrund von Angst, ein Tümpel von bösen Vorahnungen, so wie damals, als er mit seinem Vater in eine trockene Schlucht hinuntergeklettert war und sich vor den in dem Gebüsch raschelnden Tieren gefürchtet hatte, in der Tat beinahe auf eine Schlange getreten war, oder so wie damals, als sein Großvater ihn, den Zehnjährigen, gegen die Wand geschoben hatte und dessen Krawatte an seiner Nase flatterte, der Großvater, der ihn mit beiden Krallen an den Schultern festhielt und drohte: Wenn du der Oma sagst, kleiner Spion, dass ich heute bei der anderen war, wird ein großes Unglück passieren, etwas Schreckliches, von dem du keine Ahnung hast, wie schlimm es sein wird. Er näherte sich Klara und lächelte verkrampft, grüßte Florian, ohne ihm in die Augen zu sehen, und auch Florian guckte weg. Viktor gelang aber eine Frage zu der Probe. Na, seid ihr soweit? Und ging, ohne eine Antwort vernommen zu haben. Schließlich entwickelten sich die Dinge so, wie Klara es prophezeit hatte: Ihre Beziehung löste sich von selbst auf, warum also noch ein Drama? Dramen gehörten zum Theater. Im echten, realen Leben dürften sich die aufgeblähten Gefühle von selbst zersetzen. Es würde doch nicht weh tun, man würde kaum etwas fühlen. Außerdem erblickte er jetzt Moira, die mit ihrer Kamera auf der Jagd nach Bildern oder nach ihm umherlief, die Kamera als vage Tarnung, denn sie tat nicht mal so, als filmte sie wirklich. Ich habe, sagte sie en passant, Gerlach versprochen, den Tag festzuhalten, den Abend in seinem Glanz mit diesem Instrument hier zu würdigen.

Sie trug ein zitronengelbes afrikanisches Kleid mit einem schwarzen Blumenmuster, ein langes und enges Kleid, das ihren Hintern betonte, der Viktor faszinierte und den er bis zu ihrem Verschwinden fixierte, als würde dieser wunderbare Hintern ihn aus seinen Sorgen zu sonnigeren und freieren Horizonten lotsen. Moira mit ihrer Kamera erblickte sowieso alle von Weitem, und es schien, als dirigierte sie ohne Regieanweisungen alle Menschen, die nach und nach eintrafen, aber vielleicht sah es nur so aus, weil die Besucher gefilmt werden wollten und sich deshalb nie weit aus ihrem Wirkungskreis entfernten.

Bald trudelten alle Gäste ein, viele Ärzte, darunter Doktor Hettsche, der Viktor freundschaftlich die Hand reichte, Golfspieler, Nachbarn, ehemalige Patienten, entfernte Verwandte, sie tranken in noch gedämpfter Stimmung das erste Glas Sekt auf der Terrasse, manche setzten sich lieber eine Flasche Kölsch direkt an die Lippen, und alle versuchten sich zu erinnern, wann sie sich zum letzten Mal getroffen hatten, bei welchem Geburtstag, welcher Beerdigung. Viele ältere Semester, einige alleinstehende Frauen, zwei braun gebrannte Fünfzigjährige, die Gert Gerlach insistierende Blicke zuwarfen, extra aus Gran Canaria, mein Lieber, sind wir für dich zurückgeflogen, die Liebe zu unserem Gerti gebot es. Noch eine Weile würde es dauern, bis die Lebhaftesten unter Alkoholeinfluss standen, bis der Garten von lauten Stimmen und schrillem Lachen hallte. Silvia und Marion wurden von ihrem ehemaligen Chef umarmt und zu ihrem charmanten Aussehen beglückwünscht, und Viktor freute sich über die Ankunft der beiden wie über ein Stück Normalität. Patienten oder Ärzte konnte man hier nicht unterscheiden, alle todschick und ausgelassen, gratulierten sich zum schönen Wetter, zum lauen Spätfrühlingsabend, ein solches Glück, es hätte ja auch regnen können.

Als Frau Gerlach in ihrem neuen schwarz-weißen Kleid aus dem Haus trat – gut sah sie aus, von ihrer Tochter dezent geschminkt und gut frisiert, das Haar blond gefärbt –, eilte sie durch die Gästemenge, grüßte hektisch beim Vorbeigehen, versprach, sofort wiederzukommen, es müsse noch einiges erledigt werden, und verschwand hinter dem Haus, wo sie allein vor dem leeren Schwimmbecken, die Augen stur auf den schmutzigen und rissigen Kachelboden gerichtet, den lieben Gott bat, Fischer auf dem Weg hierher verunglücken zu lassen und ihn dabei so zuzurichten, dass nicht einmal der Teufel den Mann in der Hölle erkennen könne. Sie setzte sich einen Augenblick auf die schmutzige Kunststoffbank am Rand des Beckens, der Typ hat uns das Wasser abgegraben, warum haben wir es zugelassen, mein Fehler, wenn ich damals den Auftrag nicht vergeben hätte, aber Gert hat einen Plan, Viktor wird uns beistehen. Gert und Viktor. Sie retten uns aus diesem Schlamassel. Im Becken schwammen jetzt muskulöse Körper, der schöne Gert, der Viktors Gesicht annahm, ihre zwölfjährige Tochter wagte einen Kopfsprung, sie

219

selbst kraulte unermüdlich hin und her. Morgen, ich werde schon morgen eine Firma anrufen, wir lassen das Schwimmbecken renovieren.

Sie kehrte voller Zuversicht, aber mit feuchtem Hintern in die Gesellschaft zurück und orientierte sich an Viktor, der wie die anderen Gäste in Moiras Gravitationsfeld stand. Klara hatte sich mit ihrem Gert zu ihm gesellt, Gerlach hatte einen besitzergreifenden Arm auf die Schulter der jungen Frau gelegt und stellte sie den Menschen links und rechts vor als »wahre Überraschung des Abends«, eine fantastische Mezzosopranistin, Sie werden es gleich hören, ein Talent, das wir zufällig entdeckt haben, das ich, wir, meine Frau und ich, fördern wollen, machen Sie sich auf etwas gefasst, meine Damen und Herren. Es erhob sich ein Raunen in der Gesellschaft, man blies das Wort Überraschung in die Sektgläser, man schaute auf die zierliche Erscheinung im Goldkleid, Gerlach wollte Klara schon zum Klavier führen, als Henrietta, wieder ganz bei sich, ihn stoppte und sagte: Nach dem Vorspeisenbüffet, Gert, warte noch ein bisschen, ich möchte zuerst ... eigentlich habe ich gedacht, dass ich ... Klara unterdrückte Gerlachs Proteste, indem sie ihm ins Ohr flüsterte, dass sie genauso gut vor den Hauptgerichten einen Teil des Programms singen könne, oder vor dem Nachtisch ... ja, zuerst der Leib, dann der Geist, ich hätte auch Lust, mich jetzt auf diese schönen Leckereien zu stürzen. Dann stürzen wir uns zusammen, lachte Gerlach. Ich hatte gedacht, wiederholte Henrietta. Doch Gert hörte das Ende des Satzes nicht, falls es ein Ende des Satzes gab. Er kündigte laut an, das Büffet sei eröffnet. Ein Stück auf ihrem Bandoneon vortragen wollte Henrietta, eine leichte französische Melodie, das Instrument wartete griffbereit in der Bibliothek, aber auch wenn sie ihren Gedanke hätte zu Ende formulieren wollen, wäre sie nicht dazugekommen: Ihr stockte das Herz, als ein schlecht rasierter Mann auf die Terrasse geführt wurde, der einen imposanten Strauß Pfingstrosen und Lilien vor der Brust hielt, deren weiße, weiche Blüten im Kontrast zum schwarzen

Cordanzug standen, einem viel zu warmen Anzug für die Jahreszeit, mit dunklem kragenlosen Shirt, ein Künstler dieser Stadt, vermuteten manche, der nur ein gutes Stück in seiner Garderobe besaß, ein schüchterner Poet, der das Kinn in die Blumen steckte und es mit gelbem Staub gepudert erhob. Viktor erkannte aber sofort den Detektiv Fischer, und mit der blassen Henrietta, die panisch Viktors linken Arm ergriffen hatte, ging er zu dem Eindringling. Er ist es, er ist es, er ist es, murmelte Henrietta. Keine Sorge, sagte Viktor, der aber unter der Klammer von Henriettas Hand anfing zu schwitzen. Ich spreche mit ihm, wir werden uns schon darauf einigen, für heute Abend wenigstens, den Skandal zu vermeiden. Ja, Viktor, ja, verstricken Sie ihn in ein Gespräch, verwickeln Sie ihn so, dass, sie beendete den Satz nicht, sondern ließ Viktor los und zeichnete mit den sich drehenden Händen abstrakte Kurven, als wollte sie den Mann in Kordeln und Schnüren einfangen und fesseln. Ihr Kleid, sagte Viktor, wo haben Sie sich hingesetzt?

Er reichte ihr den leichten Pulli, den er über den Schultern trug, knoten Sie ihn einfach um die Taille!

Der Detektiv zeigte Manieren, er küsste der Dame des Hauses die zitternde Hand und fragte mit einem einseitigen Lächeln, wo sich »unser« guter Herr Doktor Gerlach aufhielte, dem er jetzt zum Ruhestand gratulieren wolle. Viktor, der hinter Henrietta stand, schielte auf das eigene Kinn, das er ostentativ rieb, Fischer aber verstand die Andeutung nicht. Ihr Kinn, sagte Viktor, voll Blütenstaub. Henrietta, gehen Sie ruhig zu ihren Gästen, sagte Viktor, ich führe den Herrn zum Büffet.

Schon aber war Gert Gerlach zu ihnen geeilt, mit einem halb angebissenen Häppchen in einer Hand und einem Glas in der anderen, sagte er: Na, wer ist denn das? Der Herr ist mir nicht vorgestellt worden!

Ich bin Ludo Fischer, sagte Ludo Fischer und streckte die Hand entgegen.

Lieber Herr Fischer, ich habe ein gravierendes Gedächtnisproblem, das vor allem meine Frau unglücklich macht, vielleicht erinnern Sie mich bei einem Glas Sekt, wo wir uns kennengelernt haben. Gesichter verblassen schnell, Ihres hat leider in meinem Gedächtnis keine Spur hinterlassen. Seien Sie nichtsdestotrotz willkommen. Ich sehe mit Bestürzung, dass meine Frau Ihnen noch nichts angeboten hat.

Ach, der Abend wird noch lang, lieber Herr Doktor Gerlach.

Nach diesem Satz machte Fischer seinen etwas fleischigen Mund nicht zu, das verlieh ihm, fand Gerlach, ein karpfenhaftes Aussehen. Ich glaube, sagte er, dass ich mir Ihren Namen doch ganz leicht merken kann.

Ich wollte gerade Herrn Fischer zum Büffet führen, sagte Viktor.

Dann kommt alle mit, lächelte Gerlach. Herr Fischer, wischen Sie sich das Kinn ab, Sie haben da was. Henrietta, gib doch dem Herrn eine Serviette!

28

Einige kauten noch an den Lachs-, Krabben- und Kaviarkanapees, als Klara das erste Lied anstimmte – Seit ich ihn gesehen ... – das erste Lied, wie sie erklärte, aus einem Zyklus von Chopin: Frauenliebe und -leben. Ein Mädchen erwacht zur Liebe und wundert sich, die Auserwählte zu sein.

Von Neuem war Viktor verblüfft, wie sehr sich in den wenigen Wochen ihre Stimme entwickelt hatte. Gerlachs Gäste standen um ihn herum, fasziniert von dem Gesang und auch von ihrer fragilen, fast surrealen Schönheit, die in Kontrast zu dem Volumen ihrer Stimme stand. Klara trug vorerst das Lied mit leicht zitternder, dann immer sicherer, gefühlvollerer Stimme vor. Viktor glaubte zu spüren, wie das Publikum innerlich jubelte, wie sich der Wunsch auf Applaus in ihnen drängte und der Beifall bald tosen würde. Ein Anflug von Stolz überraschte ihn, seine Freundin war es, die im Mittelpunkt der allgemeinen Bewunderung stand, und erst als sein Blick auf Florian fiel, Florian, der seine Samtpfoten über die Klaviatur gleiten ließ, durchdrang Viktor der Gedanke, dass Klara einen anderen liebte. Vielleicht wussten sogar einige hier von seiner Schuld, hatten erfahren, dass er, Viktor, der Verlobte, ihre Gesangskarriere nicht gefördert hatte, wie Gerlach es jetzt tat, Gerlach, der den Vater und den Freund ersetzte, während er, der zukünftige Ehemann, sie nur ermutigt hatte, eine Schullaufbahn einzuschlagen, einen Beruf anzunehmen, der ihr immer verhasster wurde. Bestimmt wussten schon einige, dass er, der Egoist, ein solches Talent verschmäht, ja, durch Ahnungslosigkeit beinahe verhindert hätte, denn warum schaute dieser Herr hier, diese Dame dort, fast spöttisch auf ihn, ja, er glaubte zu spüren, dass man ihm etwas vorwarf, ihn verurteilte. Ein Blick auf Moira, die aus einer Zimmerecke heraus filmte, half ihm zur Ernüchterung. Ich spinne, das ist die Stimme des schlechten Gewissens.

Klara kündigte jetzt das Mädchenlied von Brahms an. Viktor kannte es nicht. Vater hat recht, ich muss mich bilden, mehr Zeit für Kunst opfern. Opfern ist das falsche Wort, würde Doktor Weber senior spotten. Was werden seine Eltern zu der Trennung von Klara sagen, die Schwiegertochter in spe trug schon den Verlobungsring seiner Mutter, die ihn bei einem gepflegten Familienessen Klara überreicht hatte, keine offizielle Verlobung, nein, eher eine sentimentale, leicht theatralische Aktion seiner Mutter.

Die Zuhörer badeten versonnen in der Melancholie des Liedes. Viktor spürte, wie ihm die Tränen hochstiegen, wie taktlos von Klara, gerade dieses Trauerlied ausgewählt zu haben und es jetzt vorzutragen, wo die Feier kaum angefangen hatte. Gerlachs Gäste schienen aus einer uralten Verzauberung zu erwachen, als Gerlach eine »kurzweilige Ansprache« ankündigte und dabei ein verrücktes Lachen ausstieß, ein Lachen, das niemand zu deuten wusste.

Liebe Freunde, ich erlaube mir eine Zäsur zu setzen, da jetzt noch der letzte erwartete Freund eingetroffen ist und, bevor ihr euch alle diese Köstlichkeiten weiter munden lasst und wir anschließend weitere Lieder unserer wunderbaren Sängerin hören, möchte ich euch einige Worte des Dankes sagen, keine Angst, es ist im Nu vorbei:

Ja, liebe Freunde und Kollegen, ich danke euch, dass ihr unserer Einladung gefolgt seid, um mir damit über die fragwürdige Zeit des Abschiednehmens hinwegzuhelfen. Meine Praxis ist jetzt in guten Händen, in jungen und klugen Händen, Herr Doktor Weber wird für Sie da sein (einladende Geste zu Viktor, alle Gesichter kurz zu Viktor gedreht, dann wandten sich alle gleichzeitig wieder zu Gerlach). Man munkelt allerlei (Gerlachs Stimme nahm einen ironischen Unterton an, während er auf seine Frau schielte), unter anderem, mein Hirn schmelze in sich zusammen (großes Gelächter), ich tauche, behaupten einige, in eine dunkle Nacht, glaube es, wer will, nicht wahr, Raimund? (Doktor Hett-

sche lächelte, scheinbar überrascht, schüttelte zögernd den Kopf).
Welche Nacht aber, liebe Freunde, könnte dunkel genug sein,
um all meine Verbrechen zu verbergen?

Man hörte wieder einige Leute kichern oder sogar lachend bestätigen, ja, ja der Gerlach ist wieder dabei, uns einen Bären auf
die Nase zu binden. Was führt er im Schilde?

Schnell, schnalzte Gerlach mit der Zunge, ja, schnell ist ein
Leben vorbei, liebe Leute, ein Berufsleben sowieso, vierzig Jahre
sind Peanuts, bei mir waren es kaum dreißig, ein zwergenhaftes
Arbeitsleben. Als ich vor ein paar Monaten die letzten zusam-
mengeschrumpften und wurmstichigen Äpfel am Fuß des Bau-
mes dort sammelte, wusste ich: Ich scharre hier mein Leben und
dessen faule Früchte in einem Korb zusammen.

Die Gäste schauten sich verdutzt an, jüngere Leute grinsten
ironisch, Ältere bissen sich betroffen auf die Lippen, als hätte
Gerlach seine Rede auch in ihrem Namen gehalten. Und ohne
echten Zusammenhang hatte er auf einmal alle Regeln der Rhetorik über Bord geworfen und den zu solchen Anlässen erwarteten
Ton als langweilig und überflüssig deklariert, denn er schrie ohne
Überleitung und mit Fistelstimme:

Ach Kinder, was soll's? Ich bin so oft durchs Vorexamen gefallen, dass ich ohne Hilfe meiner damaligen Geliebten, Carolin Leitner ... Gott sei ihr gnädig, Carolin, deren Witwer heute
Abend unter uns verweilt, half mir, die Dokumente zu fälschen,
klasse Fälschung, ohne sie wäre ich nie Arzt geworden, und das
wäre doch jammerschade gewesen, denn ich war ein verdammt
guter Arzt!

Henrietta versteinerte. Die Augen geschlossen, die Hände
zusammengepresst, schmiegte sie sich an Viktors Rücken, als
könnte der vor den Bomben schützen, die jetzt vor den Augen
der ganzen Welt und ihrer Tochter explodieren würden. Diese
allerdings wusste nicht mehr, ob sie das Verhalten ihrer an Viktor
gekuschelten Mutter oder die Rede des Vaters empörender fand.
Ein gewaltiges Lachen schwoll im Raum an, ein Prusten, Don-

nern, Krachen, Husten, Verschlucken und Klatschen begleitete Gerlachs Stimme und Gestik in die Speicherkarten der Videokameras und in das Sechzehn-Millimeter-Band von Moiras Film, eine Explosion, die langsam abebbte, eine Brandung, die sich an den weißen Tischtüchern des Büffets glättete, und schließlich zu Fischers Mokassins hinblubberte, eine kleine Pfütze hinterließ, wo nur noch einige Fragezeichen und Ausrufezeichen sich wie Strandgut in einem Wirbelchen drehten. Die Gäste scharrten mit den Füßen, ließen Finger knacken, ein junger Mann konnte ein nervöses Zucken des Oberlids nicht unterdrücken, manche flüsterten, kicherten, der Gerlach sei schon immer eine komische Nummer gewesen, kein anderer würde sich einen solchen Scherz erlauben, und wenn es kein Scherz ist?, fragte ein schlauer Kopf, der sofort ausgelacht wurde, ein bisschen verrückt sei Gerlach schon, sehr gewagt, ja sagte eine, zuerst Alzheimer, dann Fälscher, spinnt er wirklich, was ist hier los? Ich wette, der will eine neue Theatergruppe bilden, das erinnert mich an damals, wisst ihr noch, flüsterte ein älterer Zahnarzt, mein Gott haben wir uns bei den Improvisationen amüsiert!

Hier, posaunte Gerlach aber weiter, stelle ich euch meinen nagelneuen, nagelscharfen Freund Fischer vor, Mitstreiter des Spiels und mäßiger Schicksalsschreiber, (was habe ich gesagt?, flüsterte der alte Zahnarzt, also doch ein Schauspiel!), Detektiv und Ehemann unserer verstorbenen Carolin, der kann es Ihnen bestätigen – und er klopfte so arg auf Fischers Rücken, dass dieser sich hustend an Gerlachs Ärmel festhielt, der sich schnell befreite, eh du alte Klette, sagte er immer noch in scherzhaft emphatischem Ton, weg die Pfoten, beschmutze meinen Armani nicht, sehen Sie, liebe Freunde, die Sache ist so, der Kerl da versucht mich zu erpressen, nun er hat sich geschnitten, nicht wahr? Genau! Ja!, schrien einige. Niemand kann den alten Gerlach mehr erpressen, denn der alte Gerlach ist nicht mehr zurechnungsfähig, da wären wir wieder beim Thema, nicht wahr Henrietta? Jetzt ist alles gesagt worden. Der alte Gerlach spielt den Onkel Doktor nicht mehr, der alte Gerlach ist im Ruhestand und will jetzt in eurer Gesellschaft speisen und dann den wunderbaren Melodien unserer Nachtigall Klara lauschen. Was machen wir aber mit diesem Gauner? Er zeigte auf Fischer, der versuchte, sich einen Weg nach draußen zu bahnen. Den Garaus, schlug jemand vor, lynchen, kaltmachen!

Alle klatschten, man lachte, rempelte spielerisch Fischer an, manche fragten ihn, ob er jetzt zur neuen Truppe gehöre, wie es jetzt mit dem Happening weitergehe, niemand verstand recht, was hier gespielt wurde, sicher ein Ratespiel, ein Abenteuerspiel, Improvisationstheater, sollten sie vielleicht bald den Garten nach falschen Dokumenten umgraben, in den Büschen nach Überraschungseiern suchen, gab es einen Preis für den Gewinner? Fischer schüttelte den Kopf, wer zuletzt lacht, presste er hervor, und traf mit seinem hasserfüllten Ausdruck perfekt die vorgesehene Rolle. Er kehrte an der Tür um, kam zurück ins Zimmer, alle applaudierten, und er riss einen Teller an sich, auf den er wütend Fleisch und Fisch anhäufte. Man hat, was man hat!, rief jemand. Der Typ ist klasse, sagte ein anderer. Frau Gerlach stand am Tisch und nestelte an einem Stück Tischtuch, beantwortete ihrer Tochter die Frage, die niemand stellte, auch die Tochter nicht: Jetzt hat er sie nicht mehr alle, ja er ist krank, er hat seine Obsessionen wieder, er erfindet, findet sich mit der Realität nicht mehr zurecht, sobald er aus der Routine kommt, rutscht er ab. Nora blieb stumm, schaute hilflos ihre Mutter an und stellte die Frage zur Antwort: Was wird hier gespielt, Mama?

Geben Sie mir die Adresse des Traiteurs?, fragte eine alte Dame, deren dünne, zerbrechliche Finger Mühe hatten, den Teller zu halten. Das schmeckt hervorragend, und Ihr Mann, Frau Gerlach, ist ein Entertainer erster Klasse. Henrietta drehte sich ohne Antwort um, schnappte frische Luft auf der Terrasse und traf den Blick des Kindes Henrietta, das von einem Gewitter im Wald überrascht wird. Es roch nach Pilzen und nasser Erde. Der Platzregen hat ihr Sommerkleid durchnässt, sie versucht zu einer Lichtung zu gelangen, sieht schon, wie die Sonne am Horizont die Wolken durchdringt, es wird alles gut, sagt Viktor, der das Kind an die Hand nimmt. Wir gehen nach Hause.

Was wird hier gespielt?, wiederholte die Tochter, die ihr gefolgt war.

Henrietta knotete Viktors Pulli enger um ihre Taille, spürte die kuschelige Wärme um ihren Bauch. Frag den Papa, sagte sie. Sie wandte sich wieder den Gästen zu, mein Gott, sahen sie dämlich aus, Wachspuppen, die hätte sie am liebsten hinausgejagt, diese Visagen geschlagen, wie schön, alle flachen Gesichter wie Schnitzel zu klopfen, um sie weich zu stimmen, alle Visagen platt, ein Salon voll Fleisch und Blut, Inkognito hätte seinen Spaß, sie versuchte, sich an den Namen der Frau neben ihr zu erinnern, eine Frau mit grünlich schillerndem Kleid, wie lächerlich der moosgrüne Strass, wie billig das teure Kleid, nein, sie wusste den Namen nicht mehr und, sorry, den Namen des Traiteurs auch nicht mehr. Fragen Sie den Papa. Jetzt muss ich mich umziehen, Viktor den Pulli zurückgeben, oder auch nicht, ich hole zunächst mein Bandoneon. Wir sollten auch Gert und seine Gäste fotografieren, es ist sein Tag, sein letzter aktiver Tag, dann haben wir es hinter uns. Wir machen ein Foto, sagte sie lachend in die Runde, gruppiert euch um Gert, Nora wird fotografieren. Wir machen ein Foto für die Ewigkeit, damit diese Stadt, diese Welt sich an uns erinnert. Gert schaute zögernd, ach du und deine Fotos! Aber alle begannen, sich um ihn zu scharen. Sie gruppierten sich um Gert, ein Herr nahm Henrietta an die Hand, sie solle sich neben Gert stellen, lächeln, bitte, sagte die Tochter, die das Foto schoss, während Moira die Gruppe und die Fotografin filmte. Dann wollten alle Handy-und Kamerabesitzer ein Gruppenfoto machen, da aber jeder ein Handy oder eine Kamera besaß, gab es bald keine Gruppe mehr und es wurde hier und da fotografiert, wild geschossen, Henrietta hörte ein universales Klicken, eine Folge von metallischen Geräuschen, sie entfernte sich, jetzt überfordert von einem Heer von schwarzen Pinguinen, die mit dem Schnabel klackten. Ich möchte mich ausradieren, sterben ist eine Lösung, wegfliegen, sich wie Pollen auf die kahlen Köpfe der Herren setzen, in die Ohrmuscheln der Damen, in ihren Dekolletés verschwinden. Sie sah sich deutlich mit zwei riesigen Flügeln, wie sie sich erhob und schnurgerade zum Horizont flog, einem tintenblauen Horizont, der Himmel fühlte sich kalt und blau an, ihre Flügel schnitten ihn und Henrietta spürte den Kristall, den sie mit diesen Flügeln durchdrang, die Luft wurde immer kälter und reiner, sie fror aber nicht, ich erreiche andere Sphären, bin definitiv abgehaut, und sie sah tatsächlich, wie sie ihr Leben hinter sich ließ, fünfundfünfzig Jahre ihres tragikomischen Lebens, sie sah, wie sie in der Praxis nach dem Aufräumen abends als letzte die Zeitschriften ordnete, die Rollläden runterließ, sie stand auf der Bühne neben Gert, sie selbst als trauriger Clown mit dem Bandoneon, Gert selbst hatte ihr eine schwarze Träne auf die Wange gemalt, jetzt brachte sie ihre kleine Tochter zur Schule, schlichtete einen Streit mit einer kleinen Nachbarin im Sandkasten, die Tochter wurde beschuldigt, eine Muschel geklaut zu haben, ach, nee, sie war selbst die kleine Diebin, und ihre eigene Mutter schleppte sie nach Hause, warte mal ab, bis der Papa kommt, jetzt fuhr sie mit der Klasse Schlittschuh in einer Eishalle, sie fiel, hatte ein blutiges Knie, die Halle war zu eng, zu viele Leute fuhren da, sie saß im Stadtgarten mit einem roten Röckchen, roten neuen Socken, und ein Mann ihr gegenüber öffnete den Schlitz seiner Hose und zeigte ihr eine weiße dicke Wurst, weder Wurm noch Wurst, kein schönes Stück, aber was war das für ein Ding? Als der Mann sie anguckte, erschrak sie, sie lief weg. Sie traute sich nicht, ihren Eltern davon zu berichten, aus Angst, sie dürfte nicht mehr in den Park mit dem Roller, jetzt ist sie noch jünger, sieben oder acht, ihre Mutter schüttelt sie gegen die Wand und schreit, ich bring dich um, du Miststück, ihr Vater ohrfeigt sie, sie ist gewachsen, vierzehn, sie flieht, er hinterher, er holt sie auf der Straße ein und verprügelt sie nicht, Leute schauen zu, jetzt steht sie vor dem Zimmerschrank, sie hat ihr Nachthemd ausgezogen, achtjährig, sechsjährig? Sie friert, ihre Mutter kommt und nimmt das Nachthemd mit, der Kleiderschrank ist aber leer, die kleine Kommode mit der Unterwäsche auch, die Mutter hat alle Kleidungsstücke weggebracht. Sie sagt: Jetzt weißt du, wie das Leben wäre ohne Mutter, die arbeitet und alle diese Sachen kauft und sauber hält. Ihr Vater lacht, gibt ihr einen freundlichen Klaps auf den Hintern und fragt: Fühlst du dich wohl in deiner Haut? Sie muss nackt frühstücken, sich in der Wohnung nackt bewegen, bevor sie Stück für Stück ihre Klamotten wieder erhält. Jetzt weißt du, wie es ist, ein nackter Wurm zu sein, keine Eltern zu haben. Wer niemanden hat, ist nackt, nackt, nackt. Wirst du jetzt auf deine Sachen aufpassen? Weißt du, was uns ein Hemd kostet? Ihr Bruder will sie fotografieren, heimst aber eine Ohrfeige ein. Geschieht ihm recht. Dann ein Loch, alles Dunkel, ein Schlüsselrasseln.

Kopfschmerzen. Sie fror, aber sie hatte Viktors Pulli um ihren Bauch, sie lebte. Zum Leben gehören immer noch zwei. Zwei warme Arme um ihre Taille.

Jetzt, nach der Pause, sang Klara wieder Schumanns Lieder aus dem Frauenliebe und -leben-Zyklus: Nimm, bevor die Müde/ deckt das Leichentuch/ nimm ins frische Leben/ Meinen Segensspruch: Muss das Herz dir brechen/ bleibe fest dein Mut/ Sei der Schmerz der Liebe/ Dann dein höchstes Gut. Und darauf ließ sie ohne Ankündigung ein Lied aus der Entführung aus dem Serail folgen, als wollte sie die Bedrückung, die sie mit dem Lied von Schumann hervorgerufen hatte, zerstreuen, Henrietta trösten, die Leute amüsieren, sie begoss ihr Publikum mit einer warm-kalten Dusche, eine sprunghafte Art, mit ihrer himmlischen Stimme zu interpretieren, dass man nichts ernst nehmen muss, auch die Trauer einer Verlassenen nicht, auch die Todesangst nicht, nichts, nichts, sie, Klara, stand sowieso im frischen Glück, das sah man doch, armer Viktor, armer betrogener Viktor, den seine Sängerin (spöttisch?) anstarrte, als sie die ermunternden, doch so traurigen Worte des Liedes sang, aber sie schaffte es, die Göre, die Stimmung wieder aufzuhellen, was für ein Talent, diese kleine Hexe schafft alles, ach, und wo war der Fischer? Anscheinend hatte er sich doch verdrückt, nachdem er sich den Magen mit ihrem köstlichen Essen vollgestopft hatte. Dieser Primat spielte sowieso keine Rolle mehr. Viktor stand mit gekreuzten Armen neben Gert, ihr Mann sah jetzt verloren und blass aus. Irrte sie oder hatte er Tränen in den Augen? Beide hörten Klara zu, Viktor kritischer, vielleicht nicht wirklich versunken.

Gut, dachte Viktor, dass Klara in ihrer Partitur las und nicht in seinem Kopf. Sie sang jetzt eine melancholische Arie, die alle Zuhörer wieder traurig stimmte. Warum hatte sie nicht mehr Fröhliches ausgewählt, schließlich war man nicht auf einer Beerdigung, immer wieder dieselben Themen, Lieder von Brahms oder Wolf oder Hensel, und immer wieder Schumann, es ging stets um verlorene Liebe und todbringende Nacht. War das die Auswahl dieses Florians? Nein, Gerlachs Lieblingsstücke, sicher, der hat die morbide Auslese getroffen, der hat sich hier alles ausgesucht, wie Klaras Kleid, wie diese ganze Inszenierung. Der Alte sieht traurig aus, ich selbst darf nicht weinen, muss mich ablenken, den Leuten zuschauen, die nach den letzten Petits Fours schielen oder Musikkenner-Mienen aufsetzten, sich von Wachträumen transportieren ließen, die da lehnt den Kopf auf die Schulter ihres Partners, die beiden dort halten sich an der Hand, es gibt auch die Einsamen, die sich mit der eigenen Haut beschäftigen, sich auf die Lippen beißen, an den Fingernägeln kauen, sich an die Nase fassen oder unter der Armbanduhr kratzen. Bei Liebestreu Opus drei spielte eine Zuhörerin nervös mit ihrer Perlenkette, bald würde der Halsschmuck reißen, wenn sie ihn weiter malträtierte, eine Frau mit feuchten Augen rollte eine Strähne ihrer Haarmähne um ihre Finger, ein Mann stocherte diskret hinter der linken Hand mit einem Zahnstocher zwischen den Zähnen.

Klara kündigte ein letztes Lied an, für dich, lieber Gert, sagte sie, für dich, großzügiger Freund, dieses letzte Lied, als wären nicht alle Lieder für ihn gesungen worden, als müsste sie jetzt öffentlich zugeben, dass sie sich bezahlen ließ! Und sie trug *Immer leiser wird mein Schlummer* Opus hundertfünf vor. Mitreißend klang die Steigerung des »Komm, oh komme bald«, sodass alle Zuhörer das Leid unerfüllter Liebe spürten und den feuchten Blick senkten. Nur Gert schaute unverwandt zu Klara hin und strahlte und weinte. Ja, er weinte.

Nach dem rauschenden Applaus versuchte Viktor, sich einen Weg zu Klara zu bahnen, um ihr zu gratulieren, eine Schar Bewunderer umzingelte sie, lobte sie über den grünen Klee, drückte ihr die Hände. Viktor lenkte dann seine Schritte zu Moira – er schaute geradeaus in ihre Kamera – und Moira stoppte und senkte das Gerät und gab ihm seinen Blick zurück, einen trauernden Blick, den er nicht verstand. Na, sagte er dann, gehören auch die heutigen Dreharbeiten zu Ihrem Film? Sie schaute schweigend weiter, hob unbeholfen die Schulter, eine Geste, die nicht zu ihr passte. Was ist los, Moira, sagte er. Bist du traurig? Habe ich dir etwas angetan? Moiras Lächeln öffnete weite Felder der Zärtlichkeit und der Sehnsucht. Ja, sagte sie, diese »Dreharbeiten« gehören zum Ende des Films, falls ich diesen Film zu Ende drehe, ich sammle eigentlich nur Material und Erinnerungsstoff für Herrn Doktor Gerlach. Jedes Ende macht einen traurig. Klaras Lieder gingen mir unter die Haut. Du hast dir doch das Thema Haut ausgesucht, lächelte Viktor. Eher das Thema mich, erwiderte Moira, und inzwischen hat es sich mit mir und Ihnen und den Gerlachs gewandelt. Ich mache mir übrigens Sorgen um uns alle, mich inklusive. Ich komme sofort zurück, sagte Viktor, warte, ich muss dringend verschwinden. Als er zurückkam, waren Klara, Florian und Moira nicht mehr im Wohnzimmer. Nur eine Frau stand da, die allein einen Rest Creme direkt aus der Schüssel löffelte. Haben Sie Klara gesehen? Die Sängerin? Ich wollte ihr noch gratulieren. Die Frau leckte sich die Mundwinkel und machte eine vage Bewegung zur Tür hin: Ich meine, sie ist mit Gert weg. Und Frau Gerlach? Irgendwo da draußen. Auf dem Weg zum

Garten hielt ihn eine Patientin auf, die von ihm wissen wollte, ob Hautcreme Phthalate enthielten, er konnte sich erst befreien, als er versprach, sich gleich wieder mit ihr zu unterhalten. Klara blieb unauffindbar, Gerlach auch, Moira ebenfalls, er musste Moira wiederfinden, was war los, was sollte das plötzliche Siezen? Auch das Bedürfnis, Klara zu gratulieren, wurde immer dringender, vielleicht gab ihm dieser Abend doch noch eine Chance, wenn er alle seine Fehler eingestand (womit sollte er anfangen?), wenn sie heute zusammen nach Hause gingen und einschliefen, wenn sie beide zugaben, dass ihre Seitensprünge nichts Wesentliches gewesen wären, überwundene Krisen eben. Krisenfreie Liebe gibt es in dieser Welt nicht. Was mich nicht umbringt, macht mich stärker, sagt die Liebe, und so weiter.

Henrietta aber eilte zu ihm, das Haar zerzaust, der Blick glänzend, Inkognito an ihrer Seite, sie grinste erleichtert: Ach, Viktor, ich suche Sie ja die ganze Zeit, haben Sie vorher Gerts Rede gehört?

Ende gut, alles gut, nickte er, vielleicht haben Sie jetzt Ihre Ruhe vor diesem Fischer, haben Sie Klara gesehen?

Ende gut, alles gut? Der Detektiv steht immer noch herum und versucht, meine Gäste für seine Lügen zu gewinnen.

Seine Lügen, Henrietta? Na ja, haben Sie Klara gesehen?

Viktor, ich erwache.

Was meinen Sie damit, Henrietta?

Alles ist Gert egal, sogar sein Ruf, Gert ist alles wurst, ich, die ganze Welt, nur Ihre liebe Klara nicht, ich habe richtig Lust, mich umzubringen, Viktor.

Sie sind müde und depressiv, aber morgen ist ein neuer Tag, Ihrem Mann geht es gar nicht so schlecht, und einen Sieg gegen Fischer haben Sie schon, und mit der Erpressung ist es endgültig vorbei. Viktor hätte gern noch ein paar »und« plus Trostworte aneinandergereiht, es fiel ihm aber nichts mehr ein.

Haben Sie Klara gesehen?, fragte er noch einmal.

Nee, schauen Sie sich überall um, mein Mann hat sie bestimmt in irgendeinen Busch gezerrt und vertilgt. Vergessen Sie nicht, dass er schwer krank ist, total gestört.

Einige Leute rauchten, um einen glühenden Brasero verteilt. Er erkannte Fischer, der beide Hände in den Hosentaschen hielt und bei den Rauchfahnen der Zigaretten seine Nase rümpfte, der aber in diesen letzten Sünderkreisen einen Geist der Komplizenschaft witterte und, wer weiß, ein verheißungsvolles Gespräch. Seine Erpressungspläne vorläufig gescheitert, grübelte er noch an einer Revanche und versuchte mit der einen Marlboro-Raucherin oder mit dem anderen Pfeifenraucher aufs Thema gefälschte Prüfungs-unterlagen zu kommen. Er wurde aber geschnitten: Der Spaß-macher langweilte sie jetzt, diese Ärzte, Zahnärztinnen oder Apotheker interessierten sich nicht die Bohne für seine Geschichten, wollten keine Nestbeschmutzer abgeben, wollten die Ehre der Mediziner unangetastet sehen. Viktor ging an ihnen vorbei und lenkte seine Schritte hinter das Haus, wo sich niemand aufhielt, das Gelände nur von den Fenstern des Wohnzimmers erleuchtet. Auf diesem Weg gelangte man zu dem verwahrlosten Schwimm-becken. Die Gerlachs hatten, erinnerte er sich, die Absicht, den Swimmingpool zu renovieren, ein schönes, langes Schwimmbe-cken, sicher auch tief genug. Er näherte sich, vielleicht, um die Tiefe abzuschätzen, nicht so leicht bei dem schwachen Licht, das nur aus den Hausfenstern hierher strahlte, vielleicht auch, weil er eine menschliche Stimme oder nur ein Miauen vernahm, oder weil Inkognito ihm gefolgt war und anschlug, und er beugte sich über das Becken, und da entdeckte er sie, ein langer heller Körper. Ihm wurde schwarz vor Augen, das konnte doch nicht sein, das war doch eine Halluzination? Klara lag auf der blauen zerbröckelnden Betonfläche, ein Bein leicht angewinkelt, wie eine Tote, wie in einem Film. Und er stand vorerst versteinert da, eine Statue am Rand des Beckens, rief dann zitternd ihren Namen. Gleichzeitig aber hörte er Klaras Stimme hinter seinem Rücken: Ich hörte, du suchst mich? He, Viktor, was machst du da? Viktor war hinuntergesprungen und ausgerutscht, er kroch auf dem

Zementboden auf allen vieren zu dem Körper, der da lag: Nicht Klara, die vom Rand aus weiter fragte, welche Tarantel ihn gestochen habe, und dann selbst einen erstickten Schrei ausstieß, als sie sah, dass neben Viktor ein Mensch lag, eine Frau in gelbem Kleid. Moira, rief Viktor, Moira, was ist passiert? Und zwei Meter weiter lag etwas, das wie eine Kamera aussah.

(Moira)

Jetzt ist mein Dokumentarfilm über die Haut eine Geschichte der Gerlachs, eine Geschichte von unsereins geworden. Und da die Variationsbreite einer Geschichte, Viktor, unendlich ist, jede Version, wie dieses Wort es besagt, wendbar und je nach der Figur und deren Blick ausdehnbar, kann ich sie so wenden, wie es mir gefällt.

Ich liege also auf dem blauen, zerbröckelnden Zementboden, nicht weit von meiner kaputten Bolex. In der rechten Hand deinen Pulli: Ich hatte versucht, mich daran zu klammern, als sie mich samt Kamera in das Becken schob. Ich spüre höllische Schmerzen im linken Bein und an der linken Schulter, zwei Brüche am Knöchel wird man später diagnostizieren, die Schulter ist ausgekugelt, etwas Warmes läuft mir über die Stirn, eine Platzwunde wahrscheinlich, die ich aber noch nicht spüre, ich kann noch nicht sprechen, nicht rufen. Ich bewege keinen Finger, wer weiß, ob meine Wirbelsäule noch intakt ist, ich schaue nur zum Himmel hin, tauche ein in die Milchstraße, Millionen Sterne senden mir ein jahrhundertealtes Licht, Millionen Sonnen für ein gefallenes Menschenkind. Wir haben Glück mit dem Wetter, sagen die Bescheidenen. Hinter mir die düsteren Umrisse der Waldbäume unter dem Mond. Ein lauer Wind bringt mir Afrikas Geräusche, das Brummen und Sirren, das Gemurmel und Tropfen des Tropenwalds, dort, wo du hinter den Gepäckträgern bald laufen wirst, denn feststeht, dass du deinen Kilimandscharotraum mit Leo erfüllen wirst. Ich vernehme das Rascheln gigantischer, sich windender Lianen, sie atmen, wenn sie sich um Bäume ranken, ich höre das Surren der Baumwipfel, ein Wortgeplätscher des Regens, ein Knistern des Lichts zwischen den Stämmen und

Zweigen, Insekten zirpen, Frösche schnalzen, Baumstämme ächzen, Trommeln wirbeln in der Weite, wo meine Eltern meine Rückkehr feiern, singen und ihren Mangosaft schlürfen, alle vergangenen und zukünftigen Geräusche münden in dieses verlassene Becken, wo meine großen scharfen Ohren sie wahrnehmen, und sie mischen sich mit dem hiesigen, längst vergangenen Spielgeschrei schwimmender Kinder, und mit deiner Stimme, meine Liebe, voller Angst deine Stimme, Moira, wie schön und verzweifelt es in deinem Mund klingt, Moira. Ich versuche, doch eine Hand zu bewegen, die rechte ist unverletzt, dann spüre ich deinen Mund an meinen Lippen und vernehme konfus weit entfernte Gespräche und Frauenlachen, ein Akkordeon, die Melodie eines Volkslieds entfaltet sich, ich liege in Deutschland, in der Nähe von Köln, im Haus der Gerlachs, in Gerlachs leerem Schwimmbecken, Henrietta spielt Bandoneon, arme Henrietta. Einen kleinen Wunsch hat sie sich erfüllt, und mich schon vergessen, ihren Zorn verdrängt und ihren Wutanfall. Ich wollte als letztes Bild den leeren Swimmingpool filmen, was sie wütend machte, arme Henrietta, ihrem Wahnsinn ergeben, die ihren Mann und deine Klara überall suchte und nicht fand, dafür aber mich, und rief, wo ist mein Mann, mein Mann, mein Mann, wo ist er, und versuchte, sich meine Bolex zu schnappen, als hätte dieser Apparat ihren Gert geschluckt, als wollte ich ihn nur für mich darin gefangen halten, und ich kämpfte um meine Kamera, kämpfen aber liegt mir nicht, sie schrie, sie schob und ich fiel, und mit mir unsere bibbernde Geschichte, wir fielen ins fehlende Wasser, und jetzt wird sie lang hinken, unsere Geschichte, bei jedem meiner Schritte zittern und verwackeln.

Geschichten sind dehnbar, um Gottes willen, ich will diese nicht ausdehnen, nur ein bisschen verdrehen, um das zu retten, was zu retten ist. Ich liege also am Boden des trockenen Beckens und versuche mit aller Kraft, das abzuwenden, was passieren soll, was ich schon den ganzen Abend lang befürchtet habe. Henrietta spielt Akkordeon, man nähert sich ihr, man ruft aus, wie hübsch ihr Spiel, was für ein netter Ausklang des Abends! Es soll dabei bleiben, ich werde mich nicht beklagen, sie nicht anzeigen. Mit geschlossenen Augen und gar nicht schlecht spielt sie die Melodien ihrer Vergangenheit, und aus der Musik erscheint eine feine Henrietta auf der Bildfläche, ein junges Mädchen, das Gert Gerlach verliebt ansieht, verliebt, amüsiert. Für ihren Gert aber muss ich jetzt auf dem Zementboden meine Kräfte sammeln, bei ihm ist Gefahr im Verzug. Ich versuche es mit Zauberkraft, mit Zaubersprüchen, mit Beten, ja. Gert ist in den ersten Stock gegangen, hat sich im Bad eingesperrt, er holt aus der Tiefe einer Schublade einen kleinen Schlüssel, öffnet den Medikamentenschrank und schüttelt ein Fläschchen, genug, um die ganze Gesellschaft unter den Fenstern in Jenseits zu schicken. Ich ahne seit Stunden, was er vorhat, rufe ihm stumm zu, er muss noch aushalten und seine Mord- und Selbstmordpläne verschieben, ach Viktor, wie ohnmächtig fühle ich mich, Henriettas Krankheit kann man nicht mehr heilen, flüstere ich ihm zu, aber es gibt vernünftige Behandlungen, mit Doktor Hettsche, mit dem Neurologen muss er sprechen, Henrietta und er sind ein Paar, er soll sie nicht aufgeben, niemals, er muss auch an Klara denken, Klara, sein neues Lebensziel, seine neue Lebensrechtfertigung, er wird ihr helfen, das zu werden, was sie schon ist, er wird nicht ihr Liebhaber sein, Viktor, nur ihr Gönner, ich setze also meine ganze Kraft ein, dass Gert seinen zynischen Plan für den letzten aktiven Tag verwirft, ich flüstere ihm ins Ohr, dass kein Skandal, keine Schande es wert sei, sein Leben und das seiner Frau wegzuwerfen, und, glaubst du mir? Er macht den Schrank zu, betrachtet eine Weile den Inhalt eines Schuhkartons, dreht eine Eintrittskarte zum Mont St. Michel um, entdeckt noch ein Sandkorn in einer Muschel, liest eine Ansichtskarte, Henriettas Schrift hat sich kaum verändert, und er lächelt bei einem selbst gezeichneten Akt. Dann versteckt er den Schlüssel wieder, atmet tief ein und schaut auf Henrietta, vom Fenster aus, Henrietta, die verträumt spielt und Florian zulächelt, sie blinzelt ihm zu, dem Musikerkomplizen, suchen wir nicht alle einen Komplizen, mein Viktor? Er betrachtet sie vom Fenster, seine so vielgesichtige Frau, nur ein starkes Schmerzmittel wird er ihr heute verabreichen, sie soll gut schlafen können, und morgen geht er einfach mit seinen Nachbarn Golf spielen. Und vielleicht wird sie ihn dort abholen, aus Angst, er treffe sich mit einer Moira, einer Klara. Es wird keine Polizei, keinen Leichenwagen, nicht mal einen Krankenwagen geben, oder nur für mich.

Ich fühle mich wohl und höre Gesprächsfetzen, Floskeln, ein Garten so voller Floskeln wie Lampions, die Floskeln hängen in der Dunkelheit wie Leuchtwürmer und drehen sich da über den Köpfen im Dunst der Plappermäuler. Wie beruhigend.

Henrietta spielt jetzt einen kleinen Walzer, immer langsamer, melancholisch und nichtssagend, das passt zur letzten Stunde der Nacht, zur angenehmen Müdigkeit der übriggebliebenen Paare, die sich träge drehen und leise lachen. Es sind immer noch einige Raucher am Brasero, die Frau eines Internisten sagt einer jüngeren Augenärztin, es sei gut, wenn man sich nur einmal pro Jahr begegne, so habe man wenigstens etwas zu erzählen, es sei ja in der Zwischenzeit immer etwas Erzählenswertes passiert. Die Augenärztin erwidert, im Grunde genommen sei es nichts Erzählenswertes, was den Wert des Lebens ausmache, das Alltägliche sei schön, weil nicht fassbar. Die Frau des Internisten klagt, dass der Alkohol sie schwer von Begriff mache, sie wisse nicht, was die Augenärztin meine, ein Wert kann nicht aus Nichtswürdigem bestehen, oder? Sie fragt Herrn Fischer, der angewurzelt dasteht, ob er nicht mir ihr tanzen wolle, anstatt Trübsal zu blasen. Er sagt ja, oh ja, gern. Ich wünsche ihm, er verliebe sich, anstatt Säuerliches um sich zu sprühen.

Du rufst den Notdienst an. Ich presse die Zähne zusammen. Bei dir, Viktor, meiner Liebe auf den ersten Blick, will ich nicht mogeln, nichts schönreden, will dich deinem Schicksal überlassen, gar nicht so schlimm, was dich erwartet: Klara hat dich für Florian verlassen, heute Morgen schon wird sie ihre Sachen bei dir holen, bevor sie mit ihm nach Königstein zurückfährt. Haben wir dir beide, Klara und ich, nicht bewiesen, dass du weiter und andere lieben kannst? Es erwarten dich aber auch die Ferien mit Leo, der Kilimandscharo, ja und dann das Aufgeben der Praxis. Du hast dich bei Ärzte ohne Grenze beworben, ja, du bist raus aus deinem kleinen Leben, deiner schön aufgeräumten und satten Welt, weit weg von deinen lauernden Gewissensbissen und der Zwangsjacke der Familie, diese Freiheit oder eine neue Knechtschaft brauchst du, man kann sich auf jeden Fall der alten Gefängnisse entledigen, Viktor. Es wird getan.

Noch geht die Sonne nicht auf, aber man hört schon den Gartenrotschwanz. Er hat den Winter in Zentralafrika verbracht, und jetzt erfreut er sich an dem Garten der Gerlachs. Es piepst bald überall, vor allem in meinem Kopf, wenn ich dein Gesicht erblicke, das sich voller Angst zu mir herabbeugt, ein Arzt, du bist ein Arzt, der zittert, die leichteste und schrecklichste Diagnose machen zu müssen, aber mein Lieber, ich habe beide Augen offen, du brauchst mich nicht zu beatmen, aber gern, gern, wenn du willst, es darf in dieser Geschichte keine Toten geben.